耳　語　人

THE WHISPER MAN

艾利克斯・諾司——著　宋瑛堂——譯

Alex North

獻給琳與札克

杰克：

我想告訴你的事情太多了，可惜我們父子倆一向很難用口語溝通，不是嗎？

所以，我只好用紙筆對你傳達。

記得那天，我和你媽蕾貝佳帶你出院，天黑了，下著雪，我小心翼翼開車，一輩子從沒那麼謹慎過。出生才兩天的你被固定在後面的安全座椅裡，你媽在你身旁打盹，我不時看後照鏡，以確定你安不安全。

杰克，你知道為什麼嗎？因為，天呀，我快被嚇死了。我從小是個獨子，對嬰兒完全不適應，而從那天起，我竟然要負責養育自己的嬰兒。那時的你幼小而柔弱到不行，我措手不及，院方居然准我帶你走，感覺很荒唐。打從你出娘胎的那一刻，我和你就合不來。你媽抱你抱得輕鬆而自然，簡直像她是你生的，而不是她生下你。反觀我，我總覺得彆扭，擁你入懷總怕把幼弱的身軀抱壞了，見你哇哇哭，也不明白你吵著要什麼。我一點也不瞭解你。至今一直都如此。

到你稍微大一點的時候，你媽告訴我，不瞭解你是因為父子太像了，但我未必認同。我希望原因不是我們太像了。我總期望你比我強。

無可奈何的是，我們無法以交談來溝通，換句話說，我非動筆不可，寫下羽陵村發生的所有真相。

夜先生。地板下的男孩。蝴蝶。穿怪洋裝的小女孩。

當然也少不了耳語人。

寫這些事並不容易。而我應該以道歉作為開場白。因為這些年來，我反覆告訴你，世上沒有妖魔這回事。

對不起，是我騙你的。

第一部　七月

1

天下父母最憂心的，莫過於小孩被陌生人拐走。但根據統計，陌生人誘拐兒童是極為罕見的案件。最常加害、虐待兒童的人其實是家屬，地點在自家。儘管外界或許顯得危機四伏，事實上，多數陌生人是好人，家裡才是全地球最險惡的場所。

深諳這道理的人，目前正在荒原跟蹤六歲大的尼爾．史賓塞。

他無聲潛行，躲在一道和小尼爾平行的樹叢裡，定睛監看著男童。小尼爾慢慢走，渾然不覺自己已誤入險境，偶爾踹一踹沙地，球鞋激起一團團白色粉塵。男子的舉止遠比他謹慎多了，男童鞋底磨地的「唰」聲全逃不過他耳朵。男子自己則是徹底靜悄悄。

這天傍晚偏熱。豔陽肆無忌憚發威了大半天，現在下午六點，一層薄霧蒙住天空，氣溫已下降幾度，空氣多了一抹金黃。像這樣的黃昏，人們常坐在院子裡，也許淺酌一杯沁涼的白酒，欣賞夕陽西落，天黑了才想到該加一件外套，拖了太晚也懶得進門拿衣服。

浸淫在琥珀光輝裡，就連這片荒原也賞心悅目。灌木叢生的荒原一旁與羽陵村為鄰，另一邊有一座荒廢的採石場。地形起起伏伏的荒原乾燥，土質貧瘠，但耐旱矮樹在此零星叢生，織築起迷宮似的特色。儘管這裡不太安全，村童有時會來這裡嬉戲。過去幾年來，許多兒童禁不住誘惑，爬進採石坑探險，而陡峭的坑壁動輒崩塌。為此，村公所設立圍牆，高掛警語，但村民普遍認為村公所應再多盡一點力，畢竟頑童是無牆不翻。

小孩子的通病是漠視警訊。

這名男子對尼爾．史賓塞所知甚多。他仔細研究過這孩子和他的家人，當成課業般，下過苦功。尼爾在校成績不好，人緣也欠佳，讀寫和數學能力落後同學一大截。他身上穿的多數是撿人家穿不下的衣物。他的言行舉止略顯超齡，已有偏激和恨世的人生觀。再大幾歲，他勢必被視為霸凌和搗蛋鬼，但現在的他年紀還小，不守規矩仍能獲得寬容。大家都說，他不是故意的。不是他的錯。小尼爾還不到單獨承擔後果的年齡，因此大家被迫對他睜一眼閉一眼。

男子定睛觀察他已久。一眼就能看到他。

尼爾今天待在爸爸家。男子慶幸尼爾的父母親分居中。尼爾的雙親都酗酒成性，行為能力時有時無，彼此都樂意將兒子丟給對方，自己樂得清閒。接兒子來住時，兩人都想不出兒子能做什麼事消磨時光。一般而言，他們不太理睬尼爾，隨便尼爾去找事做，要他自求多福。難怪這孩子因此培養出冷硬的一面，男子看得出。在父母的生命中，尼爾無異是瑣事一樁。絕對是爸不愛、媽不疼。

這天傍晚，尼爾的父親又喝得酩酊大醉，無法開車送他回母親家。陪兒子走回去吧？顯然他也拿不定主意。他的想法是，兒子都快七歲大了，今天一整天獨處也沒問題。於是，尼爾出門自個兒走回家。

尼爾仍渾然不知，這次回的是一個大不相同的家。男子想起自己為尼爾準備好的房間，興奮難以自扼。

橫越荒原到一半，尼爾停下腳步。

男子跟近後也駐足，透過灌木叢空隙，觀看尼爾發現什麼東西。一台舊電視機被棄置在矮樹旁，凸形的灰色螢幕完好無傷。男子看著尼爾伸一腳，輕戳電視一下試探看看，但電視太重，不動如山。這台電視機外形有格柵，螢幕一旁有一整排按鈕，背部大如鼓，在尼爾眼中，簡直像古物。小路對面有幾顆石頭。男子看得入迷，見尼爾走過去撿起一顆，使盡全力砸向玻璃螢幕。

砰。

在靜謐的環境裡，這聲音格外響亮。石頭穿透玻璃面而過，留下彈孔狀的星形破洞。尼爾再撿拾一顆石子，重複剛才的動作，這次失手沒砸中，隨即再試一次。螢幕再出現一破洞。

尼爾似乎玩出興致了。

男子能理解原因何在。亂砸東西，很像尼爾在校愈來愈咄咄逼人的態度。在這個無視他存在的世界上，尼爾想藉這行為衝撞闖蕩。這行為源於表現慾，渴望受人矚目、引人疼愛。因為，天下兒童內心深處無不期盼關愛的眼神。

男子想到這裡，不禁心疼，心跳再度加速。從尼爾背後，他悄悄步出灌木叢，沉聲喊他名字。

2

尼爾。尼爾。尼爾。

在荒原上，彼特．威利斯探長步步謹慎，聆聽聲響，周遭的警官每隔幾秒呼喚著失蹤男童的名字。在呼聲的空檔，四周一片死寂。彼特仰頭望天，想像一聲聲的「尼爾」冉冉飄升，遁入漆黑的夜空，消散無形，無異於從地表蒸發的尼爾．史賓塞。

彼特拿著手電筒，以圓錐形的動作掃射沙地，一面謹慎站穩腳步，一面搜尋男童的蹤跡。藍色運動長褲、Minecraft T恤、黑球鞋、仿軍用背包、水壺。彼特接到通報前，剛費心煮好晚餐，正要坐下來享用，現在回想餐桌上一口未吃、逐漸冷卻的美食，肚子不禁咕嚕叫。

但是，有個小男孩下落不明，需要動員尋找。

彼特看不見其他警官，但見得到分散各區搜救的手電筒光芒。他看錶：晚間八點五十三分。天色已近全黑。儘管今天午後燠熱，近兩小時氣溫下降，冷空氣吹得他發抖。剛才出門太急，他忘了帶外套，身上這件襯衫的禦寒效果不大。也埋怨自己一身老骨頭，畢竟他五十六歲了。但兒童也不適合暴露在這種環境，孤伶伶迷路更不妙。極可能受了傷。嚇壞了。

尼爾。尼爾。尼爾。

他附和：「尼爾！」

聽不見回應。

失蹤的頭四十八小時是黃金時間。警方在晚間七點三十九分接到男童失蹤的電話，當時他已離開父親家超過一個半鐘頭。照理說，他應該在六點二十分走到母親家。然而，由於父母雙方鮮少協調他回家的確切時刻，因此直到尼爾母親打給前夫，他們才發現兒子走丟了。等到警方於七點五十一分趕抵現場，夕陽已低垂，黃金四十八小時已流失將近兩個鐘頭。現在，黃金時間即將短少三小時。

彼特心知，絕大多數的失蹤兒童能在短時間內安然返家。兒童失蹤案可分為五大類：棄養、逃家、意外或玩過火、家屬挾持、非親屬誘拐。依據或然率，彼特這時臆測，尼爾八成是遇到意外，不久就能尋獲。然而，彼特走愈遠，直覺愈不對勁，心頭縈繞著一股不安。但話說回來，每次兒童失蹤，他總有忐忑的心境，所以這份直覺算不了什麼。都怪二十年前的慘案再度浮出腦海，不祥的預感也隨之湧現。

手電筒的光束掃到灰色物體。

彼特立刻站住，往回照射，見一台舊電視卡在灌木叢下面，螢幕有幾處破洞，看似被人用來打靶練準頭。他凝視一陣子。

「找到什麼了嗎？」

身分不明的一人從他旁邊大聲問。

「沒什麼。」他高聲回答。

他來到荒原盡頭，和一無所獲的一群警官同時抵達。一路摸黑走來，這裡有白晃晃的路燈，令彼特有一分異樣的暈眩感。在這裡，空氣裡隱隱飄浮著寂靜荒原欠缺的活力。

片刻之後，由於一時不知如何是好，彼特掉頭往回走。

他不太確定自己想去哪裡，不覺間走偏了。荒原的一側和荒廢採石場相鄰，他往這方向前進。在黑暗中，此地危機重重，所以他走向手電筒光束密集的區域。有一組人即將開始搜索採石場。另有一組員警沿採石場邊緣邊走邊找，照射峭壁，呼喚尼爾。採石場裡的這組人則看著地圖，準備踏上崎嶇的下坡，前進坑底。彼特走向他們，其中兩三人抬頭看他。

「探長？」有一人認出他。「你今晚也執勤嗎？我怎麼不曉得？」

「我今晚不值勤。」彼特挑起圍牆的鐵絲網，鑽進採石場，步伐比剛才更加謹慎。「我住這附近。」

「瞭解，探長。」

這名警官語帶疑心。搜救是苦差事，勞駕探長出馬很不尋常。局裡即將展開調查，全案正由亞曼達．貝克探長協調，前來這裡搜尋的員警以基層為主。彼特知道自己年資勝過在場每一員警，但今晚他只是搜救隊的一分子。小孩失蹤了，最好能盡早找到人。該警官可能太年輕，不記得二十年前法蘭克．卡特犯下的重案，也不明白彼特探長關心類似案件不值得大驚小怪。

「當心點，探長。這邊的地面有點鬆垮垮。」

「我還好。」

這警官顯然也嫩到嫌他老。他大概不曾在警局健身房見過彼特。每天早晨，彼特在上樓辦公之前，必定先鍛鍊身體。儘管兩人年齡有落差，彼特敢打賭，小警官每一台健身器材都贏不了他。彼特現在的確步步當心。眼觀四面八方之餘不忘自保，這是他後天培養出的一套本能。

「好吧，探長，嗯，我們正要下去。只想跟你協調一下。」

「這裡不由我管。」彼特拿手電筒照向小路，掃瞄著坎坷的地形，光束僅能照亮一小段前方。採石場的坑底只呈現出一個烏漆墨黑的大洞。「你的直屬是貝克探長，不是我。」

「是的，探長。」

彼特繼續凝視下方，心繫尼爾．史賓塞。小尼爾最可能走的路線已判定，沿途已經搜索過，他多數朋友也由警方聯繫過，一切皆無結果。現在，荒原也搜尋過了。如果小尼爾真的因意外或玩過火而失蹤，上述地緣關係被排除後，想找到他，唯有深入這座採石場。

然而，坑底的黑世界瀰漫著空蕩感。

憑理性，彼特無法確認，但直覺告訴他，進坑底也找不到尼爾．史賓塞。

他也隱隱認為，找得到人或許是奢望。

3

「記得我怎麼教你的嗎？」小女孩說。

杰克記得，但現在他盡可能不理她。「五六七安親班」的其他小朋友都出去了，正在太陽底下玩耍。他聽得見叫囂聲，也聽到足球來回蹦蹦跳跳。他自己卻坐在教室裡，顧著畫圖。能靜靜完成這幅圖，他反而比較高興。

他並非不喜歡陪這個小女孩玩。他當然喜歡。大部分時候，想找他玩的人只有她一個。平常，他看見她，高興都來不及了。但這天下午，小女孩不但好像不太想玩，而且一臉嚴肅，他一點也不喜歡。

「你記得嗎？」

「大概吧。」

「那就背給我聽啊。」

他嘆一口氣，放下鉛筆，望著小女孩。和往常一樣，她又穿藍白格紋洋裝，右膝蓋有一片擦傷，好像永遠都不會癒合似的。這裡別的女生頭髮都整整齊齊，不是平整剪到肩膀，就是緊緊綁成馬尾巴，她的頭髮卻是胡亂撥向一邊，看起來好久沒梳頭。

照她目前的表情看，她明顯不肯死心，杰克只好背出她教過的那首童詩。

「大門不關緊……」

居然背得出來，他自己應該訝異才對，因為他並沒有特別用心背。但不知為何，他卻牢記在心。關鍵在於這首詩的節奏感。有時候，電台播的歌鑽進他耳朵，旋律會在他腦海團團轉，幾小時不休。爸說這種歌是「耳蟲」，杰克因此想像音符穿腦殼而入，在他的思緒裡不停蠕動。

背完後，小女孩點頭表示滿意。杰克再拿起鉛筆。

「這詩到底是什麼意思啊？」他說。

「是一個警告。」她縮縮鼻子。「呃，差不多是啦。在我小的時候，小朋友們常常背。」

「好，可是，意思到底是什麼？」

「總之是好心叮嚀啦，」她說，「畢竟這世界上壞人很多。有很多壞事。所以，記住準沒錯。」

杰克皺眉頭，然後再畫起圖來。壞人。在安親班，有個名叫卡爾的小孩，大杰克一兩歲，杰克覺得他很壞。上星期，他用樂高積木建造堡壘時，卡爾走過來，站得太近，高高在上，像個巨大的陰影籠罩他。

卡爾當時逼問，「為什麼每天都是你爸來接你？」卡爾其實知道答案。「是因為你媽死了嗎？」

杰克不應。

「你發現她的時候，她是什麼樣子？」

杰克仍舊不語。除了做惡夢，他拒絕回憶發現媽咪的那天。硬要回想的話，他呼吸會變得怪怪的，不太正常。然而，他無法逃避的一項事實是，他知道母親已經不在人間。

這令他聯想到好久好久以前，有一天他探頭進廚房，看到媽咪正在切一大顆紅椒，切成兩半，掏出裡面的籽籽。「嗨，小帥弟。」媽咪看見他，如此說。媽咪習慣這麼稱呼他。每當他一想起母親已經過世，內心總有一種感觸，好像紅椒「啪」的一聲被掏空了，留下一個洞穴。

「我真的很喜歡看你像嬰兒哭哭。」卡爾當時高聲說，轉頭就走，好像杰克不存在似的。世上像卡爾那種人，真的很多嗎？光想像一下就討厭，杰克更不願相信。現在，他改在畫紙上畫幾個圓圈，代表防護罩，能保護在圈圈裡打仗的小火柴人。

「你沒事吧，杰克？」

他抬頭看見雪倫。她是在安親班上班的一個大人。剛才她在教室另一邊洗東西，這時來到他身旁，雙手撐著膝蓋，彎腰對他講話。

「沒事。」他說。

「畫得不錯嘛。」

「還沒畫完。」

「你想畫什麼？」

他想畫打仗的場面，想畫各路人馬火拼，想畫雙方之間的界線，想在戰死的人頭上打叉叉，但解釋這些東西太難了。

「只想畫打仗。」

「你確定不想出去跟小朋友玩嗎？今天天氣很棒呢。」

「不想，謝謝妳。」

「我們有幾瓶備用的防曬油。」她四下看看。「大概也找得到一頂帽子。」

「我不畫完不行。」

雪倫站直，默默嘆息，臉上仍掛著親切的笑容。雪倫是在關心他。儘管他覺得她沒必要，他仍感到有點窩心。別人關懷他，他總能體會到。除了失去耐性的那幾次以外，爹地常關心他。有時候，爹地大吼大叫，說著：「全因為我要你跟我講心事，我想知道你在想什麼，有什麼感覺。」每次爹地吼，他會害怕，因為他覺得自己讓爹地失望了，害爹地傷心。然而，杰克不懂自己能怎麼改，才不會讓爹地失望。

畫一圈再加一圈，代表防護罩，圈圈重疊。可以改代表閘門吧？讓裡面的火柴人能從戰場消失，溜去一個更好的地方。杰克把鉛筆倒過來，用橡皮擦仔細拭去畫紙上的小人。

好了。

不管你們被變去哪裡，你們都平安了。

有一次，爹地發脾氣後，杰克在床上發現一張紙條，上面有一幅父子微笑圖，他不得不承認畫得非常棒。在圖畫底下，爹地寫說：「對不起。我要你記得，即使我們吵架，我們照樣深愛對方。」杰克把這張紙條放進寶物袋裡，和他珍藏的所有東西擺一塊。這時候，他拿出來看。袋子放在眼前的桌上，旁邊是他剛畫好的圖。

「你就快搬新家了。」小女孩說。

「是嗎？」

「你爸今天去過銀行。」

「我知道。可是他說，他不確定能不能辦成。他要的那個東西，銀行可能不給他。」

「是房屋貸款啦，」小女孩耐心說，「一定會給的啦。」

「妳怎麼知道？」

「他不是知名作家嗎？很會瞎掰吧。」她看看杰克筆下的圖畫，自顧自地微笑。「跟你一樣。」

杰克對她那麼一笑感到納悶。她笑得很奇怪，好像既開心，也為了什麼事而難過。咦，這不正合乎搬家的心情嗎？杰克不再喜歡現在這棟房子了，知道這房子也讓爹地難過，但是，搬新家不太像是該做的事，只不過，那天爹地拿著iPad，一起和他選房子時，看上那棟新房子的人正是他。

「搬新家以後，我還能看見妳，對不對？」他說。

「當然可以。你明明知道的。」但小女孩話講到一半彎腰，以更迫切的語氣說：「可是，不管以後怎樣，一定要記得我教你的詩。這很重要。你非向我保證不可，杰克。」

「我保證。只不過，那詩到底是什麼意思啊？」

一時之間，他以為女孩會進一步解釋，可惜就在這時候，教室另一邊的門鈴響起。

「來不及了，」她低聲說，「你爸來了。」

4

我來到安親班時，多數小朋友似乎都在教室外面玩。在我停車之際，我聽得見斷斷續續的歡笑。看起來，大家都玩得好開心——好正常。我的視線在他們之間流轉一陣，尋找杰克，盼能看見他的身影。

然而，我兒子當然不在人群中。

我進教室才找到他。他背對我坐著，垂頭畫著圖。見到他，我微微心疼。杰克比同年齡兒童矮，這坐姿更令他顯得渺小羸弱，彷彿他試圖躲進筆下的圖畫裡。

誰能怪他呢？我知道，他討厭來這裡，只不過他從不反對，註冊後也不曾抱怨過一次。但我覺得我無計可施了。蕾貝佳過世後，難以忍受的事物層出不窮，例如我第一次帶他去理髮、幫他訂購制服、淚眼模糊的我怎麼也包不好耶誕禮物。這類事情寫也寫不完。但不知為何，假日尤其難熬。儘管我摯愛杰克，每日全天候陪伴他令我難以忍受。長日漫漫，舀盡心血的我，再怎麼舀也不夠填滿一整天。我恨自己不稱職，但事實是，有時我也需要一點時間來呵護自己，以忘卻父子之間的鴻溝，以漠視自己愈來愈無法調適的缺失，在不會被他撞見的場合給自己崩潰痛哭的空間。

「嗨，好小子。」

我一手放在他肩膀上。他不抬頭。

「嗨，爹地。」

「你在忙什麼？」

「沒什麼。」小肩膀在我手下聳一聳，動作若有似無。他的身體似乎瀕臨無形，甚至比身上那件T恤的布料還輕薄鬆軟。「跟人玩一下子。」

「跟什麼人？」我說。

「一個女孩。」

「那很好啊。」我彎腰看他的畫紙。「也忙著畫圖吧。」

「你喜歡嗎？」

「當然。我愛這一幅。」

他畫的是什麼，我其實沒概念，大約是一場戰役吧，但我怎麼看也無法分辨哪一邊是什麼人，也看不出戰況。杰克畫靜態畫的例子是少之又少。他的圖畫具有生命力，是在畫紙上漸次開展的生動圖形，成品宛如所有場景重疊在一起的一部電影。

話雖這麼說，杰克很有創意，我欣賞他這一點。這是他像我的特點之一，是父子倆相繫的一條連線。遺憾的是，蕾貝佳去世十個月了，我連半個字也寫不出來。

「我們快搬新家了嗎，爹地？」

「對。」

「這麼說，銀行那個人接受你的說法嘍？」

「不如這樣講吧：我的說法別出心裁，能說服對方相信我個人的財務窘境。」

「『窘境』是什麼意思？」

他不懂，幾乎令我詫異。很久以前，蕾貝佳和我達成共識，對杰克講話要視同成年人，如果他聽不懂，就解釋給他聽。我們措辭再難，他全吸收，往往也會因此講怪話。然而，目前我不想向他解釋這詞彙。

「意思是我和銀行那人該擔心的一件事，」我說，「用不著你擔心。」

「我們什麼時候搬家？」

「愈快愈好。」

「東西這麼多，怎麼全搬過去？」

「租一輛廂型車就行。」我想到租車費，急忙按捺住內心一絲恐慌。「不然，我們開自己的車也可以，塞得滿滿的，來回多跑幾趟。家裡的東西可能沒辦法全搬過去，我們可以先整理一下，看看你想保留什麼東西。」

「我想保留全部。」

「喔？我們討論看看。你想保留的東西，我一件也不會叫你丟掉，不過，你現在長大了，很多小嬰兒的東西用不著了。拿去送給別家小男孩，說不定他比較喜歡。」

杰克不回應。現在的他玩這些玩具，或許是超齡了，但每件玩具都附有一段回憶。在每一方面，蕾貝佳總比我更懂得帶小孩，陪他玩也得心應手。她跪地挪動小玩偶的情景，在我腦海記憶猶新。在所有方面，她無盡耐心養育杰克，舉止之優雅令我難以相比。他的玩具是媽媽摸過的東西。玩具愈舊，她殘留在上面的指紋愈多，在他心靈累積的母愛也愈厚實。

「我不會叫你丟掉你不想丟的東西。」

說到這裡，我想起他有一個「寶物袋」，正擺在圖畫旁邊。這陳舊的寶物袋大小如一本精裝書，材質是真皮，三面有拉鍊。我不清楚這皮袋的前生是什麼。看起來像紙頁被抽走的大型皮裝記事本。蕾貝佳為何有記事本，只有天知道。

蕾貝佳死後幾個月，我翻過幾件遺物。她從小到大捨不得丟東西，但她是個務實型的囤積狂，許多舊物收藏在箱子裡，放進車庫保存。有一天，我搬幾箱進來，開始過濾東西，有些是童年物件，無關我倆共同生活。既然和我不相關，整理起來應該不難才對，其實不然。童年應該是歡樂的一段歲月，而我卻知道，這些充滿希望、無憂無慮的舊物最後的下場淒慘。我哭了起來。杰克走向我，一手放在我肩膀上，見我沒立刻反應，他伸出小手臂抱我。那天之後，我和他一同翻看她的遺物。他發現一個類似記事本的東西，想留著自己用，徵求我同意。我說，當然可以。想留什麼儘管留。那東西從此成了他的寶物袋。

袋子裡原本空無一物，但他開始用來裝東西，有些是他過濾蕾貝佳遺物挑選而來的。現在，寶物袋裡有信件、相片和小玩意兒，也有他自己的畫作，以及他重視的物品。寶物袋好比巫婆的精靈，鮮少離開他身邊。我只知道少數物品是什麼。就算我能看，我也不願意。寶物終究是他自己的，我無權過問。

「來吧，好小子，」我說，「收拾東西，我們一起走吧。」

他摺好圖畫，遞給我，要我幫他拿。無論這張圖裡畫的是什麼，對他而言顯然不夠重要，進不了寶物袋。他拿起寶物袋，朝門邊掛水壺的地方走過去。他帶走水壺，我按綠色按鈕開門，回頭望一眼，看見雪倫正忙著洗東西。

「要不要說聲再見？」我問杰克。

在門口的他轉身，面露感傷的神色片刻。我以為他會向雪倫道別，沒想到他卻對著剛才離開的那一桌揮手。

「掰掰，」他對著空桌喊，「我保證不會忘記的。」

我來不及開口，他就從我腋下鑽出門。

5

蕾貝佳過世的那一天，我自己去接杰克回家。

那天下午，我的規劃是專心寫作，本來負責接杰克的蕾貝佳卻叫我去，我當下的反應是心煩。我的新作截稿日期近在四、五個月後，而那天我苦思大半天，大字寫不出幾個，正祈禱最後半小時能奇蹟出現，能文思泉湧。無奈，蕾貝佳臉色蒼白，也有顫抖的現象，只好換我去載杰克回家。

回程中，我盡全力關心杰克今天做了什麼，卻碰了一頭釘子。這很正常。他不是不記得了，就是不想說。如果是媽媽關心他，他會每問必答。我遇到悶葫蘆，再加上寫書進度一直落後，心情更焦躁自卑。回家後，他一溜煙下車，問說可不可以去看媽咪？我說可以，她見到你一定很高興。不過，她身體不舒服，所以對她不要太粗魯，另外也別忘記脫鞋子，因為媽咪討厭家裡髒兮兮。

他走後，我留在車上，自覺是個沒用的窩囊廢，拖拖拉拉一陣後，才慢慢進家門，在廚房放下一些東西。我發現杰克沒聽我話，鞋子沒脫。他當然從來都不聽我話。家裡靜悄悄。我推測，蕾貝佳在樓上躺著休息，杰克已經上樓去看她，全家都沒事。唯獨我例外。

等我終於進客廳後，我才發現，杰克在客廳另一端，站在通往樓梯的門邊，低頭看地板，看著我見不到的某種東西。他像個木頭人，被眼前的事物催眠了。我緩緩走向他，注意到他正在發抖，隨即見到蕾貝佳。她躺在樓梯尾的地板上。

之後的記憶一片空白。我知道我把杰克帶開。我知道我叫救護車。我知道，該做的事我全做了。但我完全沒印象。

最糟的是，儘管杰克從未對我提起，我確定那天的事他記得一清二楚。

事隔十個月，我和他一起走進杯盤遍布的廚房，流理台上僅有的空位只見污垢和碎屑。客廳裡，地板上到處是看似被遺忘而散置的玩具。為了搬家，我不停催他整理玩具，如今看樣子，全部的家當已經過濾完畢，父子倆該帶走的東西全收拾妥當，其餘的東西當成垃圾，隨地留下。幾個月來，家裡陷入一陣瀰漫不散的陰霾，氣氛一刻比一刻幽暗，宛如白晝逐漸邁入黑夜。感覺上，蕾貝佳死後，我們家也開始凋零。她始終是這個家的心臟。

「圖可以還給我嗎，爹地？」

杰克已經跪在地板上，收拾今早滾落一地的色筆。

「少了一個字吧？」

「請。」

「當然可以。」我在他身邊放下他的作品。「要不要吃火腿三明治？」

「可以改吃點心嗎？」

「吃完三明治再說。」

「好吧。」

我進廚房，騰出一些空間，為兩片吐司塗牛油，夾三片火腿，做成三明治，然後切成四塊，極力對抗憂鬱症。走一步算一步。持續往前挺進。

我忍不住回想剛才在教室裡的一幕：杰克對著空桌揮別。就我記憶所及，兒子從小一直有他幻想出來的朋友。杰克向來是個獨來獨往的小孩。他的個性封閉，喜歡沉思，似乎排斥其他兒童。往好的一面想，我能假想他是個自給自足的小孩，能在腦海裡自得其樂，所以我叫自己別窮緊張。但多數時候，我擔心不已。

為什麼杰克不能像其他小孩那樣？

為什麼不能正常一點？

我知道這種想法不對，但我之所以如此想，無非是盼能保護他。像他這樣文靜不合群，周遭人事物對他可能手下不留情。我不希望他經歷我在他這年齡受過的罪。

言歸正傳。直到這階段，他的虛擬朋友角色不太吃重，充其量是有時自言自語一小段而已，如今層次升高到揮手，令我暗暗叫慘。他曾告訴我，他整天講話的對象是一個小女孩，而我認定那女孩只存在他腦裡。在教室揮手是他首度承認女孩的存在，首度在其他人面前和隱形人對話，這現象令我微微懼怕。

當然，假如蕾貝佳在世，她絕不會擔憂。她會說，他沒事啦，讓他隨心所欲吧。既然在多數事物上我辯不過她，我總盡量依她。現在呢？現在我懷疑是否該帶他去看醫生。

也說不定，這是他的本性。

讓我招架不住的事情夠多了，這事件再度令我拿不出對策。我不知道該做什麼，不知如何當個好爸爸。天啊，但願蕾貝佳還在人間。

我好想妳……

但再想下去必定會淚崩，所以我斬斷思緒，捧起餐盤，這時候聽見杰克在客廳輕聲細語。

「對。」

然後，有人說一句我聽不見的話，他回應，「對，我知道。」

一股寒意竄遍我全身。

我悄悄走向門口，但不進客廳，只逗留在門口傾聽。我看不見杰克，但太陽從客廳另一邊的窗外照進來，把他的影子投射在沙發側面，形狀不固定，無法確認是不是人類身影，只見影子輕輕移動，好像他跪坐著，搖動著上身。

「我記得。」

隨後他沉默幾秒，我只聽見自己的心跳。我發現自己在憋氣。接著他再開口時，音量大多了，語帶不滿。

「我不想講嘛！」

這時候，我走進客廳。

在那一剎那，我不確定自己會看見什麼。杰克蹲在地上，方位和剛才一樣，唯一不同的是，現在他凝視著一旁，不再畫圖。我循他的視線望去。客廳裡當然沒有旁人，但他熱切盯著空氣，很容易令人想像他見到靈異現象。

「杰克？」我輕聲說。

他不轉頭看我。

「你剛在跟誰講話？」

「哪有。」

「我明明聽見你在講話。」

「哪有。」

隨即，他微微轉頭，拾起色筆，繼續再畫畫。我向前跨一步。

「可以放下筆回答我嗎？」

「為什麼？」

「因為很重要。」

「我剛又沒有跟誰講話。」

「好，那我叫你放下筆，你放下筆不行嗎？」

但他繼續畫畫，筆動得更急切，拚命在小火柴人們四周畫圓圈。

我心頭的無奈增溫成怒火。杰克太常像是一個我無法化解的難題，我恨自己這麼沒用，管教無方。反之，我也憎惡他從來連一個提示也不給我，從不向我妥協讓步。我想幫助他；我想確定他安好。我覺得自己一人無法勝任……

我發現餐盤握太緊了。

「你的三明治做好了。」

我放在沙發上，不等著看他是否停筆，轉身回廚房，挨著流理台，閉上眼睛。不知道為什麼，我的心臟狂跳著。

我好想念妳，我對蕾貝佳傳達意念。

但願妳還在就好了。原因太多太多，但現在的原因是，我覺得自己無法應付了。

我哭了起來。不要緊。杰克不是正在畫圖，就是在吃三明治，暫時不會來廚房。他何必進廚房呢？進廚房只有爸爸可看。所以，儘管哭吧。讓兒子去跟隱形人小聲交談吧。只要我也同樣小聲，我也能盡情講。

我好想妳。

那天夜裡，我又抱杰克去睡覺。自從蕾貝佳過世後，他一直不肯自己上床，目光拒絕停留在媽媽陳屍處。我抱他時，他緊緊摟住我，臉埋進我肩膀，停止呼吸。每晚每早，我抱他上下樓，每次上洗手間都要我抱。我明瞭這其中的原因，但是他漸漸重到我快抱不動了，令我身心都難以負荷。

希望這情況能盡快改進。

等他睡著後，我回樓下去，坐在沙發上，以一杯葡萄酒為伴，拿著iPad看網頁上的新家，查看細節。新家的相片讓我看了心生種種的顧忌。

這房子可以說是杰克挑選的。起先，我看不出這房子哪一點吸引人。房子小而老舊，兩層樓，獨棟，外觀像搖搖欲墜的小木屋。這房子也另有一絲絲詭異感，窗戶配置似乎不按牌理，令人難以想像屋內格局，屋頂的角度也略微歪斜，因此屋子正面彎成質疑的表情，甚至稱得上憤怒。這房子整體上也給人一股感受——令人心裡發毛。看第一眼，這棟古屋讓我心慌。

然而，打從杰克見這房子的那一刻起，他就要定了。不知這房子的哪一點令他徹底著迷，令他執著到不肯再看別的房子。

第一次帶他去看房子時，他簡直中邪了。我的心意仍游移不定。內部的空間是不錯，但也髒亂不堪，滿是灰塵的櫃子和椅子，成堆的舊報紙和紙箱，樓下客房裡有個床墊。屋主是一位老婦人，姓薛林，在他看房子時語帶歉意解釋，雜物是房客留下的，房子成交前會全數清光。

我拗不過杰克堅持，和屋主約定時間，再去看一次房子。這次我不帶杰克。我開始能從不同的角度欣賞這房子了。這房子是怪模怪樣，沒錯，但也不失米克斯犬的那種混搭魅力。第一印象是它一臉憤怒，再看反倒比較像警覺的表情，彷彿它從前受過傷，新屋主必須努力，才可贏得它的信賴。

我猜，這就是所謂的個性吧。

即便如此，搬家的想法令我畏懼不已。老實說，我向銀行申請貸款的那天下午，嘴裡講著真假參半的財務現況，內心有點希望經理能識破我的虛實，當場封殺我的申請表。但現在我鬆了一口氣。我看著灰塵飛揚的老家客廳，看著殘破的家園，一眼即知父子倆無法再過這種日子。無論前方的路再艱難，我們非脫離這裡不可。接下來幾個月，我的日子再苦，兒子需要一個新家。我們父子都一樣。

我們必須重新起步。搬去一個我不必再抱他上下樓的新家。讓他能交到幻想世界以外的真朋友。讓我不至於在每個角落見到往事的幽魂。

如今，我在iPad上再看新家，我莫名其妙心想，這房子很適合我和杰克。我也想到，它和我們一樣是異數，和大環境不搭調。我們和它勢必合得來。就連村名也溫馨窩心。羽陵村。

聽起來像是我們的安全歸宿。

6

和彼特・威利斯探長一樣，亞曼達・貝克探長也深知黃金四十八小時的重要性。最初十二小時，她和部屬持續搜尋小尼爾可能走過的路線，也約談親屬，並開始拼湊失蹤男童的背景。警方取得相片，探尋他的過去，在隔天上午九點召開記者會，向媒體宣布小尼爾的特徵和穿著。

尼爾的雙親分坐亞曼達探長左右邊，聽她向民眾訴求。她鼓勵證人挺身而出。相機閃光燈對著三人斷斷續續閃爍，亞曼達盡可能對閃光視若無睹，但她意識到，攝影記者每按一下快門，尼爾的父母就縮一縮頭，像被記者捅到似的。

「我們鼓勵民眾檢查自家的車庫和工具室。」她告訴在場記者。

現場氣氛盡量控制得平靜低調。除了找到尼爾・史賓塞之外，亞曼達探長當前的主要目標是平息民眾的恐懼。她雖然難以斷言小尼爾絕非遭挾持，但她至少能闡明目前偵辦的焦點何在。

「最可能的解釋是，尼爾遇到某種意外，」她說，「雖然他失蹤超過十五小時了，我們仍認為有希望盡早平安找到他。」

然而在她心裡，她就不是那麼篤定了。記者會後，她回指揮部，最先做的事之一是低調約談轄區裡五六名有性侵前科的人士。

白天，搜尋範圍擴展了，在運河上，姑且打撈幾段看看，同時也挨家挨戶訪問調查，調閱監視錄影帶。亞曼達親自看帶子，見到小尼爾最初的路徑，但在他抵達荒原前見不到人影，之後也找不到他，因此研判，荒原是小男童失蹤的關鍵點。

累壞了，她揉揉臉，提振精神。

警官們再度前進荒原，這次是大白天，繼續再探索採石場。

尼爾．史賓塞依舊杳然無蹤。

話雖這麼說，一天下來，尼爾的替身曾露過幾次臉：他的相片透過新聞廣為流傳，其中尤其有一張他穿足球衫，靦腆微笑著。父母擁有的相片裡，他的笑臉不多見。報導也提供簡化過的地圖，以紅圈標示關鍵地點，以黃點表示可能途徑。

新聞也播放記者會過程。同一天晚上，亞曼達回家，捧著平板上床看新聞，認為尼爾的父母上鏡顯得憔悴，比他們在記者會上給她的感覺還落寞。他們顯得愧疚。罪惡感不是沒有，而是即將產生。他們即將被逼得感到愧疚。那天下午，亞曼達向部屬說明案情時，曾提醒身為父母的多名員警說，儘管小尼爾的家庭狀況可能具爭議性，對待他的父母親時仍應將心比心。無庸置疑，這兩人稱不上模範家長，但亞曼達並不懷疑他們直接涉案。尼爾的父親有幾次前科，全是酒醉鬧事或打架之類的小案子，不特別令人側目。母親全無犯罪紀錄。更切中正題的是，兩人似乎深受打擊。難以想像雙方為何毫無互相指責的舉動，只求兒子平安回家。

亞曼達徹夜睡不安穩，隔天大清早回局裡辦案。黃金時間已過三十六小時，期間她只休息四五個鐘頭，現在她坐進辦公室，思索著兒童失蹤案件的五大類，漸漸被逼向一種不愉快的結論。她不信小尼爾遭雙親棄養或棄屍。假使他中途橫生意外，不可能到現在還沒被發現。被父母之外的親戚帶走的可能性很小。儘管逃家的可能無法排除，但小尼爾既沒錢又沒帶物資，亞曼達拒絕相信一個六歲小孩躲得過她追查。

她凝視牆上的尼爾・史賓塞相片，考慮到最可怕的情境。

遭非親屬誘拐。

一般民眾或許普遍稱之為「陌生人誘拐案」，但用詞很重要。這一類案件中，兒童絕少遭素昧平生的歹徒誘拐。較常見的情況是，歹徒扮演著兒童日常生活中的陪襯角色，能就近討好受害人。因此，這天的偵辦重心轉移了，目前聚焦在尼爾失蹤前一天半的生活細節，轉為調查雙親的友人以及友人的家屬，也更加強檢視已知的罪犯。調查家中的上網紀錄。亞曼達再一次播放現有的監視錄影帶，開始在心中從各角度研判，這次焦點從受害人轉向潛伏在背景的加害人。

尼爾的父母再度被約談。

「兒子有沒有因為被大人糾纏而表達過困擾？」亞曼達說，「提過有人想接近他嗎？」

「沒有。」尼爾的父親說。被這麼一提，他顯得惱羞成怒。「媽的，有的話，老子哪會不管？去妳的，老子會拖到現在才講嗎？」

亞曼達禮貌微笑著。

「沒有。」尼爾的母親說。

但她的語氣少了一分堅定。

亞曼達見狀追問，她才又說，這麼一提，她才想起真的有那麼一回事。事情發生時，她沒想到該報案，甚至在小孩失蹤時也沒想到，因為那件事太奇怪了，也太無聊，何況那天她半睡不醒的，差點不記得有那一回事。

亞曼達臉上再掛著禮貌的微笑，但也壓抑住衝動，以免憤而摘掉這女人的頭。

十分鐘後，她上樓見總探長柯林．萊昂斯。不知是疲勞過度或情緒太緊繃，她一腿微微抖個不停。總探長萊昂斯本人正滿臉痛苦。案發至今，萊昂斯一直密切關注本案偵辦，和亞曼達一樣明瞭極可能即將面對的狀況。即使如此，這條新線索並非他樂見的轉折。

「這事不宜向媒體透露。」萊昂斯輕聲說。

「是的，總探長。」

「他母親呢？」他忽然露出警覺的神色，看著亞曼達。「妳有沒有交代她不准對外聲張？一個字也不准？」

「交代過了，總探長。」

媽的，廢話嘛，總探長。亞曼達暗罵。但是，下噤聲令有必要嗎？她很懷疑。部分媒體的報導已經夾敘夾議，語帶指控意味，而且尼爾雙親的可議之處已經夠多了，不必再故意惹人非議。

「那就好，」萊昂斯說，「因為……天啊。」

「我知道，總探長。」

辦公椅上的萊昂斯向後仰，閉目片刻，深呼吸。「妳知道那案子嗎？」

亞曼達聳聳肩。那案子，誰不知道？但「知道」並不代表「瞭解」。

「不透徹。」她說。

萊昂斯睜開眼睛，坐著凝望天花板。

「那麼，我們需要一些援手。」他說。

亞曼達一聽，心情略微下沉。原因之一是，這兩天以來，她已經忙到接近心力交瘁，不太情願讓人分享她努力的成果。另一因素是，雙方隱而不談一個鬼影。號稱「耳語人」的法蘭克・卡特。日後，想平息民眾的恐懼勢必難上加難。偵辦新方向如果曝光，鐵定不可能再安民眾的心。

從現在起，偵辦一定要步步謹慎才行。

「瞭解，總探長。」

萊昂斯拿起報告桌上的話筒。

就這樣，在黃金四十八小時接近尾聲的當前，彼特・威利斯探長再度上陣，參與本案偵辦行動。

7

彼特其實不願參與偵辦。

他奉行的哲理還算單純。長年以來，這項哲理深植他理智裡，已成他行事準則的藍圖，不需經過大腦思考就能直接套用。他的哲理是：雙手閒閒，邪念必生。

遊手好閒易生事端。

因此，他讓自己的手忙不過來，也不給頭腦偷懶的空間。對他而言，自律和規範很重要。那天在荒原搜救無功而返之後，近四十幾小時到現在，他多半重複著他平日的動作。

大清早，他進警局地下室的健身房，練著過頭推舉、側平舉、三角肌後束訓練。他每天鍛鍊不同部位，追求的與其說是虛榮或健康，倒不如說是靜思和專注。磨練筋骨時，靜思和專注能掃除雜念，撫慰心境。練了四十五分鐘後，他常發現自己居然大致不受雜念侵擾。

這天早上，尼爾失蹤案的懸念完全被他摒除在腦外。

健身完，他上樓進辦公室，處理堆積在桌上的小案子，耗掉大半天，忙到他無暇思考雜念。在血氣方剛的歲月，他或許渴求承辦更刺激的刑案，而非眼前這些雞毛蒜皮罪，但今天周旋在瑣事當中，他很享受其中的恬靜。進入警界，能辦到大案不僅是絕無僅有的事，更是壞事。因為重案固然刺激，通常也表示案主非死即傷。追求刺激無非是盼人受害，而在彼特的生命中，刺激和傷害已經夠多了。偵辦汽車失竊案和順手牽羊案，為層出不窮的尋常小案出庭，他能從中尋求慰藉。有這些小案，顯示城鎮正無聲運轉中，運作或許不盡完善，卻也不至於整體崩盤。

雖然小尼爾失蹤案和彼特沒有直接關聯，但想置身事外是不可能的。小男孩失蹤了，所有人心靈蒙上黯沉的陰影，而這案子已成為本單位最重大案件。彼特多次在走廊上聽見同事談著小尼爾可能的去向，揣測可能發生什麼事，當然也議論他的雙親。上級不鼓勵把箭頭指向尼爾的父母，大家不敢高聲推論他們是否涉案，但彼特照樣聽見這方面的說法，無非是指責父母失職，不該讓小男孩單獨走路回家。二十年前那案子也有類似的說法，彼特記得。他加快腳步，和二十年前一樣不願朝父母涉案的方向思考。

那天傍晚快到五點，彼特坐鎮辦公桌，已經默默規劃著今晚的活動。獨居的他鮮少與人交際，因此他下班回家後習慣翻找食譜書，從中挑選一道難做的菜，煞費苦心烹調，然後獨守餐桌獨享。飯後，他不是開電視看電影就是讀書。

另外，當然也免不了老習慣。

酒，和那張相片。

然而，當他收拾好東西，前腳快踏出門之際，他發現自己的脈搏加速。昨夜，睽違幾個月的惡夢又來了：珍・卡特透過電話沉聲告訴他，「你動作要快。」彼特盡量不胡思亂想，卻難以徹底甩除小尼爾案的陰影，換言之，不祥的預感和往事在他腦海浮現，他壓不下去。因此，就在他穿上夾克的同時，辦公桌上的電話響起來，他並不感到意外。儘管無從確定來電者是誰，他卻冥冥之中猜中了。

撈起話筒的手微微顫抖。

「彼特，」總探長柯林．萊昂斯在電話中說，「幸好攔到你。我正希望請你上樓商量一件事。」

一進總探長辦公室，彼特的推測立即獲得證實。電話中，萊昂斯沒透露隻字片語，但亞曼達．貝克探長也坐在辦公桌旁，背對著彼特坐在離門最遠的一邊。亞曼達目前只辦一個案子，換句話說，總探長找彼特商量的事情只有一件。

彼特關上門，盡可能保持鎮定，尤其是拚命避免回憶二十年前的那一幕。辦那案子到最後，他總算進入法蘭克．卡特擴建的房間，見到……

萊昂斯露出燦爛的笑容。總探長一微笑，電力足以供應全室的電器用品。

「你能上樓來真好。請坐。」

「謝謝。」彼特在亞曼達旁邊坐下。「亞曼達。」

亞曼達．貝克向他點頭問好，對他笑一笑，電力遠不及萊昂斯的笑容，照亮她自己的臉都顯得勉強。彼特對她的認識不深。亞曼達比他年輕二十歲，今天的神態卻比實際年齡蒼老甚多。彼特暗暗想，她一定是操勞過度——而且也太緊張了。也許，她擔心辦案主導權不保，這案子即將易主。彼特聽說她的企圖心很強。彼特大可安一安她的心。就算總探長無情無義，就算總探長見苗頭不對就陣前換將，他也絕對不會把案子移交給彼特偵辦。

彼特和萊昂斯的年資相去無幾。彼特雖然階級低於萊昂斯，卻比萊昂斯早一年進局裡服務，而且在許多方面績效勝過萊昂斯。假如時空移轉，這兩人位階必定互相對調，甚至現在位子對調也比較合理。問題是，萊昂斯向來野心勃勃，反觀彼特，彼特明瞭升官內建著勾心鬥角的風雨，因此在仕途上更上一層樓的意願不高。萊昂斯心中始終有這個疙瘩，彼特知道。對於萊昂斯這種汲汲營營的人，最惹他們心煩的莫過於面對一個能力過人卻胸無大志的同僚。

「尼爾．史賓塞失蹤案偵辦中，你知道吧？」萊昂斯說。

「知道。剛失蹤的那一晚，我也去荒原協尋過。」

萊昂斯瞪他片刻，或許是在暗忖他是否話中帶刺。

「我家在那附近。」彼特補上這句話。

但萊昂斯家也在那一區，當晚卻不曾外出沿街搜尋。一會兒後，萊昂斯點點頭安慰自己。彼特執著於搜尋失蹤兒童，自有他的個人苦衷，這一點萊昂斯瞭然於胸。

「照你這麼說，你知道案情進展到什麼階段了？」

*我知道案情完全沒進展。*彼特含在嘴裡不說，唯恐亞曼達聽了以為受到苛責，而她的確是盡力了。彼特所見不多，只知她偵辦本案的手法合宜，更何況，禁止部屬批判尼爾父母親的命令是亞曼達下達的，他能認同。

「我知道的是，擴大搜尋和調查之後，還是找不到尼爾。」彼特說。

「你有什麼樣的推斷？」

「我對這案子的瞭解不夠深入，所以沒什麼推斷。」

「沒有嗎？」萊昂斯面露訝異。「你剛不是才說，失蹤當晚你去協尋過了。」

「那是在我以為小孩還找得到的階段。」

「所以說，你不認為現在找得到？」

「我不知道。希望找得到。」

「以你的過去，我還以為，你會很關注這案子。」

總算觸及重點了。頭一次暗指。

「也許，過去那一段，讓我有理由不去關注這案子。」

「對，我能體會。那段日子，我們大家都很痛苦。」

萊昂斯的語氣帶有同情意味，但彼特明瞭，過去那一段是兩人之間又一個心結。二十年前的那次是本區五十年來最轟動的刑案，破案者是彼特，如今總探長的位子卻歸萊昂斯坐。現在提到眼前這案子，雙方心中各有各的彆扭，遲遲不肯道破關鍵點。

最後切入正題的是萊昂斯。

「我也瞭解，法蘭克・卡特只肯對你一個人開口。」

直鑽話題核心了。

彼特好一陣子沒聽人提起這姓名了，現在聽見，心頭應該一震才對，但這姓名只把他心底那股毛骨悚然感勾上檯面而已。法蘭克・卡特。二十年前在羽陵村，他綁架殺害五名小男童，最後由彼特偵破。單單這姓名，就能在他心中引發莫大的驚駭，因此他總覺得這姓名永遠不適合明講，深怕這姓名如同詛咒，一喊就能喚來妖魔鬼怪。更恐怖的是報章雜誌為他取的綽號：耳語人。綽號的由來是，法蘭克專挑疏於照養、無防備的幼童下手，接近他們，然後拐走他們。他的怪招是趁夜躲在他們窗外，對他們竊竊私語。彼特始終不准自己以這綽號稱呼他。

想奪門而出的他按捺住衝動。

他只肯對你一個人開口。

「對。」

「為什麼只肯對你開口？」萊昂斯說。

「他喜歡對我挑釁。」

「挑釁什麼？」

「當年他那案子。我一直查不到的那些。」

「他一直沒告訴你嗎？」

「對。」

「那你何必再去找他？」

彼特猶豫著。同樣的疑問，多年來他反覆捫心自問過。他畏懼和法蘭克見面。每次在監獄訪談室裡，別無旁人，彼特等著法蘭克進來，總克制著心頭的寒顫。訪談過後，彼特往往覺得心臟缺了一塊肉，殘破感有時延續數星期不消。有些日子裡，他會顫抖不已，無法自遏，更難以抗拒酒瓶的誘惑。睡夢中，法蘭克．卡特會找上門來，矗立在他夢中，面貌猙獰，嚇得他驚叫失聲醒過來。每次探監訪談他，彼特的心頭就再掉一小塊肉。

儘管如此，彼特照去不誤。

「我猜我大概是希望，他總有說溜嘴的一天，」彼特謹慎回答。「希望他一不小心洩露機密。」

「洩露男孩史密斯的棄屍地點，對吧？」

「對。」

「也透露共犯是誰？」

彼特不語。

因為，又踹到痛腳了。

二十年前，警方在法蘭克家尋獲失蹤男童的遺體，只找到四具，最後一名受害者東尼．史密斯的屍體至今仍不見天日。法蘭克涉及五件命案，這是眾人心目中毫無疑問的事，而法蘭克自己也不曾否認。反過來說，該案也存在幾個矛盾之處，多半是眉眉角角的枝節問題，沒有一個疑點能為法蘭克脫罪。其中一次誘拐案發生的期間，法蘭克提出的不在場證明能涵蓋大部分，但也不表示他絕無可能誘拐該男童，只是可能性有些牽強而已。部分證人曾描述，曾在某些地方見到一個不是法蘭克的可疑人物，但這些證人也無法一口咬定不是他。鑑識科在法蘭克家採集到的證據確鑿，警方的證人證詞也更為具體而牢靠，然而，該案殘留的一縷疑慮始終瀰漫不散：法蘭克．卡特有無共犯？

自己也有同樣的疑慮嗎？彼特不確定。多數時候，他盡量不思考法蘭克另有共犯的可能性。然而，今天被長官叫來，顯然是針對舊案有無共犯的癥結。遇到非正視不可的恐懼時，最好的做法是把恐懼硬拖出來曬太陽，長痛不如短痛。因此，彼特決定漠視萊昂斯的問話而單刀直入。

「總探長想提什麼事，我方便問一下嗎？」

總探長萊昂斯遲疑一陣。

「我們接下來討論的事，現階段不宜對外聲張，懂嗎？」

「當然。」

「根據我們掌握的監視錄影帶，尼爾．史賓塞朝荒原的方向走過去，在那附近失去蹤影，目前搜索不出結果。他可能出事的地點全查過了。出事當時，沒有家人或朋友在他身邊。照常理，我們被迫考慮別的可能性。貝克探長？」

彼特身旁的亞曼達．貝克總算動了一動，開口時，語氣多了一分辯解的意味。

「從一開始，我們當然思考過別的可能性。我們挨家挨戶查訪過。也約談過嫌疑最大的當事人。目前還沒有進展。」

沒有這麼單純吧，彼特暗想。「可是呢？」

亞曼達深吸一口氣。「可是，一個鐘頭前，我再次約談他父母，想瞭解先前漏掉什麼線索，結果他母親提起一件事。之前她沒提，是因為她覺得那件事很無聊。」

「什麼事？」

彼特這話一出口，心裡已經知道答案。或許不盡然是答案的全貌，但也夠接近了。他進總探長辦公室到現在，片片斷斷的惡夢逐步靠攏，聚合成一幅影像。

一個小男孩失蹤了。

法蘭克．卡特。

一名共犯。

這時，亞曼達為拼圖加上最後一片。

「幾個禮拜前，尼爾半夜叫醒媽媽，說他看見窗外有個妖怪。當時窗簾拉開著，好像他是真的看過窗外，但媽媽什麼也沒看見。」

亞曼達停頓一下。

「他說，窗外有一個人對他講悄悄話。」

第二部　九月

8

杰克好興奮。我們從羽陵村的仲介手中接下新家鑰匙，車子正駛向新家，我心裡只有焦慮的情緒。我去新家看過兩次，要是這次和當時印象有落差怎麼辦？這次踏進新家，如果我討厭這房子怎麼辦？更難想像的是，如果我討厭、杰克卻喜歡，那該怎麼辦呢？

豈不是白忙了一場？

「不要再踹我的座位了，杰克。」

在我座椅後面亂踹的腳稍停一會兒，接著又繼續踹。我暗自嘆氣。車子轉個彎。但我繼而心想，難得他這麼興奮，我還是別放在心上吧。起碼父子其中有一個人高興。

幸好這天的天氣很宜人。撇開我的情緒不談，沐浴在暮夏陽光下的羽陵村賞心悅目，這是不爭的事實。羽陵村位於郊區，離繁忙的市中心僅僅五英里，感覺卻比鄉下更鄉下。村子的南緣有一條河，河畔有鵝卵石道路以及獨棟小木屋。村子北邊有一排商店，在更北的地方有幾條高坡度街道，兩旁林立著美觀大方的砂岩屋，多數人行道上種著樹葉蓊鬱的樹。車窗打開，外面的空氣帶有剛割草過的馨香，也飄來音樂和兒童嬉戲聲。這裡的氣氛寧靜祥和，宛如慵懶的早晨，舒緩而溫煦。

新家這條街僻靜，屬於住宅區，一旁有一大片原野，更遠處的林木較多。陽光穿透枝葉而下，在綠草上潑灑斑斕的光影。我試著想像杰克在新家對面的草地上奔跑，小T恤在豔陽下亮麗，仍和現在的他一樣高興。

我們的房子。

我們來了。

我駛進車道。房子當然是同一棟房子，但它注視外界的神態似乎變了。第一次來看房子，我覺得它既恐怖又難以親近，幾乎帶有凶險的味道。第二次來看房子，我覺得個性獨具。這一次，乍看之下，不對稱的窗戶讓我聯想到一張被打歪的人臉，一邊臉頰嚴重瘀青，眼睛因此遭推擠，頭骨受過傷，兩邊大小不勻稱。我甩一甩頭，趕走這份印象，但一股陰森森的感觸徘徊不去。

「來吧。」我輕聲說。

我們下車，外面靜悄悄無風，暑氣缺乏動力，我們置身在幽靜的膠囊中。我們朝前門走去時，周遭卻嗡嗡響起，音量柔和，感覺像窗戶正在監視我們，也可能裡面有什麼東西正隔著玻璃看我們。我用鑰匙開鎖，打開門，不新鮮的空氣撲鼻而來，霎時令我覺得，房客搬走之前，這房子就已經封閉了，屋裡甚至可能有東西腐敗了，但我只嗅到清潔用品的消毒水氣味。

杰克和我進屋裡走一圈，見門和櫥櫃就開，開燈關燈，窗簾開開合合。我們的腳步聲激起回音，除此之外別無聲響。然而，當我們巡視每一間房的時候，*家裡另有他人*的感覺盤桓在我心中，那人正躲在我們看不見的地方，只要我選對時機回頭望，一定看得到門框裡躲著一張臉。這種感覺缺乏理性，很無聊，卻在我心裡逗留不走。而杰克更是火上加油。他好興奮，從一間衝向另一間，但我偶爾見他面露略微疑惑的表情，好像他以為能看見某種事物卻撲了個空。

「這是我的房間嗎，爹地？」

我分給他當臥房的那間在二樓，位置比樓梯頭高一些，因此窗戶比其他房間來得小，儼然是腫歪歪臉頰上的一顆眼珠，瞭望著原野。

「對。」我摸摸他的頭。「你喜歡嗎？」

見他不回答，我低頭凝視他，緊張起來。他四下看一看，陷入沉思。

「杰克？」我說。

他抬頭看我。

「這真的是我們的嗎？」

「是的，」我說，「沒錯。」

這時候，他抱住我雙腿，動作來得太突然，害我險些站不穩。他的反應好比剛拿到一個最棒的禮物卻擔心被搶走。我蹲下去，好讓父子倆好好擁抱。我頓時鬆了一大口氣，忽然間，其他事都不重要了。兒子能開心住進這裡，我為他做了一件好事，這才最要緊。我望著他背後開著的門和樓梯頭。如果轉角躲著什麼東西的感覺仍在，我全怪自己想像力在作祟。

住這裡，我們能平平安安。

日子能過得快快樂樂。

第一個星期是如此。

現在，我剛拼裝好一座書架，站著看成果，讚嘆自己有志者事竟成。DIY向來不是我的強項，但我知道這是蕾貝佳的心願，能想像她現在從背後挨向我，側臉貼我背部，雙手抱住我的胸，逕自微笑著。看吧，你辦得到的。書架讓我淺嚐到的成功滋味微不足道，但這種感覺最近不常有，令我欣慰。

只可惜，我依然孤單。

我開始讓書籍上架。

因為，假使蕾貝佳在世的話，她也會接著忙這件事。縱使搬家的用意是讓我和杰克重新出發，我仍想順著蕾貝佳的習性。她曾告訴我，書是一定要擺的。這樣才能為新家創造出一個家庭的韻味。閱讀是她最快樂的時光。我和她常各自蜷縮在沙發一端，度過無數溫馨而滿足的晚間，我忙著用筆電寫作，她徜徉在一本接一本的小說世界中。幾年下來，我們累積數百本書，現在一本本脫箱而出，我小心排上書架。

輪到我自己的書上架了。電腦桌旁的書架保留給我發表的四本小說，附帶各語種的譯本陪襯。書架擺個人作品顯得太炫耀，但蕾貝佳以我為傲，總堅持要我展示自己的書。因此，這又是我紀念她的舉動。同樣地，我在書架上留一些空位，留給該寫卻還沒完成的書。

我看電腦一眼，提心吊膽。過去這星期，我除了開機檢查無線上網能否連線之外，一個字也沒打。我已經一年寫不出東西了。現在，轉機來了。新的起點，新的——

吱嘎。

聲音從樓上傳來，是踩地板一下的聲響。我抬頭看。我正上方是杰克的房間，但我剛才在客廳組裝書架拆箱後，離開他時，他還在客廳裡玩耍。

我走向門，抬頭望樓梯。樓梯頭沒有人。不僅如此，整棟房子突然變得悄寂，好像我一靜止，所有事物跟著不敢動。靜到我耳鳴。

「杰克？」我對樓上喊。

無聲無息。

「杰克？」

「爹地？」

差點嚇我一跳。他的聲音從客廳傳來，而客廳就在我身旁。我一面留意著樓梯頂，一面探頭進客廳。兒子蹲在地板上，背對著我，正在畫圖。

「你還好吧？」我說。

「好啊。什麼事？」

「問問看而已。」

我縮頭回來，再一次抬頭看樓梯頭片刻。樓上仍是靜悄悄，但現在多了一份風雨欲來的預感，再次令我覺得有人躲著我。不消說，這太荒謬了，因為假如有人走前門進來，我不可能不知道。房子吱吱嘎嘎是常有的事，過陣子習慣就好。

話雖這麼說……

我緩緩踏上樓梯，步步為營，腳放輕，舉著左手，以防萬一什麼東西從旁跳出來嚇我。我走完最上面一階。樓梯頭當然什麼也沒有。我走進杰克的房間，裡面也只見空氣。一小片陽光透窗而入，我看見塵埃懸浮在空中，不受干擾。

只是房子吱嘎叫一聲而已。

我下樓，多了一分自信，暗罵自己傻，但也如釋重負到我不願承認的程度。下到樓梯最後兩階，這裡有幾疊郵件。目前為止，郵件累積甚多，有些是交屋相關文件，也有餐廳外帶菜單之類的垃圾郵件多不勝數，但這其中有三封信，收件人是多米尼克·巴奈特，註明「親啟」或「限本人拆閱」。

我記得，前任屋主薛林夫人曾長年把房子租給別人。我一時手癢難耐，拆開其中一封看，裡面是討債公司列出的債務表。我一看，心往下沉。多米尼克·巴奈特這人欠繳手機門號費用多年。我拆開另外兩封，全是催繳信函。我瀏覽內容，不由得皺眉頭。他積欠的金額不高，但信裡的措辭帶有威脅意味。我勸自己別怕，這問題並非無解，幾通電話就能擺平。然而，搬新家是為了讓我和杰克重新起步，而不是再為自己添難題。

「爹地？」

杰克出現在我旁邊的客廳門口，一手拿著他的寶物袋，另一手拿著一張紙。

「我可不可以去樓上玩？」

我想到剛才聽見的吱嘎聲，當下的反應是不准他上樓。但我想想卻覺得太荒唐。樓上沒人，而且他的臥房在樓上，想進房間玩是他的權利，誰管得著？但話說回來，這天父子倆相處的機會不多，如果放任他上樓躲起來，隔閡會更大。

「這個嘛，」我說，「可以先讓我看你畫的圖嗎？」

他猶豫著。「為什麼？」

「因為我想看。因為我喜歡。」

因為爸爸想盡一盡親職啊，杰克。

「是我畫給自己看的。」

有道理，我有點想尊重他的意思，但我不喜歡他藏著秘密不讓我知道。寶物袋是一回事。如今他連畫畫都不給看，顯示父子間的距離正漸漸拉大。

「杰克——」我欲言又止。

「好啦，給你。」

他猛然把圖畫戳向我。圖畫送到我眼前了，我反而不願意接下。

但我還是接下了。

杰克的畫法一向不擅長寫實，總喜歡畫那種盤根錯節、死纏爛打的戰局，但這次他嘗試直截了當的風格，筆法粗糙，但我一眼能辨識他揣摩新家的外觀，近似當初他在網路上看中的那一幅房屋外觀照片。他很能捕捉這房子的怪模樣，以童稚的曲線將房子畫成異形，窗戶變長了，讓房子更像一張臉孔。正門看似在呻吟。

然而，吸引我目光的是樓上。他在右邊的窗框裡畫我獨自站在自己臥房中。左邊是他的臥房，窗戶大到足以囊括他全身，臉上帶著微笑。現在他的牛仔褲和T恤上沾染著蠟筆。

他在臥房內多畫一個人，一個小女孩，畫在他身邊。小女孩的黑頭髮全梳向一邊，髮型幾乎帶有怒意，衣服上畫著斑斑的藍色，其餘留白，一個膝蓋上塗紅，代表擦傷。

兩邊嘴角各掛著一個小S。

9

那一晚，杰克洗完澡後，我跪在他床邊地板上，好讓彼此朗讀給對方聽。他的閱讀能力不錯，我們正在讀黛安娜·韋恩·瓊斯的《三大冥神的詛咒》。這本是我童年的最愛，選這本給他讀是直覺的念頭，事後才想到，書名裡的「三」有可怕的反諷意味。

那晚讀完一章後，我把書放回他的書堆。

「要不要抱一抱？」我問。

他不發一語掀開棉被，在我大腿上側坐，雙手環抱我。我盡量品嘗這一刻，愈久愈好，然後他才爬回床上。

「我愛你，杰克。」

「我們吵架時也愛嗎？」

「當然。尤其是我們吵架的時候，愛才最重要。」

這時我想起我畫給他的那幅畫。我知道他收藏起來了。我低頭看他的寶物袋。他把寶物袋放在床下，半夜一伸手向下就能搆到。但我接著又聯想起那天下午他原本不給看的那幅畫。見他不情願，我當時沒問清楚他畫誰，但在和煦的臥室燈光下，我覺得現在也許適合問問看。

「今天你畫新家，畫得不錯。」我說。

「謝謝你，爹地。」

「不過，我對裡面有一部分感到好奇。窗戶裡和你在一起的小女孩是誰啊？」

杰克咬咬唇，不回答。

「沒關係啦，」我輕聲說，「你可以告訴我。」

但他依然不回應。顯而易見的是，無論小女孩是誰，必定是他畫圖不給看的主因，而他現在也不願說明。為什麼不願意？

頃刻後，我想通了。

「跟安親班的那小女孩是同一個嗎？」

他遲疑著，然後點點頭。

我跪坐著，向後靠，盡最大能力隱藏內心的挫折。甚至可以說是失望。過去這星期，日子似乎過得很順利。搬進這裡，我們很開心，杰克似乎調適良好，我也抱著審慎樂觀的心態。但看樣子，他的虛擬朋友一路跟過來了。我想到這裡，不禁微微打一陣哆嗦。我以為搬家能甩掉她，沒想到她長途跋涉，竟然能慢慢跟過來。

「你現在還跟她講話嗎？」我說。

杰克搖搖頭。

「她不在這裡。」

從他失望的語氣，我聽得出他希望她還在身邊，因此再一次感到不安。他對一個不存在的人如此執著，有害他身心。話雖這麼說，看他現在情緒如此低落而寂寥，我差點為了拆散他們而內疚。同時，我又為了自己沒盡力而感嘆。

「你嘛，」我謹慎措辭說，「你明天就開學了，我相信你能交到很多好朋友。而現在呢，你有我在這裡。我們搬進新家了，重新起跑。」

「這裡安全嗎？」

「安全？」問這做什麼？「安全啊，當然安全。」

「門有沒有鎖好？」

「有。」

反射性撒了一個謊，善意的謊言。門其實沒上鎖。我好像連門鍊都沒扣上。羽陵村不是一個熱鬧的地方，更何況，現在才剛入夜，燈火通明，沒有壞人敢如此明目張膽。

但杰克一臉好害怕的模樣，我忽然意識到我倆離正門多遠，也想起幫他洗澡時的水龍頭嘩嘩聲多吵。假使有人趁我們在樓上，偷偷走進來，我聽得見嗎？

「你用不著擔心啦。」我盡力讓語氣堅定。「我絕不會讓你遇到壞事的。你幹嘛擔心成這樣？」

「你一定要關門。」他說。

「什麼意思？」

「你一定要把門鎖好。」

「杰克——」

「大門不關緊，細語輕輕吟。」

一股寒意竄遍我全身。杰克露出害怕的神色，而且他不可能自己發明這種童詩。

「你講的是什麼意思？」我說。

「我不知道。」

「那你從哪裡聽來的？」

他不應。但我發現，他不講，我也知道。

「那個小女孩嗎？」

他點頭，我搖頭表示困惑。杰克不可能自創童詩，也同樣不可能跟一個不存在的人學這句。這麼一來，或許是我在安親班搞錯了，小女孩真有其人？說不定，小女孩跑出去玩了，杰克誤以為她還在教室，所以才向她道別？怪就怪在，我進教室的時候，全桌只有他一人。這麼看來，一定是同學在搞鬼，故意嚇唬他。從他目前的表情看來，他是被嚇到了。

「你絕對安全，杰克。我跟你保證。」

「可是，門又不是我在看守！」

「對，」我說，「包在我身上。所以，你沒什麼好擔心的。誰跟你講什麼，我不管。你現在只管聽我的話。我不會讓你遇到壞事的。永遠不會。」

他至少有在聽，但我不確定他信或不信。

「我向你保證。我為什麼不會讓你遇到壞事，你知道嗎？因為我愛你。真的非常愛。甚至在吵架的時候都愛。」

這句話逗得他露出淺而又淺的淡笑。

「你相不相信我？」我說。

他點點頭，表情多了一點安定。

「很好。」我撥一撥他的頭髮，站起來。「因為，我是說真的。晚安，小乖乖。」

「晚安，爹地。」

「過五分鐘，我會再上來看你。」

走前，我幫他熄燈，盡量放輕腳步下樓。我多麼想整個人躺進沙發，但我走向正門，停下來。

大門不關緊，細語輕輕吟。

當然是胡說八道。不論他是跟誰學的，這句話讓我不安。幻想中的小女孩遠道尾隨而來，已經讓我心裡發毛了，現在我動不動想到她坐在杰克身旁，見她頭髮全撥向一邊，臉上一抹詭異的微笑，湊近杰克耳朵講悄悄話嚇他，我愈想，心情愈惴惴難安。

我鉤好門鍊才去睡覺。

10

這週末，彼特·威利斯探長離開羽陵村幾英里，手持一根棍子，走在附近的鄉間，隨手撥弄著樹下叢生的植物，路過矮樹時也檢查看看。偶爾來到空曠的原野時，他攀越過籬梯，在草地上地毯式搜索。

乍看之下，任何人會以為他正在散步。而實際上，他猜自己的確是在漫遊。近日以來，他其實刻意把這種搜尋任務視為遠足踏青，是老頭子消磨時光的方式之一。畢竟，案子已經過二十年了。然而，儘管是出來透透氣，他心頭仍有一絲專注。他放著四周的美景不欣賞，不斷在地面搜尋碎骨和舊衣物的破布。

藍色運動褲。黑色小馬球衫。

不知為何，逗留在他心裡的總是衣物。

無論彼特再怎麼迴避，他也忘不掉二十年前曾進入法蘭克·卡特家，在緊鄰的擴建室裡見證到慘狀。那天蒐證過後，心有餘悸的他回局裡，踏進滑軌門的那一刻，胸中至少略略鬆懈下來。四個小男孩遇害了。當時，縱使歹徒畏罪潛逃中，至少案子終於偵破了，歹徒有名有姓，不必再以報章取的綽號稱呼他。終於找到四條人命的凶手。

在當時，彼特相信，案子就快收場了。

但他一進局裡，看見史密斯夫婦艾倫與米蘭達坐在接待室。二十年後的現在，他們仍歷歷在目。艾倫那天穿西裝，坐得直挺挺，兩眼無神，雙手在膝蓋之間拱成心形，米蘭達兩手按在大腿上，上身斜倚著丈夫，以他的肩膀為枕，褐色長髮灑落他胸部。那時接近傍晚，但兩人顯得疲憊不堪，宛如旅途漫長的旅客坐著想睡卻睡不著。

他們的兒子東尼失蹤了。

事隔二十年，依然找不到小東尼的人影。

法蘭克．卡特遠離羽陵村，駕駛廂型車潛逃到將近一百英里外，一天半之後，終於在鄉道上被警方捕獲。證物經鑑定後，證實小東尼曾被關進廂型車後面，但警方找不到遺體。儘管法蘭克坦承殺害小東尼，他卻拒絕吐露棄屍地點。

法蘭克落網後，警民大規模搜索他可能走過的無數路線，幾星期下來一無所獲。彼特也參與幾次搜索。協尋者的人數日漸縮減，二十年後只剩彼特一個還在找。就連史密斯夫婦也心死了。他們遠離羽陵村，另創新生活。如果東尼還活著，今年二十七歲了。彼特知道，兒子失蹤後，史密斯夫婦雖歷經一段天翻地覆的光陰，後來也生下女兒克萊兒，今年剛滿十六歲。史密斯夫婦在兒子遇害後，重新站起來，彼特對他們無怨言，只是自己至今仍無法釋懷。

一個小男孩失蹤了。

一定要找到小男孩，帶他回家。

駛回羽陵村的路上，彼特路過幾棟民宅，看起來裡面住得很舒適，屋外漆黑，窗子裡透著光，他能想像屋裡的笑談聲飄送而出。

和樂融融，一家子應該這樣。

他想到這裡，幾許孤寂隱然而生，但話說回來，樂子找就有，像他這種過著獨居生活的人也找得到樂趣。路旁有幾棵參天大樹，葉子隱沒在暗夜中，只在路燈照到的地方才映下複雜的黃綠色光影，隨微風搖曳。羽陵村肅靜而安詳，幾乎令人難以相信此地發生過驚世駭俗的連續弒童案。

在彼特家這條街的盡頭，電線桿上貼著一張尋人啟事。過去幾星期以來，小尼爾的親屬四處張貼他的相片和衣物特徵，懇求證人出面爆料。在炎炎夏日摧殘下，海報上的圖文都褪色了，他開車經過時見狀想起親友在意外現場留下的弔祭鮮花，日久凋零。原本已經消失的小男孩，現在漸漸再一次消逝。

小尼爾失蹤已近兩個月。儘管警方辦案傾盡資源和心血，掌握到的線索仍和失蹤當晚差不多。就彼特所知，領銜偵辦的亞曼達．貝克探長已面面俱到，連維護個人聲譽不遺餘力的總探長萊昂斯也力挺她，陣前拒絕換將，可見她辦案的確有效率。只不過，彼特上次在走廊和亞曼達擦身而過時，見她面容至為憔悴，他曾暗想著，這算不算是身為探長的懲罰。

他多希望能告訴亞曼達，案情總有好轉的一天。

被萊昂斯叫進辦公室後，彼特向亞曼達介紹二十年前的辦案過程，但目前這案子，他參與的機會不多。為了這案子，他要求進監獄訪談法蘭克．卡特時，那股熟悉的恐懼感又來了。提出要求時，他想像自己和喪心病狂對坐，被對方當成玩物耍弄。和往常一樣，他又懷疑自己能不能挺過這難關，說不定這一次訪談法蘭克，他自己會終於撐不下去。然而，他是白擔心了。就他印象中，他求見法蘭克，法蘭克每次都答應，這次卻被他回絕。所謂的耳語人似乎決定封口了。

彼特曾多次進監獄訪談他，這次也做好心理建設，準備再去一次，儘管如此，被拒絕了，他反而難以壓抑內心的輕鬆，隨之而起的當然是一陣內疚和羞慚，但他勸自己不要想太多。和法蘭克對坐是一件苦差事，會殘害身心。何況，唯有小孩自稱窗外有人，才扯得上法蘭克，童言童語對案情能有什麼幫助？

輕鬆是正確的反應。

回到家，他把鑰匙扔向飯廳桌上，已經在盤算今晚該煮什麼大餐，飯後該看什麼節目，以填滿睡前幾小時的空檔。明天，健身房，文書作業，行政事務。日子照常過。

但下廚前，他先做例行私事。

他打開碗櫥，取出存放在裡面的一瓶伏特加，雙手捧握著，轉一轉，掂一掂斤兩，感受玻璃瓶的厚度。瓶裡絲柔的液體由一層厚實的防護膜隔絕，不許他碰觸。好久沒開酒瓶了，但扭轉瓶蓋開封的喀嚓聲記憶猶新。

他從抽屜拿出一張相片。

然後，他在餐桌前坐下，伏特加和相片擺在眼前，問著自己：

要不要？

幾年來，想開酒誡的衝動時強時弱，始終不曾完全消失。能喚醒酒蟲的事物不勝枚舉，但也有些時候，酒蟲似乎不按牌理出牌，冷不防蠢蠢欲動起來。平常，這瓶酒死氣沉沉，無氣力，形同一支沒電的手機，但有時候裡面也閃現一絲光芒。現在，酒蟲發威了，比他印象來得強勢。事實上，近兩個月以來，酒蟲呼喚他的音量與日俱增。

酒蟲現在告訴他：該來的總會來，你再拖也沒用。

何苦折騰自個兒呢？

滿滿一瓶酒——這很重要。從喝剩一半的酒瓶倒酒喝，慰藉度不如拆封倒一瓶新酒。慰藉感來自於知道自己喝夠了。

他輕輕測試瓶口封，自我誘惑著。再稍施一點力氣，瓶口封一裂，酒瓶就開了。

乾脆投降吧。

灌酒會讓你覺得一文不值，可是，你我都清楚，你本來就是。

酒蟲的話時而友好，時而殘酷。小和弦和大和弦彈起來一樣輕鬆。

你一文不值。你是個廢物。

快開瓶吧。

十之八九，酒蟲和父親的聲音是同一個。老爸作古已久，但四十年後的今天，彼特仍記得他臃腫的身影，在滿是灰塵的客廳裡，閒躺在表皮脫線的扶手椅上，一臉輕蔑。小彼特再怎麼努力，也被爸爸嫌不夠好。一文不值和廢物是他很小就學到的詞彙，很常聽。

長大後，彼特領悟到，父親是個心胸狹窄的人，生命中的大小事都令他失望，順手拿兒子當出氣筒，抒發數不清的怨氣。可惜，彼特的領悟來得太遲，「無用論」已經深植他的意識中，成了心性的一部分。客觀而論，他知道自己並非一文不值，也不是窩囊廢，但直覺上總認為自己確實如此。探明真相後，他仍深信無用論。

他拿起莎莉的相片。這相片是好幾年前拍的，如今已褪色，彷彿相紙有意抹淨表面的圖像，回歸原始的空白。相片中的他和莎莉顯得好幸福，兩張臉貼在一起，夏日高照，莎莉似乎充滿喜樂，咧嘴笑著，彼特被太陽照得瞇瞇眼，笑容滿面。

酗酒能搞砸的就是這種好事。

所以才不值得貪杯。

他再呆坐幾分鐘，放慢呼吸速度，然後將酒瓶收進碗櫥，收好相片，開始煮晚餐。小尼爾失蹤後，酒蟲的誘惑變強，他不難明瞭原因何在，所以他在本案裡變得無足輕重倒也省事。他想著，讓酒蟲去借題發揮，隨它去盡情囂張一陣子吧。

然後再賜它死。

11

那天夜裡，我又輾轉難眠。

從前，每當我出新書，我會出席一些活動，甚至偶爾辦巡迴簽書會。一般而言，我不帶妻小去巡迴，所以半夜隻身躺在陌生的旅館房間裡睡不著，想念著親人。蕾貝佳不在身邊，我總難以成眠。

如今，她不可能再回來，我更難入睡了。以前，我躺在旅館床上，伸手摸向冷冰冰的另一邊，至少能憧憬在家的情境，幻想夫妻能跨越空間心靈相繫。她過世後，我在家裡的床上一伸手，摸不到人，只摸到冰冷空虛的床單。搬新家，換一張床，也許能一掃陰霾吧？沒用。在以前的家，我伸手至少知道，蕾貝佳曾躺在我身旁。

於是，我在床上睡不著，不停想念她。即便搬新家是個正確的抉擇，我卻意識到，蕾貝佳和我的隔閡變得更大了。留下她，太不人道了。我不斷想像她的孤魂流連在老家裡，望著窗外，納悶丈夫和兒子跑哪裡去了。

念頭轉到這裡，我想起杰克的虛擬朋友。他畫的那個小女孩。我竭盡所能摒除這想法，集中精神在羽陵村的安詳日子。窗簾外的世界風平浪靜。屋裡現在全然靜悄悄。

如此，我沉沉入睡，至少睡了一陣子。

玻璃碎裂聲。

我母親驚叫。

一個男人叫罵著。

「爹地。」

我陡然從惡夢中驚醒，一時不明白置身何處，只知道杰克正在呼喚我，所以我該以行動回應。

「等一等。」我喊著。

床尾有個陰影，動了一下，我的心臟驟然一震。我馬上坐起來。

老天爺啊。

「杰克，是你嗎？」

矮小的身影從床尾繞到我這邊，一時之間我還不信這陰影是他。等到他夠近，我才認出他頭髮的形狀，臉還看不清楚。他的臉完全被漆黑的房間隱沒。

「你來幹什麼，好小子？」我的心仍在狂跳，一來是被兒子嚇到，二來是被惡夢嚇醒，餘悸尚存。「還不到起床的時候。離起床還早得很。」

「今晚我可不可以跟你一起睡？」

「什麼？」他從來沒和我一起睡過。以前他要求過幾次，但蕾貝佳和我堅持不讓步，因為我們的觀念是，只要讓步一次，小孩會得寸進尺。「小孩不能跟大人一起睡覺，杰克。你明明知道的。」

「拜託嘛。」

我發現他音量刻意壓低，彷彿隔牆有人，他不想被那人聽見。

「怎麼一回事？」我說。

「我聽見一個聲音。」

「一個聲音？」

「我的窗戶外面有個怪物。」

我坐著，不吭聲，回憶起他臨睡前背誦的那句童詩。但是，詩裡提的是門。何況，臥房在二樓，窗外怎麼可能有人？

「你是在做夢啦，好小子。」

他在黑暗中搖搖頭。

「我被它吵醒了。我走到窗前，那邊比較大聲。我想開窗簾，可是我好害怕，不敢開。」

我想暗暗告訴他：開窗簾的話，你會看到馬路另一邊是黑漆漆的原野，沒有其他東西。

但他語氣如此認真，我說不出口。

「好吧，」我下床說。「不如我們去檢查看看好了。」

「不要，爹地。」

「我又不怕怪物，杰克。」

他跟隨我進走廊。我打開樓梯頭的燈。我踏進他房間，不開燈，直接走向窗戶。

「要是外面有怪物怎麼辦？」

「沒有啦。」我說。

「要是有呢？」

「交給我就行。」

「你會捶他的臉嗎？」

「絕對會。可是，外面什麼也沒有啊。」

話雖如此，我心裡倒沒有這麼篤定。窗簾闔著，給人一種不祥的預感。我仔細聽幾秒，什麼也沒聽到。而且，這窗外不可能有人。

我拉開窗簾。

什麼也沒有。只見前院和步道的斜角，更遠處是冷清的馬路，對面是延伸至遠方的幽暗原野。玻璃倒映著我的臉，模模糊糊，正凝視著室內。然而，窗外真的是什麼也沒有。全世界似乎正睡得香甜，和我恰好相反。

「看到沒？」我鼓足耐性說，「一個人也沒有。」

「剛才有啊。」

我闔好窗簾，跪下說：「杰克，有時候，做夢會像真的，可是夢不可能是真的。我們房間離地面那麼高，窗戶外面怎麼可能有人？」

「可以爬排水管上來啊。」

我正要回應，隨即想著屋外配置圖。排水管正好在他窗戶的旁邊。我頓時產生一個荒誕的念頭。鎖上門，拴好門鍊，避免妖怪入侵，妖怪不得其門而入，難道不會被迫爬上二樓，找其他入口嗎？

無聊的想法。

「外面沒有人啦，杰克。」

「我今晚可以跟你一起睡嗎，爹地？拜託嘛。」

我暗暗嘆息。顯然他下定決心不肯獨睡了，現在跟他爭辯，不是太遲，就是太早，我莫衷一是。索性讓步吧，比較省事。

「好吧。不過，只准今晚喔。也不准你亂動。」

「謝謝你，爹地。」他拿起寶物袋，跟著我回我臥室。「我保證不會亂動。」

「說了就算數嗎？你也不會搶被子嗎？」

「我也不會。」

我熄滅走廊燈，然後一起上床，杰克躺進本來給蕾貝佳躺的那一邊。

「爹地？」他說，「你剛是不是在做惡夢啊？」

玻璃碎裂聲。

我母親在驚叫。

一個男人在叫罵。

「對，」我說，「好像是。」

「你夢到什麼？」

夢已經有點模糊了，但這場夢是惡夢，也是一段回憶。年幼的我在童年家中，走向小廚房的門口。在夢中，夜深了，樓下的聲音吵醒我，我用棉被遮頭，不敢下床，內心懼怕不已，明知情況不妙，卻盡量騙自己一切都沒事。最後，我躡手躡腳下樓，不想看見樓下發生什麼事，卻忍不住被引向樓下，感覺既渺小、害怕又無助。

走廊陰暗，我走向明亮的廚房，聽見裡面傳出聲響。我母親的嗓音氣呼呼，卻壓得很低，像是她以為我還在睡，盡量不讓我被波及，但男人大吼大叫著，毫不在意，兩人的言語交錯重疊，我聽不清楚他們在吵什麼，只知道兩人都講得很難聽，而且愈吵愈兇，即將惡化成可怕的場面。

廚房的門口。

我走到這裡，正好看見男人氣得臉紅，一臉橫肉和恨意，抓起玻璃杯，使盡力氣砸向我母親。我見到她縮身閃躲，可惜動作太慢。我聽見她慘叫。

從那一夜起，我再也沒見過我父親。

那是好久好久以前的事了，但往事仍不時浮現。仍從地底扒土鑽出來。

「是大人做的夢啦，」我告訴杰克，「改天再告訴你吧，不過，夢只是夢而已。沒什麼大不了。最後都有歡樂的結局。」

「最後怎麼了？」

「呃，最後，冒出一個你。」

「我？」

「對呀。」我摸摸他的頭。「然後，你上床睡覺。」

我閉上眼睛，父子倆靜靜躺著，久久之後，我認定他睡熟了，伸出一隻手，輕輕擱在他的棉被上，彷彿想安自己的心，告訴自己，兒子還在。我倆還在一起。我這個受傷的小家庭。

「講著悄悄話。」杰克幽幽說。

「什麼？」

「講著悄悄話。」

他的語音聽起來好遙遠，我一時以為他已經在講夢話。

「它對著我窗戶講著悄悄話。」

12

你動作要快。

在夢中，彼特在電話中聽見珍．卡特沉聲說著。她的語氣急促，音量小，彷彿嘴裡吐出的是全世界最駭人聽聞的言語。

但她還是說出來了。終於。

當時，彼特坐在辦公室裡聽著電話，心跳如鼓。二十年前，彼特調查兒童失蹤案，曾和法蘭克．卡特的妻子談過幾次，有時在她工作地點外面等她，有時在熙來攘往的人行道上和她偶遇，每次都避免被她丈夫打聽到，好像彼特企圖吸收她當間諜似的——其實跟事實相去不遠。

珍曾多次為丈夫提出不在場證明，也為他辯解過，但彼特打從第一次見到珍，一眼就知道她怕丈夫。彼特認為怕得有道理。彼特卯足全力勸她棄暗投明，讓她能放心對警方吐實。告訴我，珍。法蘭克不會再傷害到妳和兒子了，我能保證。

而在電話上，珍似乎即將從實招來。多年來，珍受盡欺凌，嚇得不敢講實話，即使禽獸丈夫不在家，她打電話也只敢低聲傾訴。彼特明白，人有勇氣並非不害怕。人要害怕才鼓得起勇氣。因此，即使他知道破案近在眼前，即使腎上腺素激增，他也能體認她打這通電話勇氣可嘉。

她低聲說著：我可以讓你進去，不過你動作要快。我不曉得他多久才回家。

事實上，法蘭克．卡特再也回不了家，因為不到一小時之後，警察和鑑識科人員在卡特家進進出出，警方也發出通報，追緝駕駛廂型車逃逸中的法蘭克．卡特。電話一掛，彼特快馬加鞭趕到卡特家，雖然只花十分鐘，彼特卻覺得是今生最漫長的一段路。即使支援的警方待命中，他抵達卡特家時仍覺得孤單而害怕，宛如置身童話故事裡，怪獸不在卻隨時可能回來。

進卡特家後，珍．卡特拿著她偷來的鑰匙，彼特看著她雙手顫抖，打開通往擴建室的門。全屋一片死寂，彼特覺得一幢陰影籠罩在上空。

門鎖打開了。

請兩位向後退。

珍．卡特站在廚房中間，兒子躲在她大腿後面，戴手套的彼特一手推開門。

不行。

腐肉的激臭頓時撲鼻而來。彼特用手電筒照射裡面——接著是快速跳接的畫面映入他眼簾，種種景象和感受彷彿全被閃光燈照亮。

不行。

還不是時候。

頃刻間，他舉高手電筒，先照亮牆壁。牆上粉刷成白底，牆腳隨便畫了幾枝綠草，筆法幼稚的幾隻蝴蝶在草地上飛舞，靠近天花板的牆上畫著一個歪斜的黃圓圈，近似太陽，中間畫成一張臉，黑色的死魚眼俯瞰著地板。

彼特循著太陽公公的視線，終於讓手電筒往下照。

他的呼吸變困難。

這幾個孩子，他已經找了三個月。儘管他早料到有此結局，卻始終懷抱著一絲希望。遺憾的是，幾個小孩如今躺在腥臭溫暖的黑暗中，四具屍首看起來既真實也虛幻，猶如真人大小的玩偶被玩壞了，如今躺著不動，衣褲還穿著，只有T恤被向上掀，臉被T恤蒙住。

這場惡夢最糟糕的或許是，彼特多年來太常做這種夢了，已經熟悉到不至於驚醒。早上吵醒他的是鬧鐘。

清醒後，他繼續躺幾秒，盡量平復心情。想無視這段回憶就像對著霧氣打太極拳，趕也趕不走，但他提醒自己，喚醒這種惡夢的是近日發生的事件，遲早會再消散。他按掉鬧鈴。

心裡想著，健身房。

文書作業。行政事務。

日常作息。

他沖完澡，穿好衣服，整理好一袋健身用品，下樓準備早餐之前，夢境已經退潮，思緒也較能節制。他下樓泡咖啡，煮一頓簡餐。做惡夢不過是生活中的一個疙瘩罷了。翻一翻土壤能釋放地下的惡鬼，這是完全能理解的事，幽靈很快就消失。酒蟲吵一陣也會鬧不下去。生活會再恢復平常。

他把早餐端進客廳時，才發現手機閃爍著紅光。原來是剛剛錯過一通來電，有一則語音留言等著他聽取。他撥號聽留言，細嚼慢嚥著早餐。

他強迫自己吞嚥。咽喉變得緊縮。

等了兩個月，囚犯法蘭克・卡特終於同意接受訪談。

13

「靠牆壁站著，」我說，「稍微向右一點。不對，向我的右邊。再挪一點點。就這樣。好，給個笑臉吧。」

今天是杰克新學校的開學日，我比他更緊張幾倍。我一直檢查抽屜，看看制服是否準備妥當？所有東西都附上名牌了嗎？他的書包和水壺被我放哪裡去了？該注意的事項太多了，我希望一切都為他準備得完美無缺。

「我可以動了嗎，爹地？」

「等一下。」

我舉起手機，看著杰克背靠著他臥房唯一的空白牆，身穿新制服：灰長褲、白襯衫、藍毛衣，當然每一件都洗得乾乾淨淨，都有名牌。他的微笑羞怯而甜美。穿制服的他像個小大人，但也仍顯得稚嫩柔弱。

我在手機螢幕上按兩三下。

「好了。」

「可以給我看嗎？」

「當然可以。」

我跪著讓他倚在我肩膀上，給他看我剛拍攝的相片。

「我看起來還好。」

他語帶驚訝。

「你看起來棒透了。」我告訴他。

他的確是。雖然蕾貝佳不在了，再歡樂也沾染些許哀傷，我仍盡量享受這段時光。和多數家長一樣，她和我在新學年都為杰克拍照留念，但我最近換手機，到這禮拜才發現，手機一換新，相片全流失了，再也找不回來。雪上加霜的是，雖然蕾貝佳的手機還在，裡面應該有相片才對，但要靠她的指紋才可開機，我氣得直瞪手機整整一分鐘，無法接受事實。蕾貝佳走了，相片附帶的回憶也隨之遠去。

我盡力安慰自己，不要緊，把這事視為哀慟過度的副作用之一，當成是又被惡整一頓，在整個大環境裡不過是個小問題。但相片找不回來仍令我心痛。我覺得，這又是我屢戰屢敗的一個例證。

相片以後再拍就有。

「我們走吧，好小子。」

出門之前，我把相片上傳至雲端儲存備分。

玫台小學的校舍矮胖，以鐵欄杆和外界街道隔絕，最主要的一區平樓風格古雅，有幾處尖頂，兩大入口的門頂黑岩上雕刻著**男生**和**女生**。這是維多利亞時代男女分校的傳統，現代依學齡另有分法，以新標示區隔。幫杰克註冊前，校方曾帶我來參觀過。校內的一條大走廊鋪著光滑的木板，是周遭教室的樞紐，門與門之間的牆壁佈滿小掌印，顏色互異，由歷屆學長姐印製，並在底下寫日期留念。

杰克和我在欄杆外駐足。

「你覺得怎樣？」

「不知道。」杰克說。

他有疑慮，我不能怪他。欄杆另一邊的遊樂場擠滿學童，家長們在一旁三兩成群。今天是新學年的開學日，這學校的所有學生和家長去年就認識了，因此我和杰克即將步入這群陌生人當中，只認識彼此。他的前一所學校比現在大，疏離感也較深。這所小學似乎向心力比較強，我難以想像外人如何打進核心。天啊，但願杰克能適應環境。

我輕輕捏一捏他的手，牽他走向校門。

「來吧，」我說，「勇敢一點。」

「我還好啦，爹地。」

「我指的是我自己。」

笑話一個，但玩笑的成分只一半。再過五分鐘，教室才開門，我應該鞭策自己，去和其他家長攀談，建立大人間的友誼。然而，一進遊樂場，我卻挨著欄杆站，等教室開門。

杰克站在我身邊，微微咬一咬嘴唇。我看著其他學童跑來跑去，但願杰克也能強迫自己去跟著玩。

隨他去自我表現吧，我告訴自己。

這樣應該就夠了吧，不是嗎？

終於，校門開了，杰克的新老師站在門外微笑著，孩童們排隊魚貫進門去，書包甩呀甩。因為今天是所有人的新學期第一天，多數書包扁扁的，唯獨杰克例外。他照常又堅持帶著寶物袋來去。

我把書包和水壺交給他。

「你會看緊寶物袋吧？」

「會。」

天啊，希望如此。寶物袋假如搞丟了，我一想到就受不了，他也一樣。這袋東西等於是兒子睡覺時的安心毯。他離家必帶寶物袋。

他已經走向隊伍最後面。

「我愛你，杰克。」我小聲說。

「我也愛你，爹地。」

我站著看他進教室，希望他回頭向我揮手，但他沒有。是個好現象，我想是。不黏人。這顯示他不畏懼眼前的這一天，無須爸爸安撫。

要是我也不需要安撫就好了。

拜託、拜託、拜託，希望一切順利。

「新來的嗎？」

「什麼？」

我轉身，看見旁邊站著一名女子。雖然白天氣溫回暖了，她仍一身黑大衣，雙手插口袋，彷彿不耐冬風。她長髮及肩，染成黑色，嘴角掛著好氣又好笑的神態。

新來的。

「喔，」我說，「妳指的是杰克嗎？他是我兒子，對。」

「其實我指的是你們兩個。你顯得很擔心。講句老實話，我相信他不會出問題的。」

「對，我也這麼相信。他連回頭看一下都沒有。」

「我小孩前陣子就不再回頭看了。事實上，每天早上我一帶他到遊樂場，媽媽馬上變得可有可無了。起先我的心都碎了，久而久之習慣就好。不瞞你說，其實是好事。」她聳聳肩。「對了，我叫凱倫。我兒子叫亞當。」

「我叫湯姆，」我說，「很高興認識妳。凱倫和亞當，是嗎？我該趕快背名字才對。」

她微笑。「過一陣子才記得住。不過，我確定杰克不會有問題的。轉學難適應是常有的事，不過這學校的孩子很不錯。亞當上個學年過半才轉來這裡。這學校很不錯。」

她轉身走出校門，我記下名字。凱倫。亞當。她像是個好人，而我需要盡力交朋友。也許，個性閉鎖的我真的可以和正常成年人一樣，可以進遊樂場跟其他家長交談。

我掏出手機，戴上耳機，走一小段路回家。該為別的事煩惱了。蕾貝佳去世前，我的新小說寫到三分之一。有些作者能藉投入寫作來超脫，我卻沒辦法，再也寫不下去。如今，當初的構想變得言之無物，我猜只好讓稿子作廢，當成是半生不熟的傻文，任其在硬碟上腐敗。

這樣的話，我該另外寫什麼東西？

回到家，我打開電腦，用Word開一份空白文件，以「爛構想」為名儲存。我總用這方式起個頭。及早承認自己的構想差勁，日後能減輕些許心理負擔。接著，由於我總認為，泡咖啡不算耽擱正事，所以進廚房燒開水，然後倚著流理台，凝望窗外的後院。

有個男人站在後院。

他背對著我，好像正在拉扯我家車庫門上的掛鎖。

搞什麼鬼？

我拍一拍窗戶玻璃。

男子嚇一跳，趕緊轉身。他年過五十，體型矮壯，禿頭外圍有半圈花白似僧侶的頭髮，西裝整齊，外面加一件灰色大衣，裹著圍巾，是我想像中最不像竊賊的人種。

我雙手一攤，加上表情，對他表示「搞什麼鬼」。他瞪著我幾秒，神態震驚，隨即轉身走向車道。

我驚魂未定，遲疑片刻，才朝正門的方向走過去，決心開門跟他面對面，問個清楚。

正當我接近正門時，門鈴響了。

14

我們開得太急，發現那男子站在門外的階梯上，歉意堆滿臉。近看我發現，他比我剛才的印象來得更矮。

「叨擾到你了，著實很抱歉。」他的語氣正式，和身上這一套老式西裝相稱。「我剛才無法確定是否有人在家。」

我心頭嘀咕：媽的，*按門鈴不就知道了？有那麼難嗎？*

「原來如此。」我雙手叉胸。「有什麼事嗎？」

男子磨蹭著腳，神色窘迫。「呃，我是有個不太尋常的商請。是這樣的——這房子。我其實小時候在這裡長大，懂嗎？很多年前的事了，顯然，不過這地方給我很美好的回憶……」

他欲言又止。

「瞭解。」我說。

我等他繼續。然而，他只露出期待的神情，站在原地不動，彷彿理由夠充分了，不需再多言，如果我強迫他再講下去，是我不近人情，甚至失禮。

過了幾秒，我恍然明白了。

「你的意思是，你想進房子走走看看？」

他點頭表示感激。

「這是強人所難，我知道，不過，假使我能進去，我一定感激不盡。我對這房子留有深厚的情懷。」

又是假惺惺的正式語氣，我聽了差點笑了，但我笑不出來，因為我一想到讓這人進家裡，心情就七上八下。他的穿著極體面，舉止如此虛偽禮貌，令我怎麼想都覺得他另有所圖。儘管他的外貌不像惡煞，我仍覺得他是危險人物。我能想像他拿著小刀，舔舔嘴唇，注視對方眼睛，捅對方一刀。

「恐怕不行。」我說。

剎那間，客套的態度退下，臉上浮現一絲絲惱火。這人無論是誰，明顯很習慣為所欲為。

「實在太遺憾了，」他說，「為什麼，方便我問嗎？」

「一個原因是，我們剛搬進來，家裡到處是箱子。」

「原來如此。」他淡然一笑。「那麼，改天可以嗎？」

「呃，不行。因為我不太喜歡讓陌生人進家裡。」

「那……好令人失望。」

「你剛為什麼想進我家車庫？」

「我哪有？」他向後退一步，像被冒犯到。「我剛才是想找你。」

「找——車庫鎖著，想進去找人？」

「你看到什麼，我不清楚，總之你是看錯了。」他哀傷地搖搖頭。「看樣子，我是白跑這一趟了。多麼可惜啊，的確是。也許日後你能回心轉意。」

「我不會的。」

「那麼，叨擾到你，我在此向你道歉。」

他轉身離開。

我跟隨他走，想起家裡收到的那幾封信。

「你是巴奈特先生嗎？」

他聽了遲疑一下，轉頭看我，我站住。剛才的表情在他臉上一掃而空，現在兩眼變得無神。儘管他比我矮一大截，我認為假如他向我跨出一步，我必定向後退避。

「我不是，」他說，「再見。」

他走出我家前院，進入街道離去，不再多說什麼。我再跟進，停在人行道上，猶豫該不該跟著他走。日照雖然暖洋洋，我卻微微發著抖。

由於我一直在忙著整理家裡，仍無閒暇進車庫看看。車庫絕非這棟房屋最引人入勝的部分。車庫的兩面藍色浪板門闔不緊，中間有空隙，外牆刷成灰色，一旁的窗戶玻璃有裂痕，牆腳雜草長得高，隨風輕擺。整棟車庫猶如一個老醉漢，蹲在房子後面，重心不穩，盡量不要倒向一邊。

車庫門被一個掛鎖鎖住，幸好房仲曾把鑰匙移交給我。我打開鎖，拉開門的一邊，金屬浪板刮得車道嘎嘎響。我稍微低頭，鑽進裡面。

我四下看，不敢置信。裡面塞滿了雜物。

我本以為，我第一次來看房子之後，薛林夫人已經清光所有東西了。我以為她請搬運公司搬走所有舊傢俱，如今才明瞭，她為了省下搬運費，只把所有物品塞進車庫，任其發霉蒙塵。車庫正中央有幾疊紙箱子，下面的幾箱被壓扁，有受潮的跡象，一旁有幾張舊桌椅胡亂堆疊，狀似木頭拼圖。車庫最深處有一張舊床墊靠牆壁立著，布面上有幾處茶色污漬，活像一幅異國地圖。門邊有一座焦黑的烤肉架，我嗅得到氣味。

牆腳有一堆堆的枯葉。我戰戰兢兢用一腳挪開角落一桶油漆，發現一隻我見過最大的蜘蛛。牠只在原地輕輕蹦幾下，顯然不怕我干擾。

哼，我四處看看，在心裡嘀咕，多謝妳了，薛林夫人。

供人走動的空間不多，但我走向紙箱山，掀開最上層的一箱，觸感潮濕。我往裡面瞧，看見一些舊耶誕飾品，不外乎是幾捲褪色的彩帶、不再光彩的玩物、表面上看似珠寶的物品。

其中一個珠寶直衝我的臉飛撲而上——

「我的天啊！」

我背後地上有枯葉，一腳踩到打滑，險些失去重心，一手在臉前慌忙揮打著。那東西拍拍翅膀，朝天飛去，撞到天花板被彈回，左右亂轉一陣，撲向灰色窗戶，反覆衝撞著玻璃。

啪，啪，啪。衝擊力輕之又輕。

原來是蝴蝶。我認不出品種。我對蝴蝶的認識僅止於白粉蝶和麻蛺蝶。

我小心挨近窗戶，蝴蝶仍在拍打著玻璃。我觀察幾秒，牠終於懂我心意，在骯髒的窗台停息下來，雙翼攤平。這隻蝴蝶和我背後的蜘蛛一般大，不同的是，蜘蛛一身是醜陋的灰色，蝴蝶則是色彩鮮豔奪目，翅膀上有螺旋狀的黃色和綠色，翼尖有淡淡的紫色，模樣瑰麗。

我走回紙箱，再往裡面一瞧，見彩帶上另外停著三隻蝴蝶。這三隻不動，可能死了，但我低頭再看，發現最底下的一箱側面停著另一隻，翅膀時開時合，動作如呼吸般遲緩而輕盈。

這群蝴蝶在車庫裡窩了多久，生命週期多長，我並不清楚，但被關在這裡的生機似乎不多，只可能被大蜘蛛飽餐幾頓。破壞這種小生態的衝動被我硬壓下去。我撕掉最上面紙箱的一角，想把箱內的一隻蝴蝶趕向門口，但牠不為所動。我試試看窗台上的那隻，牠也同樣固執。儘管這種蝴蝶體型不小，近看卻顯得十分纖細，彷彿輕輕一碰就能崩垮為粉塵。我不想冒險趕牠們走。

我作罷了。

「就這樣吧，各位。」我甩掉厚紙片，在牛仔褲上擦手。「我盡力了。」

我覺得沒必要在車庫裡久留。現況就是這樣。待辦事項已經一籮筐，現在再添一件，幸好事態不緊急，以後再清理就好。剛才的不速之客急著進車庫找什麼？裡面明顯全是垃圾。事情過了幾分鐘，我緊繃的情緒稍微緩和，現在回想當時的情景，不禁猜想，說不定他講的是實話，是我一時眼花誤解了。

來到車庫外，我鎖上掛鎖，把蝴蝶關在裡面。車庫內的環境不利生存，進退無門，牠們能存活這麼久是件了不起的事。然而，我走在車道上，正要回前院，這時候聯想到杰克和我，發現我們不也一樣。車庫裡的蝴蝶畢竟別無選擇，逼不得已，即使在最艱困的情況下，也不得不繼續過日子。這是生物的常理。

15

這一間很小，但由於上下左右所有表面全漆成白色，所以有空間無限大的錯覺，宛如四壁不存在，也像一個擺脫所有時空的異次元。在彼特想像中，監看閉路電視的人一定覺得，這地方類似科幻電影的佈景，一個人坐在浩瀚無垠的空曠場景中，虛擬的周遭景物有待劇組人員構築。

房間中央有一張桌子，將房間隔絕成互不侵犯的兩地，彼特以指尖滑過桌面，發出微微吱聲。這裡所有物品打掃得一塵不染，光亮無菌。

他停手，房間再度歸於平靜。

他等著。

非面對不可的壞事即將降臨時，立即面對是上策。壞事縱然可怕，該來的還是會來，即時面對的話，至少不必受期待的折磨。法蘭克・卡特深諳這道理。自從法蘭克入獄服刑後，彼特每年至少來看他一次，每次都被迫等他。牢房裡總有小事延誤他前來，他總藉故拖延。這是法蘭克宣示掌控權的詭計，想讓對方明白誰才是老大。見過面，能走出監獄的人是彼特，彼特應該安心才對，但彼特不然。他對法蘭克能提供的僅有娛樂和餘興活動。兩人當中，只有一人有東西可給，雙方都明白這一點。

因此，彼特像個乖孩子等候著。

幾分鐘後，桌子末端的門鎖打開，兩名看守員進來，各走向桌子的一邊。門口空著。惡煞的老習慣又犯了，再度姍姍來遲。

相見的時刻接近中，常有的悸動又來了。脈搏加速。彼特很久以前就不再為訪談擬定問題，因為問題即使準備好，也一定會在腦海裡大亂，如同樹上的鳥群被嚇飛。他逼自己戴上無表情的面具，極力維持鎮定。今早在健身房鍛鍊過，他的上半身現在仍痠疼著。

終於，法蘭克．卡特踏進門口而來。

他穿著淺藍色連身囚衣，全副手銬腳鐐，仍是熟悉的大光頭和橙紅色山羊鬍。他拖曳腳步進門時，照常又微微低頭，其實沒必要。法蘭克身高一九六公分，體重接近一三五公斤，體態魁梧，卻從不錯過任何能自我膨脹的機會。

另有兩名看守員跟隨他進來，帶他坐向桌子另一頭，然後四名看守員離開，留下彼特和法蘭克獨處，關門聲之大猶如他聽過最響亮的聲音。

法蘭克盯著他，似笑非笑。

「早安，彼特。」

「法蘭克，」彼特說，「你氣色不錯。」

「日子過得不錯。」法蘭克拍拍腹部，震得手銬鍊條叮叮作響。「日子過得實在太好了。」

彼特點點頭。每次進監獄訪談法蘭克，彼特總訝異於他不但能適應牢房生活，甚至還顯得如魚得水。看樣子，他有空常去監獄運動區健身。雖然他的體魄和他被捕時同樣雄壯，無可否認的卻是，階下囚生活數年以來，硬漢法蘭克已軟化幾分。他看起來舒適自在。現在，坐在訪談室裡，他雙腿大開，一條粗大的手臂擱在椅子的扶手上，一副高坐王座、睥睨朝臣的氣勢。這情形彷彿是，在監獄外，法蘭克是一頭危險的猛獸，氣呼呼，和全世界作對，如今坐困牢籠中，擁有高知名度，更有阿諛奉承他的粉絲群，他終於坐對了位子，總算能鬆懈下來。

「你氣色也不錯嘛，彼特，」法蘭克說，「注重飲食，也懂得保養身體。家人最近怎樣？」

「我不知道，」彼特說，「你的家人呢？」

法蘭克一聽，眼裡的光彩盡失。譏諷法蘭克向來是不智之舉，但彼特有時難以抗拒，因為拿妻子和兒子揶揄法蘭克是輕而易舉的事。彼特仍記得他出庭的那一天，妻子珍・卡特透過影音作證，法蘭克可能以為她太膽小，不敢背叛丈夫，不肯作出對丈夫不利的供詞，但她終究還是屈服了，讓彼特進家中搜索，也推翻前幾月丈夫的不在場證明，法庭上的法蘭克臉色丕變，和現在訪談室裡的表情不無相似之處。法蘭克的監獄人生再愜意，他對妻小的恨意連一分也不曾稍減。

忽然，他彎腰向前。

「告訴你，」法蘭克說，「昨天晚上，我做了一個不得了的夢。」

彼特強擠出笑臉。

「是嗎？天啊，法蘭克。我大概不太想知道。」

「才怪，你很想知道。」法蘭克縮回身子，然後自顧自地呵呵笑起來。「你好想知道。因為，那男孩出現在我夢裡，懂嗎？姓史密斯的那個。一開始，我不知道夢裡的男孩是他，因為小雜種全長得一模一樣，不是嗎？隨便挑一個都可以。何況，夢裡的這個，臉被上衣蒙住了，我看不清楚長相，正合我意嘛。不過，我夢見的人是他沒錯。因為啊，告訴你好了，我記得他當時穿什麼衣服，對吧？」

藍色運動褲。黑色馬球衫。

彼特不吭聲。

「夢裡也有人在哭，」法蘭克說，「可是，哭的人不是他。一個原因是，他早就脫離哭鬧的階段了，再哭也沒用。何況，在我夢裡，哭聲來的方向跟他相反。我轉頭，看見他們兩個都在那邊，他的母親和父親。我對他們的兒子做過什麼事，他們已經看到了。希望和美夢全破滅了，看我做了什麼好事。所以他們一直哭。」法蘭克皺一皺眉頭。「他們叫什麼名字？」

彼特同樣不語。

「米蘭達和艾倫。」法蘭克點點頭。「想起來了。那天他們也出庭了吧，對不對？你跟他們坐一塊。」

「對。」

「沒錯。我夢見米蘭達和艾倫在哭，豆大的淚珠一直流，眼睛看著我，哀求著，他在哪裡？快告訴我們。懂嗎？有點可悲啦，不過，我見到這一幕，只聯想到你。我在心裡想，彼特也想知道那孩子在哪裡，可能不久又會來找我。」桌子對面的法蘭克微笑著。「他是我的朋友，對吧？我應該想辦法救他。所以，我再仔細四周看一看，搞清楚這裡是什麼地方，那孩子在哪裡。因為，他呀，我從來都記不起來，對吧？」

「對。」

「接著，一件最妙的事發生了。」

「是嗎？」

「真的很妙。想不想知道啊？」

「你醒了。」彼特說。

法蘭克仰頭大笑一陣，然後盡可能拍拍手，手銬鍊叮叮響。笑夠了，他再講話時，語調恢復平常的音量，平日的光彩也在眼珠重現。

「你對我瞭解太深了，彼特。對啦，我醒過來了。多可惜啊，不是嗎？米蘭達和艾倫和你只好再多哭一陣子嘍。」

彼特不肯上他的鉤。

「你另外還夢見誰？」彼特說。

「另外還有誰？」

「不知道。夢裡，你跟誰在一起？可能正在幫你忙吧。」

問得太唐突，肯定問不出究竟，但彼特如常仔細觀察法蘭克的反應。被問到是否有共犯，法蘭克多半虛應故事，有時表現得啼笑皆非，有時故作悶得發慌，但從來不證實或否認另有旁人涉及他犯下的幾樁命案。這一次，他自顧自的微笑著，但反應迥異於平常。今天，他的反應多了一分煩躁。

他明白我的來意。

「我前陣子還在想，你多久才會再來看我，」法蘭克說，「因為那個小男孩失蹤了。你拖這麼久才來，我很意外。」

「我先前要求過了。被你拒絕。」

「什麼？拒絕見我的好朋友彼特？」法蘭克故作震怒狀。「我怎麼會拒見呢？我猜是，你的要求一轉再轉，被轉丟了。行政疏失。這裡的人簡直是廢物一群。」

彼特強擠出聳肩的動作。

「不要緊，法蘭克。你其實不是重點人物。你坐牢好久了，我敢說，涉嫌本案的可能性很低。」

微笑重回他臉上。

「對，我不是。不過，辦案的方向不管朝哪裡，對你來說，總又跟我脫不了關係，對不對？事情總在開始的地方結束。」

「這話是什麼意思？」

「意思就是字面上的意思。講吧，你想問我什麼？」

「你的夢，法蘭克，我說過。你另外夢到誰？」

「也許有吧。不過，做夢不就這麼一回事嘛，你也清楚。很快就飄走了。很可惜，不是嗎？」

彼特直盯他片刻，打量著他。媒體廣泛報導尼爾．史賓塞失蹤案，法蘭克很容易瞭解案情。話說回來，法蘭克另外知道多少？他顯然樂於製造他懂內幕的印象，但裝懂並非真懂。這種行為，極可能又是他在虛張聲勢，他又想往自己臉上貼金，壯大自己的身段。

「很多東西都會消散，」彼特說，「例如，惡名。」

「在監獄裡可不會。」

「在監獄外面就會。外界早就把你忘得一乾二淨了。」

「喔，我敢保證事實不是這樣。」

「你的姓名好長一陣子沒上報了，你自己清楚。過氣了。其實還不只過氣。小男孩失蹤兩個多月了，新聞提起你幾次，你知道嗎？」

「不知道，彼特。不如你告訴我吧？」

「一次也沒提。」

「哼。搞不好，我該再接受訪問才對。學術界和新聞界一直在要求。我也許該接受吧。」

他冷笑著，彼特頓悟這一趟是白跑了。來這裡忍受這頓煎熬，看樣子即將空手而回。法蘭克完全不知情。問到最後，彼特總會退回原點。事後的情況如何演進，彼特完全明白。每次訪談法蘭克，所有陰影總泉湧而上心頭。訪談後，碗櫥裡的酒蟲比以前更加猖狂。

「對，也許你該接受訪問。」彼特說完站起來，轉身背對法蘭克走開。「再見，法蘭克。」

「他們可能有興趣知道悄悄話的事。」

彼特來到門邊立定，一手按著門，一股寒意從尾椎直竄而上，旋即順手臂而下。

悄悄話。

尼爾．史賓塞曾對母親說，窗外有個怪物對他講悄悄話，但警方不曾對外披露本案這內情，媒體也不曾報導過。當然，法蘭克可能是在試探。問題在於，法蘭克這話講得洋洋自得，宛如打出最後一張王牌。

彼特緩緩轉身。

法蘭克仍斜倚在椅子上，神態懶散，但現在臉上多了不可一世的模樣，如同在魚鉤上多加一點誘餌，足以防止笨魚游走。彼特突然認定，「悄悄話」的影射絕非法蘭克的臆測。

不知為什麼，法蘭克這混帳居然知情。

怎麼會呢？

在這一刻，彼特必須比以前更加沉著。對方有所需索，一旦被法蘭克探測到，勢必被法蘭克用來借力使力，而可供法蘭克戲耍的小辮子已經夠多了。

他們可能有興趣知道悄悄話的事。

「你這句話是什麼意思，法蘭克？」

「這個嘛——小男孩不是看見窗外有個妖怪嗎？妖怪還跟他講話。」法蘭克再度向前傾身。「講得。非常。小聲。」

無力感逐漸在胸口蔓延中，彼特極力壓制著。法蘭克知道某種內幕。而小男孩失蹤了，非盡速尋獲不可。

「你怎麼知道悄悄話這件事？」彼特說。

「啊！告訴你，那怎麼得了。」

「那就告訴我吧。」

法蘭克微笑，一副事不干己的表情，痛苦和挫折全丟給別人去承擔。

「我可以告訴你，」法蘭克說，「不過，我要的東西，你得先給我。」

「什麼東西？」

法蘭克縮身靠回椅背，啼笑皆非的神情頓時不見了，目光茫然一會兒，隨即眼神冒出恨意，像細微如針頭的兩團火。

「帶我家人來見我。」法蘭克說。

「你的家人？」

「那個賤貨和那個小臭逼。帶他們來這裡，准我跟他們單獨相處五分鐘。」

彼特凝視他。桌子對面的法蘭克眼爆怒焰，他一時招架不住。隨後，法蘭克仰頭，搖動手銬鍊，大笑起來，打破訪談室的寂靜，笑了再笑，笑個不停。

16

「准他和家人單獨團圓五分鐘？」亞曼達思考著。「我們能准這種事嗎？」

話一說完，她看見彼特的表情。

「消遣你的啦。」

「我明白。」

彼特癱坐在她的辦公桌另一邊，閉上眼睛。

亞曼達觀察他片刻。上次和他開會是小尼爾失蹤後不久，現在的他變得枯槁而削瘦。亞曼達和他不熟，而最近兩個月和他的互動也僅僅點到為止，但他給她的印象是……什麼印象呢？情緒控制得當的男人。以他這年齡體格絕佳，看就知道。沉得住氣，辦事能力強。向她介紹二十年前的舊案時，他閒話不多說。出示法蘭克家慘狀的相片，重溫他的第一手見證時，他甚至顯得剛毅而冷淡。見到彼特的表現，亞曼達其實有點自卑，擔心自己目前為止的表現好壞，更擔心如果失蹤案演變成命案，她不知能否調適。

不會演變成命案的。

懂得調適的警察能釋懷。總探長萊昂斯就是這種人，她確定，因為唯有這種人能平步青雲，心靈負擔愈輕，愈容易升官。在小尼爾失蹤前，她想像自己也屬於這一型，如今她很懷疑。如果她起先以為彼特生性鎮定超然，如今見到他這副模樣，她不得不重新衡量當初的印象。她猜想，彼特只不過是擅長拒人於千里外，而法蘭克比多數人更懂得直鑽他內心。

這一點不值得大驚小怪，畢竟他和法蘭克交手多年，而且受害人之一始終去向不明——一個相當於在彼特監視下失蹤的小孩。亞曼達凝視電腦螢幕，見到小尼爾身穿足球衫這張熟悉的相片。小尼爾失蹤導致她心痛，這並非比喻的說法，而是實實在在的痛楚。她的思緒再怎麼逃避這件事，失職的歉疚感依然與日俱增。二十年後，歉疚能惡化到什麼地步，她無法想像。她不想陷入眼前這前輩的現狀。

不會演變成那樣的。

「再跟我介紹一下共犯的線索。」她說。

「線索少得很，真的。」彼特睜開眼睛。「一個證人指出，有個頭髮花白的老男人和東尼・史密斯交談過，但外表不符合法蘭克特徵。另外，誘拐期間也有一些重疊。」

「這線索滿薄弱的。」

「我知道。有時候，事情很單純，人卻喜歡愈想愈複雜。」

「這幾個案子，也有可能完全是他一手犯下的。根據奧卡姆剃刀定律——」

「奧卡姆剃刀定律，我懂。」彼特一手抹頭髮一下。「沒必要時，不要讓事情複雜化。符合所有事實的眾多解答裡，最單純的一個才是正解。」

「正是。」

「我們辦案遵守的原則，不也是這樣？抓到嫌犯，證明他犯案，這樣就夠了。我們把案子偵破，收進檔案櫃，改辦其他案子。案子完結了，大功告成，接著再偵辦下一個案件。」

她的腦子又回到萊昂斯總探長。想到平步青雲之道。

「因為我們的任務就是這樣。」她說。

「不過，有時候，這樣還不夠好。」彼特搖搖頭。「有時候，事情外表很單純，仔細看卻複雜多了，事情的枝節也被漏掉。」

「而這案子的一個枝節，」她說，「可能是有個殺人犯逍遙法外？」

「誰曉得呢？這些年來，我盡量不往這方向思考。」

「我認為是很明智的做法。」

「不過，現在，小尼爾失蹤了。一條線索是有妖怪講悄悄話。另外更有他媽的法蘭克·卡特，坐在監獄裡卻知道這線索。」

她等著。

「而我想不出對策，」彼特說，「法蘭克的口風很緊。我們調查過他的關係人物不下一百次，全都沒涉案的嫌疑。」

亞曼達思索著。「會不會是模仿犯案？」

「不排除。不過，法蘭克接受訪談時講的那句話不是瞎猜的。悄悄話的線索一直沒被走漏給媒體，他竟然知道。除了我之外，沒有別人去找過他。他的通信也全被調查過了。問題是，他到底怎麼知道這線索？」

彼特的挫折感突然溢於言表，居然沒有捶桌洩憤，令她暗暗稱奇。他只再一次搖搖頭，視線轉向一旁。亞曼達心想，起碼動了肝火的他多了一分活力。這是好現象。媽的，鎮定有屁用？她堅信的一個道理是，暴怒是一種不錯的原動力，有時內心非得燃起一盆火，否則雙腳走不下去。在此同時，她也能分辨，彼特大抵是自己氣自己，怪罪自己一直挖不出真相。這不是一個好現象。她同樣堅信的另一個道理是：內疚是最無濟於事的一種情緒。人一旦被內疚綁死，就休想再海闊天空。

「法蘭克本來就不打算協助辦案，」她說，「不會心甘情願協助。」

「對。」

「現在卻自稱夢到東尼．史密斯——？」

彼特揮一揮手，打斷她。「只不過是他的老伎倆。我聽過好幾次了。我敢保證，小東尼被他殺了，他完全知道屍體藏在哪裡，死也不肯透露，因為他明白，這秘密能套牢我們。能套牢我。」

亞曼達這時明確看得出，探監對彼特的心理負擔多沉重。然而，彼特卻不辭辛勞去監獄訪談法蘭克，持續讓自己承受煎熬，只因為找出東尼．史密斯對他具有天大的意義。但現在，法蘭克發明一種新玩法，警方不得不把矛頭對準他。儘管她能體會彼特內心的波濤，但事實依然是，小東尼已經遇害多年，小尼爾仍可能活著。

現在還活著。

「哼，他現在是把我們套牢了，」亞曼達說，「不過，別忘了一件事。你說過，你沒事去探監，是希望他一不小心自曝線索。」

「對。」

「結果，被你遇到了——他的確是知道一點線索，不可能是變魔術變出來的吧。所以，我們應該推論他是怎麼知道的。」

見彼特不回應，她默默推理著。

沒人探監。通信全被調查過。

「牢友呢？」她說。

「他的牢友多得很。」

「專殺小孩的罪犯卻人緣特別好，很令人意外。」

「他犯的案子沒有一件涉及性侵，對人緣的妨礙比較少。而且他高頭大馬，一看就知道不是好惹的。更何況，耳語人的名號打得那麼響亮，他成了大紅人，能在監獄裡為自己打造出一個小王國。」

「好。那他跟誰最親近？」

「我沒概念。」

「我們查看看就知道，對吧？」亞曼達向前傾身。「說不定，線索是別人傳給他的二手傳播？有人進監獄探訪他的一個牢友，牢友轉告法蘭克。法蘭克再告訴你。」

彼特思考一下。幾秒後，他顯得惱怒，氣自己怎麼沒想到這一點。亞曼達暗中得意起來——當然不是因為她求表現。她只盼彼特若無法自動自發，至少也不要成天垂頭喪氣成這副德性。

「是有可能。」他站起來。「推測得不錯。」

「那就行動吧。」她遲疑一陣。「可別誤會，我不是在分派任務給你，只不過，這方向對案情有助益，不是嗎？如果你有時間的話。」

「我有時間。」

但他在門口駐足。

「另外有件事，」他說，「妳提到，法蘭克說溜嘴了，他得知悄悄話的這線索。」

「對。」

「時間點也很可疑。他拖了兩個月，一直不肯見我。在這案子之前，我提出探監的要求，他一口就答應。這次他拖了這麼久，卻又突然改變心意想見我。」

「意思是……」

「我不太能確定。不過，我們該做好心理準備：他挑這個時間點鬆口，可能是個關鍵。」

亞曼達思考一下，才明瞭他的暗示，然後再看小尼爾的相片，不願往最壞的情況設想。

不會演變成那種地步。

只不過，彼特說得對。小尼爾失蹤至今兩個月了，案情陷入膠著，絲毫無進展。如今法蘭克決定開口，或許意味著案情即將有突破。

17

午休時間，杰克獨自坐在遊樂場的長椅上，旁觀其他小朋友跑來跑去、熱得滿身大汗。遊樂場上鬧哄哄，大家似乎全忘了他的存在。新學年剛展開，但同學們彼此認識很久了，而上午的課堂間，大家明顯不太有興趣認識新同學。那也沒關係。能坐在教室裡面畫畫，杰克會比較開心，可惜午休不准待在教室，他只好出來，坐在樹叢旁邊的長椅上，小腳甩呀甩，等待上課鈴聲響起。

你明天就開學了。

我相信你能交到很多好朋友。

爸爸常常不知道自己錯得多離譜。但杰克也懷疑，說不定爸爸知道自己講錯了，因為他的口氣充滿希望，也許父子倆心裡都很清楚，交得到朋友才怪。如果媽咪還在，她會說交不到朋友也無所謂，也會灌輸這觀念。但是杰克認為，爸爸會很在意他交不到朋友。杰克明瞭自己有時讓人失望透頂。

至少，今天的上午課基本上還可以。大家練習九九乘法表，全都好簡單，所以還好。教室的牆上以紅黃綠燈顯示學生是否守規矩，目前所有人姓名都列在最底下的綠燈區。助教喬治人還不錯，可是雪莉老師好像很嚴格，杰克不太想在開學第一天就被提升到黃燈區。他雖然交不到朋友，至少還能不被列入黃燈。人在學校，就應該聽話，遇到空格就填答案，不要自行想太多問題製造麻煩。

砰。

杰克縮縮脖子，見一顆足球掉進身旁的樹叢。他已經記下全班的名字，知道衝過來撿球的這同學叫做歐文。歐文走過來，一直兇巴巴瞪著杰克，令杰克不禁認為，歐文是故意把球踢向他。不然就是歐文的球技太爛。

「抱歉了。」

「沒關係。」

「對。我就知道沒關係。」

歐文從枝葉裡扯出足球，動作粗魯，兩眼持續瞪杰克，好像球踢歪了是杰克的錯。歐文悻悻然走回去。這沒道理嘛。搞不好，歐文只是頭腦真的很笨。即使真的是這樣，最好還是換個地方坐。

「哈囉，杰克。」

他轉頭，看見小女孩跪坐在樹叢裡。他鬆了一口氣，心動了一下，正想從長椅站起來。

「噓。」小女孩豎一指按自己嘴唇。「別走。」

他坐回長椅上，但他坐不住，因為他樂得想在長椅上蹦幾下！她的模樣和以前一樣，一身藍白洋裝，一腳膝蓋上有擦傷，頭髮是全撥向一邊的怪髮型。

「像剛才那樣坐著就好，」她說，「我不想讓小朋友看到你在跟我講話。」

「為什麼？」

「因為我不應該來這裡。」

「對，別的不說，妳沒穿制服。」

「原因之一是這個，沒錯。」她思考了一下。「很高興又能見到你，杰克。我好想念你。你也想念我嗎？」

他使勁點點頭，卻又強迫自己穩住情緒。同學都在遊樂場上，足球仍到處彈來彈去。他不想害小女孩曝光。不過，能見到她真好！搬進新家以後，他一直好寂寞，爸爸有幾次想陪他玩，但他看得出爸爸的心飛到別的地方去了。爸爸陪他玩十分鐘就站起來，說跪坐地板坐得腿很痛，不過他一眼看得出，爸爸真的只想做別的事。至於小女孩呢？她總是想陪他玩，他想玩多久都陪他。搬家以後，他天天期望再見到她，可惜她一直不出現。

直到今天。

「你交到新朋友沒？」她說。

「還不算。亞當、喬許和哈山好像還可以。歐文不太好。」

「歐文是個小王八。」她說。

杰克看著她。

「可是，很多人不都這樣嗎？」她趕緊說，「裝得像朋友的人也未必是朋友。」

「不過，妳算真朋友嗎？」

「我當然是。」

「妳可以進我新家陪我玩嗎？」

「我想。可是，總不能說去就去吧？」

杰克的心往下沉，因為他知道的確是這樣。他想天天都見到她，可惜爸爸不想讓他跟她交談。

我在這裡。我們搬進新家了，重新起跑。

更確切的說法是，杰克天天想見的，是表情沒這麼嚴肅的她。

「背給我聽，」她說，「背那首詩。」

「我不想。」

「快背給我聽。」

「大門不關緊，細語輕輕吟。」

「剩下的也要背。」

杰克閉上眼睛。

「單獨在外玩，轉眼回家難。」

「繼續。」

她的聲音像快飄走了。

「窗戶不關好，玻璃咚咚敲。」

「然後呢？」

她的音量很低，簡直跟空氣沒兩樣。杰克乾嚥一下。他不想背，現在只能被迫背給她聽，音量壓得跟她差不多低。

「孤寂又鬱悶，難敵耳語人。」

上課鈴響了。

杰克睜開眼睛，看見同學在遊樂場上，歐文和兩個杰克不認識的學長在一起。他們看著杰克。喬治也在遊樂場上，臉上有擔憂的神情。過了一秒，三個學生大笑起來，然後走向大門，回頭瞄他一眼。

杰克往身邊看。

小女孩不見了。

「你午休時間在跟誰講話啊？」

杰克對歐文愛理不理。老師叫大家在簿子裡的線條上面寫字，要寫得工整，杰克想專心寫，因為這是老師的規定。看樣子，歐文不想聽話，上身靠在桌子上，盯著杰克看。杰克很清楚歐文這種小孩；歐文不怕被罵。杰克也知道，絕對不能把小女孩的事情告訴他。杰克和小女孩講話，爸爸不喜歡，但杰克也不認為爸爸會因此糗他。至於歐文，杰克確定會被他笑。

因此，杰克聳聳肩。「沒跟誰講話。」

「有就有。」

「我剛沒看見別人啊。你有嗎？」

歐文想一想，然後縮身回座位。

「那位子，」歐文說，「以前是尼爾的座位。」

「哪個位子？」

「你的座位啦，白痴。以前是尼爾的座位。」

歐文好像為這件事在生氣，只不過，杰克又不知道自己做錯了什麼事。全班座位是今天早上雪莉老師指定的，他又沒故意搶坐那個尼爾的位子。

「尼爾是誰？」

「他去年坐這裡，」歐文說，「現在不在了，因為他被人帶走了。現在，他的位子換你坐。」

歐文的想法顯然有錯。

「你們去年的教室又不是這一間，」杰克說，「所以尼爾根本沒坐過這位子。」

「要是他沒被人帶走，這位子就歸他坐。」

「他搬去哪裡了？」

「他沒搬家。他被人帶走了。」

杰克想不通這意思。尼爾的爸媽帶他去一個地方，他卻沒搬家？杰克看著歐文，見他眼神冒出怒火，明顯飽含嚇人的訊息，迫切想告訴轉學生。

「他是被一個壞人帶走的。」歐文說。

「帶去哪裡？」

「沒人曉得。不過，他已經死了，你正坐在他位子上。」

名叫泰比的女生也坐同一桌。

「你好壞，」她對歐文說，「尼爾有沒有死，你哪知道？我問過我媽咪，她說這種事不能隨便亂講。」

「他死了就是死了。」歐文再轉向杰克，指著座位。「那表示，下一個就是你。」

杰克想了一想，又覺得這話說不通。歐文想唬人也不先打草稿。撇開別的不說，不管尼爾是死是活，尼爾從沒坐過這位子，所以這位子沒被下詛咒之類的。

杰克認為，另外有個比被詛咒更可能發生的事，他知道不應該講出來，於是沉默一會兒，但他接著想起午休時小女孩講的話，想起自己多麼孤單，因此決定了。歐文能這樣整他，他為什麼不能反過來整歐文一頓？

「說不定，這表示我會是最後一個。」杰克說。

歐文的兩眼瞇成一條線。

「講這樣，什麼意思啊？」

「說不定，壞人會來我們班上，一個接一個帶走全班同學，每走一個，班上就多一個新生。照這樣看來，在耳語人帶我走之前，他會先帶你走。」

泰比嚇得倒抽一口氣，隨即飆淚。

「你把泰比嚇哭了啦，」歐文若無其事地說。助教正走向這一桌。「喬治，杰克告訴泰比說，殺掉尼爾的耳語人會再來殺她，她好害怕。」

於是，在開學的第一天，杰克就被列入黃燈區。

爸爸一定會失望透頂。

18

今天過得比我預期還順利。

和以前相比，八百字或許遜色許多，但對於幾個月寫不出東西的我而言，至少是個開端。

現在，我全篇讀一遍。

蕾貝佳。

我暫時以她為主題。這文章本身不算一則故事，照目前的寫法，甚至連故事的開場也稱不上，只不過是寫封有頭沒尾的信給她。這封信的內容難以入目。可供我援引的歡樂往事不勝枚舉，我想稍後再補充進這封信。雖然我愛她、想念她，已超出文字能形容的程度，但我也無法否認，我心中埋藏著一顆名叫「憎恨」的壞種子，氣她拋下我，把杰克丟給我養，讓我和半張空床的孤寂共枕。我覺得被遺棄，被迫承擔一堆我應付不來的事物。當然，這完全不是她的過錯，然而，哀慟是食材千百種的一鍋大雜燴，未必每種食材皆可口。我寫的這半篇文章，是想坦誠交代心中的一小部分感想。

基本上，是為日後的創作打地基。現在，我總算有個寫作的構想。我想寫一個男人，他有點像我，曾失去一個女人，她有點像蕾貝佳。再寫下去，儘管痛苦，我可以慢慢探索，從黑暗醜陋走向光明美好，期望最後能跨越難關，接受現實。有時候，寫作有助於療癒。寫這篇能不能療癒，我不清楚，但這是我努力的目標。

我儲存文章，然後去學校接杰克。

來到校門口，我看見所有家長靠牆排隊等人。我該站哪裡？這學校可能有一條不明文的嚴格規矩，今天累壞了的我管不了那麼多。我瞥見凱倫在校門旁自個兒站著，直接走向她。下午比今早更暖和，她照樣穿大衣，像迎接大雪。

「哈囉，」她說，「你認為他挺過來了嗎？」

「如果沒有，我八成早就接到學校來的電話。」

「我想也是。你今天過得怎樣？呃——我把這六個鐘頭算一天。你自由了六小時，還好吧？」

「滿有意思的，」我說，「今天我終於進新家車庫，發現前屋主清光屋裡的雜物後，全搬進車庫藏起來。」

「啊。多討厭。不過，屋主也夠狡猾了。」

我只淺淺笑一下。不速之客引發的心慌已經被寫作沖淡了不少，現在這麼一提，我又緊張起來。

「今天也來了一個陌生人，東找西找的。」我說。

「聽來不是好事。」

「對。他自稱從小在這房子裡長大，想進門看一看。我不太相信他。」

「你沒請他進門吧？」

「天啊，我怎麼會？」

「你的新家在哪一帶？」

「在葛霍特街。」

「從我們家轉個彎就到了。」她點點頭。「該不會是那棟鬼屋吧？」

鬼屋。我的心一沉。

「可能吧。不過，我倒比較認為它很有個性。」

「喔，是啊。」她再點一點頭。「去年夏天開始出售，我看見過。那房子再怎麼看也不恐怖，不過亞當以前常說它模樣很怪。」

「這樣的話，最適合我和杰克住了。」

「什麼傻話。」她微笑說著。校門這時打開，靠著欄杆的她急忙站向一旁。「放學了。小野獸自由了。」

杰克的班導師走出來，站在校門邊，朝這群家長望一望，然後轉頭喊學生名字，學生一個個跑出來，書包和水壺在腰間甩來甩去。我記得老師是雪莉夫人。她看起來有點得理不饒人的樣子。我確定她的目光落在我臉上幾次，但我來不及說我是杰克的爸爸，她的視線已經轉開。一個男孩走過來，我猜他是亞當。凱倫摸一摸他的頭。

「今天過得還好吧，小子？」

「還好，媽。」

「那我們回家吧。」她轉向我。「明天見。」

「好。」

母子離開後，我繼續再等杰克，最後只剩我一個家長。終於，雪莉老師向我招手。我走過去，簡直是被傳喚。

「你是杰克的爸爸？」

「是的。」

杰克出校門，走向我，垂頭看地上，看起來既渺小又低調。慘了，我心想。出事了。所以才被扣留到最後。

「出了什麼問題嗎？」

「沒什麼大不了，」雪莉老師說，「不過，我還是想跟你說一聲。杰克，要不要自己向父親說明？」

「爸，我被移到黃燈區了。」

「什麼區？」

「教室牆上有個紅綠燈板，」老師解釋，「對付調皮搗蛋的學生。杰克今天不守規矩，成了第一個升上黃燈區的小朋友。所以，開學第一天不是很理想。」

「他做錯什麼事？」

「我告訴泰比，她一定會死。」杰克說。

「你也對歐文講過。」老師補充。

「也對歐文講過。」

「是這樣啊，」我說。接著，我想不出更理性的說法，只說：「我們所有人遲早都會死。」

老師聽了不悅。

「這玩笑開不得，甘尼迪先生。」

「我知道。」

「去年我們有個男生，」老師說，「名叫尼爾．史賓塞，上過新聞，你看過吧？」

我有一點微乎其微的印象。

「他失蹤了。」老師說。

「喔，對。」

我記起來了。好像是父母隨便他自行走回家。

「事情鬧得滿城風雨。」老師說，看著杰克，猶豫一下。「我們不太喜歡提。杰克暗示說，其他同學可能也會接著遭殃。」

「嗯。所以，他被……放進黃燈區？」

「一個禮拜而已。如果他再升到紅燈區，他會被叫進校長室。」

我低頭看杰克，見他一副可憐兮兮的模樣。他的名字高掛牆上，被當眾羞辱，我不太欣賞老師這種做法，但我也同時氣他亂講話。為什麼咒同學死呢？

「好吧，」我說，「嗯，杰克，我對你的行為很失望。非常失望。」

小腦袋瓜垂得更低了。

「我們會在回家路上邊走邊溝通。」我轉向老師。「他以後不會再犯了，我保證。」

「希望如此。他另外還有一個問題。」她朝我接近一步，壓低嗓門，但其實杰克仍聽得見。「在午休時間，助教看見他自言自語，有點為他擔心。」

我閉上眼睛，心直墜谷底。天啊，又來了。怎能當眾自言自語？日子為什麼不能單純一點？為什麼父子倆不能融入環境？

「我會跟他開導的。」我說。

只可惜，杰克拒絕向我開口。

在回家的路上，我試著從他嘴裡套出一些訊息，起先放輕語氣誘導他，卻被他再三以死鴨子嘴回應，最後動了一點火氣。即使是在我發脾氣的當兒，我也自知不應該，因為實際上我氣的不是他。我氣的是現狀。諸事不如我預期來得順遂，惹我心煩。他的虛擬朋友又來了，也令我失望。我也擔憂班上同學對他產生不良觀感，會欺負他。問了幾句後，我自己也沉默下來，和他一起走在路上，卻像兩個陌生人。

回到家，我翻他的書包，見他的寶物袋仍在，幸好。他也多了一些閱讀作業，我看一看，認為對他而言有點太基礎了。

「所有東西都被我搞砸了，對不對？」杰克小聲說。

我放下作業。他站在沙發旁邊，頭低低的，比先前顯得更矮小。

「沒有，」我說，「你當然沒有。」

「你心裡其實那樣想。」

「我沒有那樣想，杰克。我是真的為你感到非常驕傲。」

「我不會。我恨我自己。」

聽見他這麼說，我心如刀割。

「不許你講那種話，」我趕緊說，然後跪下去，想抱一抱他，他卻毫無反應。「以後不准你再講那種話。」

「我可以畫畫圖嗎？」他不帶感情地說。

我深深吸一口氣，走開一小步。我迫切想貼近他的心靈世界，但顯而易見的是，現在打不進他的心。改天可以再溝通看看。一定要。

「可以。」

我進工作室，按筆電的觸控板，檢查一下今天的寫作成果。我恨我自己。我不准他再講這句話。但老實說，過去這一年來，我也常在心裡暗罵自己同一句。現在，我又恨自己了。為什麼我一事無成？為什麼老是講錯話、做錯事？蕾貝佳生前常告訴我，杰克和我像極了，照這麼說，我正在想什麼，杰克也能同時感應到。父子即使吵架也仍愛著對方，這種說法也許是真的，但同理並不能證明我們愛自己。

他為什麼在學校咒同學死？最近他常自言自語——當然，這不是問題的癥結所在。我毫無疑問，他自言自語的對象是同一個小女孩。我確定，她終於找到我們了，而我想不出對策。如果杰克交不到有血有肉的朋友，一定只好仰賴一些憑空想像出來的朋友。如果虛擬朋友導致他今天的言行，這必定表示他需要幫助？

「陪我玩。」

我的視線從電腦螢幕轉開。

接著是一陣沉默，我只覺得心臟開始狂跳。

聲音來自客廳，但怎麼聽也不像杰克。嗓音沙啞而惡毒。

「我不想。」

這句是杰克的聲音。

我靠近門口，側耳傾聽。

「我說，陪我玩。」

「不要。」

儘管兩種聲音只可能出自杰克一張嘴巴，我仍覺得兩者的差異性太大，令人很容易相信他身旁另有一個兒童。問題是，那嗓音完全不像小孩。那嗓音太老，喉音太重。我瞄一眼身旁的正門。回家後，我沒鎖門，鎖鍊也沒扣上。會不會有外人進了門？不可能，我和客廳只隔一道門。有人進門，我不可能沒聽見。

「要。你要陪我玩。」

這人帶有嚮往的語氣。

「你嚇到我了。」杰克說。

「我是想嚇你。」

我聽不下去了，急忙踏進客廳。杰克跪坐在地板上，身邊有幾幅畫，瞪大眼睛凝視著我，目光驚駭。

全客廳只有他一人，我的心緒照樣紛亂。房子的那種鬼魅氣氛又回來了，彷彿有人或什麼鬼怪剛衝出視野，我來遲一步。

「杰克？」我沉聲說。

他猛嚥一口，一副快哭出來的模樣。

「杰克，你剛在跟誰講話？」

「沒人。」

「我明明聽見你在講話。你剛在假裝別人。一個想找你玩的人。」

「我沒有啊！」他忽然多了一分怒意，少一分驚駭，彷彿我令他失望似的。「你老是這樣講我，不公平啦！」

我驚訝愣住了，無助地站著看他把圖畫塞進寶物袋。我真的老是這樣講他嗎？他一定知道我不喜歡他自言自語，知道我看了心煩，但是，我似乎從來沒叫他不要。

我走過去，在他旁邊的沙發上坐下。

「杰克——」

「我要回房間去！」

「拜託，先不要。你讓我好擔心。」

「才怪。你一點也不在乎我。」

「沒那回事。」

他已經走向客廳門了。本能上，我自知應該讓他走，等狀況平靜之後再溝通，但我也想安他的心。該講什麼話才好？我苦思著。

「我以為你喜歡那個小女孩，」我說，「我以為，你想要再跟她見面。」

「剛才不是她！」

「不然是誰？」

「是地板下的男孩。」

說完，他的身影沒入走廊。

我在沙發上呆坐片刻，想不出該說什麼。地板下的男孩。我記得杰克剛才用沙啞的嗓音自言自語。我剛聽見的人聲，當然只能以這方式解釋。然而，即使如此，一陣涼意仍寒徹我全身。那聲音怎麼聽都不像杰克。

我是想嚇你。

然後，我低頭看地上。杰克收走了多數東西，只留下一張紙，幾支蠟筆丟在四周，黃、綠、紫。

我凝視著他畫的圖。杰克剛才畫的是蝴蝶。他的筆法幼稚而粗略，但我仍能明確認出，他筆下的蝴蝶是我今早在車庫看見的同一類。這怎麼可能？他從來沒進過車庫。我正要拿起他的圖畫再詳細看，這時聽見他嚎啕大哭。

我站起來，衝進走廊，他正好從我工作室邊哭邊走出來，推開我，衝上樓梯。

「杰克——」

「少煩我！我恨你！」

我看著他跑掉，感覺無助，腦筋慢半拍。

他轟然關上房間門。

我全身麻木，走進工作室。

螢幕上是今天寫的文章，字裡行間痛批蕾貝佳，抱怨沒有她的日子多難過，內心有點責怪她把爛攤子丟給我。想必是被杰克看見了。領悟到這裡，我閉上眼睛。

19

電話來時，彼特正坐在餐桌前。他本應煮晚餐或看電視，但背後的廚房維持陰冷的狀態，客廳裡幽靜無聲，而他只注視著酒和相片。

他已經注視了好久。

今天令他元氣大傷。每次去訪談法蘭克．卡特總有這種後果，但今天比往常加倍慘重。和亞曼達談案子時，他提起法蘭克夢見小東尼，亞曼達見他神情有異，以口頭關心他，他雖然揮揮手，不以為然，其實真的是深受打擊。昨夜，他已下定決心忘掉小尼爾，現在卻怎麼也忘不了。這兩案有關聯性。他擺脫不了職責。

但是，加入辦案又有什麼用？他花了一個下午，調查法蘭克牢友接見的朋友，一無所獲，至少目前為止是徒勞。另外仍有幾人有待調查。悲哀的是，法蘭克的牢友居然比彼特在監獄外的朋友還多。

所以，喝吧。

你一文不值。你是個廢物。喝了再說。

酒蟲的音量大到前所未有的程度，但他能挺過這一關。畢竟這些年來，多少酒蟲已經敗在他手下。話雖如此，他一想到原封不動的酒瓶即將回歸廚房碗櫥，一股絕望感油然而生，感覺像他終究會對酒蟲舉白旗。

他一手按下巴，緩緩搓揉著嘴巴四周的皮膚，看著他和莎莉的合照。

多年前，莎莉見他深受自怨自艾所苦，鼓勵他拿出一張紙，在中間畫一條線，一邊列舉個人優點，另一邊寫下缺點，讓自己看看優缺點如何互相抵銷，可惜沒效用。輸家的觀念太根深蒂固了，一張優缺點並陳的列表也趕不走固有的想法。莎莉想盡辦法開導他，可惜最後他投效的陣營一直是酒國。

而他從這張合照看得出來。雖然兩人表面上幸福快樂，裂痕的跡象並不是沒有。莎莉面向太陽，眼睛睜得很開，皮膚白皙透光，他卻顯得猶疑，彷彿內心深處不願迎接光明。他深愛莎莉，莎莉也深愛他，但對他而言，愛情的施與受是一種他搞不懂文法的外語。此外，由於他自認不夠格接受莎莉的深情，於是酒一瓶接一瓶喝，慢慢把自己灌成不夠格的男人。一如父親留下的回憶，距離幫助他領悟這一切的道理。從天空俯瞰，比較能明瞭戰況。

太遲了。

事隔太多年了，但他仍想知道莎莉的芳蹤，想瞭解她的近況。唯一的慰藉是，他知道莎莉必定很快樂，勞燕分飛後的她得救了，不會再被他拖累。一想到莎莉人在他鄉，過著她始終應有的好日子，彼特才有力氣往前走。

酗酒造成的損失就是這個。

所以不值得喝酒。

然而，當然，凡事都有解答的酒蟲也能回應這句。一生中最美好的事物都保不住了，何苦再拿戒酒自我折騰呢？

喝不喝，又有什麼關係？

他凝視著酒瓶。這時候，腰間的手機震動起來。

對你來說，總又跟我脫不了關係，對不對？事情總在開始的地方結束。

在荒原上，彼特拿著手電筒照耀地面，法蘭克的言語這時重回他腦海。他緩步踏進黝暗的荒原中央，步履慎重，反胃感和不祥的預感在他胸中，唯有挫敗感能相抗衡。法蘭克的語調斬釘截鐵。接受訪談的當時，法蘭克這話說得漫不經心，好像不值得重視，奈何彼特中了他的計。法蘭克的一言一行絕非毫無意義。法蘭克這話經過深思熟慮，意在讓聽者事後才恍然大悟。當天彼特沒聽出言下之意，左耳進右耳出。

他看見前方有一座帳篷和幾盞聚光燈，幾位警官的身影在周遭謹慎走動著。反胃感加重了，他差點摔一跤。一次踏出一腳步。兩個月前，他曾來荒原搜救失蹤男童尼爾，今晚他來這裡，是因為小男孩找到了。

兩個月前的七月那一夜，他記得他急著出門，桌上的晚餐涼了。今晚，桌上擺著一瓶酒。如果他來這裡看見預料中事，回家後一定開酒。

來到帳篷，他關掉手電筒。聚光燈環繞帳篷，光線強，手電筒是多餘的。見到帳篷中間躺著的東西，他反而嫌聚光燈整體是太亮了。他還不準備看。他岔開視線，見總探長萊昂斯站在帳篷一側，凝望著他，面無表情。一時之間，彼特以為長官閃現一抹輕蔑的表情，像在說：你該制止這事發生才對。彼特趕緊轉移目光，視線落在螢幕坑坑洞洞的電視機上，一會兒之後才發現，亞曼達正站在他身旁。

「他是在這裡被帶走的。」彼特說。

「我們還不能確定。」

她把視線轉向暗夜。在眼前的強光和震撼襯托下，周遭的荒原顯得更暗黝黝。

「『事情總在開始的地方結束，』」亞曼達說，「法蘭克是這樣告訴你的嗎？」

「是的。都怪我沒解讀出他的意思。」

「應該怪我。錯不在你。」

「也不是妳的錯。」

「或許吧。」她感傷一笑。「不過，你看來比較需要聽安慰語。」

他看得出亞曼達講錯了。她一臉是蒼白的病容。這兩個月來，他留意到亞曼達的辦事能力和效率兼具，猜她也志向遠大，認為她把這案子視為仕途踏腳石，不完全明白餘波盪漾可能帶來的副作用。現在，彼特覺得和她之間培養出一種異樣的惺惺相惜。進法蘭克家尋獲那幾具男童遺骸後，彼特失魂落魄好一陣子。他知道，亞曼達如同二十年前的他，辦案賣力，也盡量懷抱希望，無論她原本有何預料，現在她的心頭必定正淌著血。

然而，這種惺惺相惜無法說出口。這條路應該自己單獨走。走得完，走不完，全看造化。

亞曼達徐徐吐出一口氣。

「那王八蛋早就知道了，對不對？」她說。

「對。」

「所以，現在的問題是，他怎麼知道？」

「我還不能確定。這方面我查過了，還沒結果。不過，他牢友的名單臭又長，還沒查完。」

亞曼達猶豫著。

「你想不想看屍體？」

回家可以喝一杯。

我准你。

「好。」他說。

他和亞曼達走進帳篷下面，見男童四肢攤開仰躺著，一旁是那台舊電視，背包擺在身邊地上。彼特細看著，盡最大能力不讓情緒介入。當然是先看衣物：藍色運動長褲、Minecraft T恤被往上掀，罩住臉，正面的圖案內翻。

「這一點從沒對外公開。」他說。

又和法蘭克．卡特有關聯。

「沒有血跡。」他看著遺體四周。「以這傷勢而言不夠多。他被殺害的第一現場不是這裡。」

「看情形不是。」

「這案子的凶手和法蘭克有個相異點。法蘭克在自己家裡對小孩下毒手，把屍體藏在家裡，從來沒有棄屍的企圖。」

「東尼．史密斯例外。」

「和當時狀況有關。另外，這裡是公眾場合。」他指向周遭。「凶手希望屍體被發現，而且不是隨便選個地方棄屍，是選在起點，和法蘭克對我說的一樣。」

回家可以喝一杯。

「衣服是他失蹤時穿的同一套。除了幾個傷之外，看起來凶手把他照顧得還可以。他沒有明顯削瘦。」

「又和法蘭克不同。」亞曼達說。

「對。」

彼特閉眼全盤思考一下。尼爾．史賓塞被拐走兩個月才遇害，被幽禁期間受呵護，然後，不知為何，情況轉變了，凶手回到誘拐地點棄屍。

像個禮物，彼特心想。

收禮的人後來決定不想要了。

「他的背包。」他睜開眼睛。「裡面有水壺嗎？」

「有。我拿出來給你看。」

他跟隨她繞著屍體走，更靠近她。她戴手套掀開書包蓋，讓彼特看裡面。水壺半滿。另外還有個東西。一個藍色兔寶寶——抱著睡的玩具。不是他帶走的東西。

「這是他失蹤前帶走的玩具嗎？」

「我們正想向父母查證。」亞曼達的手在口袋裡摸索，掏出手機確認訊息。「不過，對，這是他帶走的東西之一，只是父母不清楚。」

彼特慢慢點一下頭。現在，他對於尼爾．史賓塞瞭若指掌了。尼爾在校愛搗蛋。具攻擊性。

早熟而老練。飽受命運摧殘的一般人都會有的後果。

但追根究柢，他仍然只是個六歲小孩。

他強迫自己看男童遺體，不在乎這景象能激發什麼情緒，也不在乎它能勾起多少往事。回家能喝一杯就好。

我們一定會為你揪出凶手。

然後，他轉身走開，點亮手電筒，踏進漆黑的荒原。

「你非幫忙我不可，彼特。」亞曼達對著他背影喊。

「我知道。」但他的想法停留在餐桌上那瓶酒，盡力壓抑拔腿跑回家的衝動。「我會幫妳忙的。」

20

男子佇立黑暗中顫抖。

他頭上的藍黑色天空無雲，點綴著星斗，夜空清冷，和白天的暑氣形成對比。然而，令他顫抖的並非低溫。他再怎麼拒絕面對今天下午的所作所為，那件事導致的衝擊照樣在他皮膚底下迴盪，外人不太能察覺。

到今天他才破了殺戒。

在今天之前，他曾想像自己已有開殺戒的準備。今天，他被盛怒和憎恨沖昏頭了，失去理智。然而事後，犯行令他心神脫序，覺得無所適從。入夜後，他曾哈哈大笑，也曾痛哭流涕。羞慚心和自恨的情緒震撼他的心，也令他倒臥浴室地上搖晃身體，欣快失神。想形容是不可能的事。他想，這很合理吧。一道門被他打開了，再也關不上。全地球只有少數人能嚐到的滋味，他體驗到了。他踏上的這條旅程，既無從準備起，也買不到攻略指南。找不到能循線前進的一張路線圖。犯下殺人罪後，他頓失所依，在無跡可尋的情緒汪洋中漂流。

在沁涼的黑夜中，他的吸氣緩和下來，亢奮的餘韻仍在肢體裡震動。這裡幽靜到他只聽得見空氣流動的聲音，彷彿全世界正在睡夢中呢喃著天機。遠方的路燈炯炯發亮，但這裡離燈火太遠了，而且他一動也不動，幾公尺外有人路過也看不見他。但他看得見路人，至少也能察覺路人的存在。他覺得自己能和世界心電感應。如今，在凌晨時分，他知道，這地方四下無人。

等待。

寒顫打個不停。

下午他有多麼生氣？現在難以回想生氣的程度了。在當時，他氣到沖昏頭，怒火在胸腔裡肆虐，直到怒焰燒得他全身扭曲，宛如一個被拉繩纏身的木偶。當時他氣得目眩，現在即使盡力回憶，也記不清楚自己做了什麼事。他覺得靈魂出竅了一陣子，讓某種東西趁虛而入。假使他信教，比較容易想像自己被鬼神附身，但他不信教。他很清楚，在那可怕的幾分鐘，強佔他理智的外力來自於內心。

外力現在消失了——至少是躲回心靈洞窟裡了。當時他感覺理直氣壯，現在只覺得罪過。見到尼爾．史賓塞時，男子相信他是個教養不良的兒童，有待救援呵護，男子自信能照顧他，可以協助他，養育他。給他一個家。悉心照料他。

他的本意從來都不是傷害小尼爾。

兩個月下來，過程很順利。男子的心靈變得祥和無比。小尼爾在他身邊，表面上很知足，令他窩心。自從他有印象以來，他首度覺得日子不但過得下去，而且是踏上正道了，彷彿長年發炎的內臟終於逐漸痊癒中。

但是，這一切當然全是幻影。

尼爾一直在矇騙他，一直在默默等待時機，只裝得開開心心。最後，男子被迫承認，當初誤以為小尼爾的目光透露一絲善良，其實男孩始終不老實，只會耍心機。打從一開始，男子太天真了，太容易信任別人。小尼爾是一隻披著男童皮毛的蛇蠍，有今天的下場是自作孽……

男子的心跳太劇烈了。

他甩一甩頭，強迫自己鎮定下來，呼吸恢復正常，排除剛才的雜念。今天發生的事令人反感，引爆許多情緒，也帶動一種異樣的和諧感與滿足，既恐怖又不正常，必須抗拒。先前幾星期的安詳儘管再怎麼虛幻，他也該死守著。挑錯對象了——就這麼簡單。尼爾是個錯誤的抉擇，下次不會再挑錯了。

下一個小男孩會百分之百理想。

21

這一晚特別難以入睡。

和杰克吵一架後，我無法找他和解。寫了一堆關於蕾貝佳的怨言，我能在心中為自己辯護，卻不可能求一個七歲小孩諒解。對他而言，那篇文章全是批評母親的文字。他不肯跟我對話，而我講的話他可能也聽不進去。睡前，他拒絕聽故事，我又無助地站在他房間片刻，一會兒氣自己，一會兒恨自己，迫切需要他諒解。最後，我只輕輕親他頭側面，說我愛他，道晚安，希望明早情況會更好。天下哪有那麼輕鬆的事。明天總是嶄新的一天，沒錯，但絕無理由認為明天會變好。

後來，我進自己臥房，輾轉難眠，定不下心。父子間的隔閡愈來愈大，我難以忍受。更難受的是，我連阻止鴻溝加寬都沒法子了，遑論剷除隔閡。我躺在暗室中，也不斷想起杰克裝出的沙啞嗓音，一回憶就打哆嗦。

我是想嚇你。

地板下的男孩。

然而，儘管他的話令我心神不寧，更困擾我的卻是他畫的蝴蝶。車庫門上有一道掛鎖，杰克絕不可能瞞著我進出車庫。我反覆看著蝴蝶圖，怎麼看都和車庫裡的蝴蝶同一類。不知道為什麼，杰克看見過那幾隻蝴蝶。怎麼看見的？在哪裡看見？

當然全是巧合而已，肯定是。也許，這種蝴蝶很常見，只怪我孤陋寡聞。畢竟，車庫裡的蝴蝶一定來自某地。我當然想跟杰克問個清楚，他當然拒絕回答。因此，我在床上翻來覆去睡不著之際，我領悟到，蝴蝶疑雲也好，父子吵架也好，全等明天再說吧，我只希望明早情況能改善。

玻璃碎裂聲。

一個男人叫嚷著。

我母親驚呼。

醒醒啊，湯姆。

趕快醒過來。

有人搖一搖我的腳丫。

我陡然驚醒，渾身大汗，心跳如鼓。臥房裡黑漆漆，寂靜無聲，目前仍是三更半夜。杰克又站在床尾。他背後的黑暗襯托出他的黑身影。我揉一揉臉。

「杰克？」我輕聲說。

不回應。我看不見他的臉，只知道他上半身左右輕輕搖動，重心不斷換腳，整個人貌似節拍器。我皺眉頭。

「你醒著嗎？」

再度不回應。我在床上坐起來，拿不定對策。如果他正在夢遊，我應該輕輕搖醒他嗎？或者牽引著睡夢中的他，帶他回臥室？過了一陣子，我的瞳孔稍微適應了黑暗，他的輪廓變得較清晰。他的髮型不對。比平日長許多，而且像全被撥向一邊。

另外……

有人在低聲講話。

床尾的身影仍徐徐左右搖擺著，完全不出聲。我能聽見的聲響來自房子其他地方。

我向我左邊望。臥房門敞開，我看得見漆黑的走廊，裡面無人，但我好像聽見某處傳來說悄悄話的聲音。

「杰克——」

我把視線轉回來，床尾的身影消失了，房間只剩我一人。

我揉揉眼睛，趕走睡意，身體滑至床鋪冰冷的一邊下床，靜靜進走廊。悄悄話的聲音在這裡稍微清楚一些，我雖聽不懂，卻明顯聽得出兩人的嗓音：兩人低聲交談著，一人的嗓音比另一人稍粗。杰克又在自言自語了。本能上，我走向他的臥室，路過樓梯時往下一望，愣住了。

兒子在樓梯最下面，坐在前門旁，路燈的光線從我工作室窗簾縫照進來，微微映照在門邊，把他的亂髮染成橙色。他盤腿坐著，頭靠著門，一手按著門，另一手放腿上，手裡拿著一串我放在工作桌上的備用鑰匙。

我聆聽著。

「不好吧。」杰克低聲說。

回答的嗓音較粗，和我剛聽見的是同一個。

「我會照顧你的，我保證。」

「不好吧。」

「讓我進去，杰克。」

兒子一手伸向門上的投郵口。我這才注意到，投郵口被人從外面推開，四隻手指伸進來，我一看，心頭陡然大震撼。四隻蒼白纖瘦的手指頭，從投郵口的黑毛刷鑽進來，把投郵口撐開。

「讓我進去。」

杰克的小手側面停留在一根指頭上，手指彎起來，撫摸著小手。

「快讓我進去。」

杰克向上伸手，想開門鍊。

「別動！」我大喊。

我不經大腦思考喊叫，心口如一。怪手立刻縮走，投郵口「啪」的一聲閉合。杰克轉頭向上看我，我衝下樓，心臟在胸腔裡狂跳。下完樓梯，我搶走他手中的鑰匙串。

杰克的坐姿擋住門口。

「走開，」我喊，「走開。」

他手忙腳亂移到一旁，以四肢爬進我工作室。我抽走鎖鍊，然後試試門把，一轉就動——可惡，剛才杰克已經用鑰匙開鎖了。我把門拉開，快步走上前院的步道，凝望夜色。

就我看得見的範圍，這條街上完全不見人影，路燈下是一團霧濛濛的黃光，人行道冷清，但我接著望向馬路對面，依稀見到在原野上狂奔的一個身影，輪廓很模糊，在黑暗中衝刺前進。已經跑太遠了，我追不上。

我的本能照樣驅使我走上步道，但還沒到街頭，腳步就停住。在寒夜中，我看得見自己的吐氣。腦筋錯亂了嗎？怎麼能把小孩留在家裡，自己衝進原野追人？怎能拋下杰克，讓他獨守空屋？

於是，我站在前院，駐足幾秒鐘，凝望著漆黑的原野。那個身影——究竟是不是人影也不一定——已經消失了。

的確來過我們家。

我再呆立片刻，然後才回家中，鎖門，打電話報警。

第三部

22

該稱讚的先稱讚。我報警完才十分鐘，兩名員警抵達我家門前。之後事事每況愈下。事情的經過，我也有部分責任。警察趕到時是凌晨四點半，我既累又惶恐，腦子不管用，而我能提供的報告也不夠詳細。但無論怎麼報告，都無法隱瞞杰克在事件中扮演的角色。

在我決定不追歹徒後，我折返家中報警，發現杰克坐在樓梯底，雙臂抱膝，臉埋在兩腿之間。等我情緒夠鎮定了，我改安撫他，然後抱他進客廳，讓他蜷縮在沙發一端。他拒絕對我開口。

我已經盡力掩飾內心的無力感和恐慌，可能不太成功。員警進客廳後，杰克仍維持同一坐姿。我在他身旁坐下，姿態彆扭。即使在這時候，我仍意識到父子間的隔閡，而我確定警察也一眼看得出。兩位員警一男一女，態度客氣，應有的關懷和理解都溢於言表，但女警的視線不停瞟向杰克，神情好奇。而我得到的印象是，她臉上的憂慮不盡然是因為我給他們的說法。

隨後，男警看著剛才做的筆記接著問：

「杰克以前夢遊過嗎？」

「有時，」我說，「不過不常有，而且只進過我房間而已，從來沒下樓過。」

至於是不是真的夢遊，還是個問號。杰克才不會自願開門——這樣想，我心裡比較舒坦，但我發現，我無法確信他是不是自願。何況，果真是自願的話，豈不意味著兒子恨我多深？

員警再記下一筆。

「你無法描述你見到的那人嗎？」

「對。我衝出門時，他已經遠遠跑進原野了，腳步很快。天那麼黑，我看不清楚他。」

「身材呢？穿什麼衣服？」

我搖搖頭。「沒看見，抱歉。」

「你確定對方是人嗎？」

「對。我聽見門外有個男人的嗓音。」

「有沒有可能是杰克？」員警看著我兒子。杰克仍蜷縮在我身旁，茫然看著空氣，彷彿全世界只剩他一人。「兒童有時候會自言自語。」

我倒不想進入這話題。

「不會，」我說，「外面絕對有一個人。我看見男人用手指撐開投郵口。我聽見他的聲音。他的嗓音比較老。他想說服杰克開門——而杰克差點照著做了。要不是我及時下床，後果就不堪設想了。」

說到這裡，現實排山倒海而來。剛才的一幕映入我眼簾，我赫然理解狀況多麼千鈞一髮。假使我沒下床，現在杰克早被拐走了。我想像他失蹤後，警察坐在我對面，問話的原因和現在截然不同，令我感到無助。我再怎麼氣杰克亂來，我仍多想摟抱他，保護他，貼近他。但我明白我無能為力，明白他現在不肯讓我抱，甚至也不要我在他身旁。

「杰克是怎麼弄到鑰匙的？」

「我把鑰匙留在工作室，和這裡隔一條走廊。」我搖搖頭。「我不會再犯同一個錯誤了。」

「明智。」

「你呢，杰克？」女警傾身過來，面帶親切的微笑。「可以說一說發生什麼事嗎？」

杰克搖頭。

「不能講嗎？那你剛才為什麼來門口，小乖乖？」

他以若有似無的動作聳聳肩，接著似乎略微挪動身體，離我更遠。女警縮身回去，仍注視著杰克，微微歪著頭。打量他。

「另外有個男人，」我趕緊說，「昨天他來我們家。他在車庫外面鬼鬼祟祟的，我面對他的時候，他說他小時候在這裡長大，想到處看一看。」

男警露出感興趣的表情。

「你怎麼對付他？」

「他是自己離開的。」

「喔，原來。」警官在筆記本上寫幾筆。「你能描述他的特徵嗎？」

我敘述著，他振筆記錄。然而，顯而易見的是，一聽昨天有陌生人大剌剌敲門，他對今晚的案子頓時興趣大減。此外，昨天陌生男子令我渾身不對勁，現在的我難以傳達那種感受。對方雖然外觀毫無威脅狀，卻似乎仍在某種層次上令人覺得險惡。

「尼爾・史賓塞。」我想起來了。

男警官停筆。

「什麼？」

「他的姓名好像是這個吧。我們才剛搬來這裡不久。不過，又有一個小男孩失蹤了，對不對？在夏天剛開始的時候。」

兩名警官互瞄一眼。

「你對尼爾．史賓塞有多少瞭解？」男警官問我。

「完全不清楚。只是杰克的老師提過。我本來想自己上網找新聞，可惜今天……晚上有點忙。」我不願提起父子吵架一事。「工作忙。」

然而，我當然又講錯話了，因為我的工作是寫作，而我寫的東西被杰克看到。他微微縮身遠離我，我感覺得到。

我被挫折感擊倒了。

「我只覺得，我以為警方會很重視這案子，而你們好像不太擔心。」我說。

「甘尼迪先生——」

「感覺好像你不相信我。」

男警微笑，但他笑得謹慎。

「不是不相信你，甘尼迪先生，不過，我們只能根據現有的線索調查起。」他看著我，以女警仍在打量杰克的神態審視我。「我們凡事都認真看待。我們會把這事件列入檔案，不過根據你的說法，我們目前能追查的並不多。我剛說過，我建議你把鑰匙收好，不要被兒子拿走。做好基本的居家安全措施。多多留意。再有閒人出入你家院子的話，盡快跟警方聯繫。」

我搖搖頭。有人想拐走我兒子，警方居然如此回應，一點也稱不上盡職。我氣我自己，忍不住也氣杰克。我想幫他啊！警察待會兒走後，家裡又只剩我和杰克。兩人都視同住一屋為畏途。

「甘尼迪先生？」女警柔聲說，「這裡只住你和杰克嗎？他的母親住別的地方嗎？」

「他的母親死了。」

這話講得太直接，能發洩一絲我心裡的怒氣。女警似乎吃了一驚。

「喔。非常遺憾。」

「我只是……日子很艱難。而且今晚發生這種事，我被嚇到了。」

就在這時候，杰克回過神來，也許是被他個人的怒火激醒。也許他氣我寫文章罵他媽媽。也許氣我唐突提起他的亡母。原本蜷縮的他慢慢坐直，終於正眼看我，面無表情。他開口了，嗓音沙啞古怪，音質超齡幾十歲。

「我是想嚇你。」他說。

23

床頭櫃的鬧鐘響起，彼特靜止不動躺著，隨它去吵一陣子。某件事不太對勁，他必須做好心理準備。接著，他想起昨晚的情景，內心湧現一股恐慌。尼爾．史賓塞陳屍荒原的景象。事後，他衝回家，近乎倉皇失措。一瓶在手，感覺好安心。

開瓶時的啪嚓聲。

然後……

他終於睜開眼皮。清晨的太陽已經投射著熱焰，穿透薄薄的藍窗簾，落在皺成小山的棉被上，下面是他的膝蓋。睡到半夜時，他一定是被熱到掀開被子，讓上身透透氣。現在糾結的棉被緊緊裹住膝蓋，材質厚重到荒謬的地步。

他轉頭看床頭櫃。

酒瓶在櫃子上。已拆封。

但瓶中的酒仍在，整整一瓶。

他記得昨晚長考了多久，一再抵抗酒蟲的誘惑，酒蟲從各種角度進擊，雙方都拒絕縮手或退讓。他甚至把酒瓶和不倒翁杯端來床頭櫃。即使上了床，仍在交戰中。

最後，他戰勝了。

一股鬆懈感盈滿全身。現在，他再看一眼不倒翁酒杯。昨晚就寢前，他用莎莉的相片蓋住杯口。昨晚發生的悲劇再慘痛，相片和往事仍足以排拒酒蟲的威脅。

他盡量不去想今天即將面對的場面，也不去想未來幾晚的挑戰。

暫時可以了。

他沖完澡，吃完早餐。即使滴酒未沾，他仍倦怠到考慮不去健身。局裡排定今早一上班就開會，他應該先準備一下，聽取本案的進展。然而，他覺得自己已經對這案子瞭若指掌了。見小尼爾屍首時，他盡量無動於衷，就像拿著相機，不看視窗就按快門，把相片存在心靈裡。如果他想在兩小時之後表現得稱職而敬業，他需要先掃除些許心中的驚恐。

他開車到局裡，先進健身房。

健身完，他心情平靜多了，上樓去上班。辦公桌上有一堆堆的文書，顯得安逸而無害，接著他的視線來到那一疊惡毒的舊筆記，帶著它們再上一層樓，前往指揮部。

打開門，他少了一分平靜。距開會時間仍有十分鐘，這一廳卻已經擠滿員警，無人交談。他見到的每一張臉都顯得肅穆。這些男女員警多數從案發就參與本案，每人都懷抱或多或少的希望，如今，他們必定已得知昨晚發現一具屍體。在今天之前，有個小孩失蹤了。現在，有個小孩喪生了。

他靠牆站在最後面，察覺到幾雙眼珠正瞟向他。這不難理解。雖然他起初參與辦案查不出結果，但他今天前來開會絕非偶然。他看見總探長萊昂斯坐在前幾排，回頭看著他。彼特和他視線交接片刻，想判讀他的表情。正如昨晚在荒原的表情，總探長滿臉木然，更令彼特能自由發揮想像力。總探長內心有一股異樣的得意嗎？朝這方向解讀，對總探長似乎不太厚道，但這方向絕對不能排除。法蘭克案破案後，儘管一人升官，另一人原地踏步，彼特深知萊昂斯總心懷怨悶，恨擒凶立大功的人不是他自己。以本案最新進展來看，二十年前的舊案其實尚未結案。現在，萊昂斯坐鎮這場簡報會。這案子可能是兩男對決的關鍵戰，現在的彼特則被降級為小卒子。

他雙臂叉胸，盯著地板看，等著開會。

一分鐘後，亞曼達生著悶氣，快步進場來，穿越群聚一堂的員警，走向最前面。即使只從側面看她，彼特一眼就知道她筋疲力竭而苦惱。他注意到，她穿的是昨晚同一套衣服，可能是在局裡的休息室裡過夜，更可能是通宵沒睡。她踏上小講台，神情低調，一副吃敗仗的模樣。

「好的，各位，」她說，「新聞大家都聽說了。昨晚我們接獲消息，蓋爾巷尾的荒原有一具兒童屍體，員警前往調查，維護現場。死者的身分尚未獲得證實，但我們相信他是尼爾·史賓塞。」

大家早就知道八九不離十了，儘管如此，彼特見在場同事一個個變得垂頭喪氣，全場的情緒溫度下降。員警們原本已經默然不語了，現在全場更顯得幽靜無聲響。

「我們也相信案子涉及非親屬。屍體上有幾處重大傷勢。」

講到這裡，亞曼達的嗓子幾乎岔掉，彼特見她微微顰眉。她的自我要求太高了。若在別的情況下，這種表現或許會被視為軟弱，但彼特認為，這場合的人員不會因此看扁她。彼特看著她強打起精神。

「顯然，這些細節暫時不對媒體發布。現場被我們封鎖了，但媒體知道警方尋獲一具屍體。

在我們進一步瞭解狀況之前，媒體只能語帶保留。」

牆邊有位女警逕自點著頭。彼特知道這種動作的由來。在他深陷酒癮無法自拔的階段，他渴望喝一杯澆愁時，也有同樣的動作。

「屍體已經從現場移走，今早將進行驗屍。據推算，死亡時間大約在昨天下午三點到五點之間。如果假定他是尼爾．史賓塞，陳屍地點和他失蹤的地點大致上吻合，這可能是關鍵。我們也相信，小尼爾遇害的地點不在陳屍現場，可能是在他被拘禁的地方。我們冀望刑事鑑定能化驗出拘禁地點的線索。現階段，我們會過濾全區所有監視錄影帶，也會在那附近逐戶訪談，因為，我無法讓這狂徒在羽陵村繼續逍遙法外。我無法坐視。」

她的臉抬起來。儘管面容有明顯的疲憊和心痛，現在目光多了一把火。

「在場所有人，我們都參與偵辦本案。儘管兩個月以來，大家已有最壞的打算，但沒有人樂見現在這種結局。所以，容我明明白白宣示，案子不能懸而未決。大家認同嗎？」

彼特再一次環視全場。零星幾顆頭點了一點。聽眾動了起來。他欣賞同仇敵愾的心情，認同目前有打拚的必要。但他也記得二十年前發表過同樣激動的宣示。儘管當年他信誓旦旦，如今他明白，案子能否了結不是說了就算，有時候案子的陰影會永遠咬住你不放。

「能做的努力，我們全做了，」亞曼達告訴全廳。「我們還是沒能救回尼爾．史賓塞。不過，我們鐵定會揪出罪魁禍首。」

彼特看得出，她對這句話深具信心，如同二十年前的彼特一樣義正詞嚴。因為，不信怎麼行呢？自己監督無力，發生慘案，唯一能鎮痛的方式是盡一己所能，還給當事人一個公道，擒拿元凶，以免歹徒再試圖危害百姓。

我們鐵定會揪出罪魁禍首。彼特盼望這話能成真。

24

在不得已的情況下，生活能重新上軌道的速度多快，著實令人驚訝。

警察走後，我認定我和杰克都沒必要睡回籠覺，所以在上午八點半，我覺得自己變成行屍走肉，麻木地照常幫他準備早餐，送他去上學。發生深夜怪手風波後，儘管再荒謬，我也覺得沒理由強留他待在家裡。事實上，有鑑於他在警察面前的表現，我內心惡毒的一面祈求現在不要和他同框。

他吃著早餐穀片，仍拒絕對我開口，我則站在廚房裡，倒一杯水，自己一口喝乾。我不太知道該做什麼、該有什麼感受。夜半驚魂事件才過四五小時，現在覺得遙遠而虛幻。我確定沒看錯嗎？也許是我想像力太豐富。不對，我確實看見了。換一個更稱職的父親，甚至只是普通一個父親，都能打動警方的心，讓警方認真看待。更稱職的父親能讓兒子開口，兒子不會挖爸爸牆腳，能明白爸爸只是為他擔心，想保護他。

水杯上的手握得更緊。

你不是你的父親，湯姆。

蕾貝佳的輕聲在我腦際迴響。

千萬別忘記。

我低頭看手裡的空杯子。我握得太緊了。我想起那件可怕的往事。杯子被摔碎，我母親驚叫著。我趕緊把水杯放在流理台上，以免改以更糟糕的動作再失親職。

上午八點四十五，我帶杰克去上學，他走在我身旁的後方，仍抗拒和我對話。最後到了校門，他總算對我開口。

「誰是尼爾‧史賓塞啊，爹地？」

「我不知道。」話題雖然不對，他還是開尊口了，令我如釋重負。「羽陵村的一個男孩子。他好像在幾個月前失蹤了。我記得在報上讀過。沒人知道他出了什麼事。」

「歐文說他死掉了。」

「歐文聽來像個嘴甜的小男生。」

我看得出，杰克正想順這話題講下去，但隨即改變心意。

「他說我坐的是尼爾的位子。」

「傻話。怎麼可能是因為一個叫尼爾的小孩失蹤了，所以你才能進這學校？位子空著，是因為有人搬走了，和我們一樣。」我皺眉頭。「再怎麼說，去年他們的教室又不是這一間，對不對？」

杰克看著我，目光詭譎。

「二十八個。」他說。

「二十八個什麼？」

「二十八個學生，」他說，「加上我，二十九個。」

「沒錯。」全班二十九人是真是假，我不清楚，但我依他。「這學校一班三十人。所以，不管尼爾去了哪裡，他的位子還在等他。」

「你覺得他會回家嗎？」

我們走進入遊樂場。

「我不知道，好小子。」

「可以抱抱嗎，爹地？」

我低頭看他。從他目前的表情，昨夜和今早的風波可以說是從未發生過。但話說回來，他才七歲。吵過一架後，該怎麼收場，什麼時候重修舊好，全靠他決定，我累到無法不接受這事實。

「當然可以抱抱。」

「因為即使在我們吵架的時候——」

「我們還是愛著對方。深深愛著。」

我跪下單腳，緊緊抱一抱，覺得氣力恢復了一些些。像這樣偶爾抱一抱，能維持我的活力。抱完，他信步走進校門，走過雪莉老師身旁，不回頭看我一眼。我從校門走出去，希望他今天不會再惹事。

然而，如果他又惹事……

那又怎樣？

隨他去做自己吧。

「哈囉，早。」

我轉身，發現凱倫在我背後不遠，正加快腳步跟上我。

「嗨，」我說，「妳好嗎？」

「正期待能安靜清閒幾小時。」她和我並肩一起走。「昨天杰克情況怎樣？」

「他升到黃燈了。」我說。

「什麼意思？我不懂。」

我解釋班上的紅綠燈制度。經歷過昨晚的驚魂後，他在學校被列入黃燈區一事顯得毫無意義，我解釋到最後想到這一點，差點笑出來。

「媽的，聽起來太沒人道了。」她說。

「我有同感。」

我懷疑，家長在學校互動到某個小關卡，該不會決定不再忸怩作態，和一般人一樣口不擇言。如果真有這種關卡，我慶幸我通過了。

「不過，換個角度看，這可以算是一種榮譽勳章喔，」她說，「他會被全班羨慕。亞當說他和杰克不太有機會玩在一起。」

「杰克說亞當是個好人。」我撒謊。

「他也說，杰克有點愛自言自語。」

「對，他有時候的確會。幻想中的朋友。」

「對，」凱倫說，「我完全能同情他。和我最要好的朋友中，有幾個也是幻想出來的。開玩笑的啦，那還用說嘛。不過，亞當也走過那階段。而我相信自己小時候也有過。你八成也有吧。」

我皺眉頭。一件往事突然映入腦海。

「夜先生。」我說。

「什麼？」

「天啊，我好幾年沒想起了。」我伸一手梳梳頭。怎麼會忘記夜先生呢？「對，我小時候的確有個虛擬朋友。我常告訴我母親，夜裡有人進我房間抱我。夜先生。我這樣稱呼他。」

「對……滿恐怖的。不過呢，小孩亂講恐怖的話是常有的現象。專門貼這種文章的網站多的是。你應該寫下來，然後投稿。」

「也許吧。」但我接著聯想到另一件事。「杰克最近也另外講了一些怪事。『大門不關緊，細語輕輕吟。』妳聽過嗎？」

「唔。」凱倫想著。「有點印象。我敢確定在什麼地方聽過。好像是遊樂場上的什麼兒歌。」

「對。也許是他從哪裡聽來的吧。」

只不過，杰克不可能是在這學校聽到，因為他在開學前一晚就說過。或許是小朋友都知道的童詩，只是我沒聽過而已，有可能來自我開給他看、自己卻看得心不在焉的電視節目。

我嘆一口氣。

「我只希望他今天比昨天好。我很為他操心。」

「那很自然啊。你太太認為呢？」

「她去年死了，」我說，「他好像不太能調適。不難諒解吧。」

凱倫沉默片刻。

「很遺憾。」

「謝了。講句老實話，我調適得多好，自己也不太清楚。我從來無法確定自己算不算是稱職的父親，不確定自己有沒有為他盡到全力。」

「那也是很自然的想法。我確定你盡力了啦。」

「也許，真正的問題在於，盡了全力還夠不夠。」

「夠，我能確定。」

她停下腳步，雙手插進口袋。我們來到路口。從彼此的肢體語言判斷，她明顯想直走，而我想右轉。

「不過，隨便啦，」她說，「聽你的意思，你們兩個的日子好像不太順利。所以我認為……我知道你不是在徵求我的意見，不管了，總之，搞不好，你不該再自我要求這麼高。」

「也許吧。」

「至少，自我要求一點點就好了吧？」

「也許吧。」

「知易行難，我懂。」她改變態度，全身上下忽然像在嘆息。「好了，改天見吧。萬事順利。」

「也祝妳。」

回家路上，我一直想著她那句話：「搞不好，你不該再自我要求這麼高。」她說的或許有幾分道理，因為，畢竟，我和天下人不都一樣，在人生道路上失誤頻頻。盡量全力以赴。但是，回到家裡，我依然在樓下踱步，不確定該拿自己怎麼辦。先前，我以為送杰克上學後，自個兒能清靜一陣子也好。現在，家裡空蕩蕩，四處毫無聲響，我反而求他在身邊，愈近愈好。

因為，我有必要維護他的安全。

而我先前也沒考慮到昨夜的驚魂。

現在這麼一回想，一陣恐慌頓時在腦際閃現。如果警方不肯幫忙，那我只好自力救濟。我在無人的家中走著，心亂如麻，迫切需要做什麼事，卻不明白該做什麼才好。最後，我進工作室。昨晚沒關的筆電處於待機狀態。我動一動觸控板，螢幕亮起來，顯示那篇文章。

蕾貝佳……

換成她，她知道該如何應付當前的狀況；她一向能掌握狀況。我想像她盤腿坐在地板，陪杰克玩著玩具，玩得好起勁。我想像她縮起雙腿坐在沙發，讀故事給他聽，讓小頭頂著她的下巴依偎著，母子倆緊緊相貼，看似合為一體。每次他半夜喊叫，我還睡眼惺忪時，蕾貝佳已經急忙下床去哄他了。每次他半夜喊人，總是喊媽咪。

我刪除掉昨天寫的文章，然後重新敲出三句。

我想念妳。我覺得兒子快被我糟蹋了，不知怎麼辦才好。

對不起。

我凝視著螢幕半晌。

好了。

不要再顧影自憐了。儘管日子難過，照顧兒子畢竟是我的天職。如果盡了最大能力還不夠，那我只好再改進。

我走向正門。門上有鎖也有鎖鍊，但這一套顯然不夠看。好，我會再加一道門閂，高到杰克搆不著。也在樓梯底加裝動態感應器。沒有一項是辦不到的事。無論我再怎麼自我質疑，天大的難題也能克服。

然而，我可以先做另外一件事。我把注意力轉向背後的樓梯，上面擺著一疊郵件。多米尼克·巴奈特又接到信了，兩封都是討債公司的通知單。我把信帶進工作室，關掉筆電上的微軟Word，打開網路瀏覽器。

查查看你是何方神聖，多米尼克·巴奈特。

上網能查到什麼，我並沒有什麼預設想法。大概能找到他的臉書網頁吧？看看他的相片，和昨天擅闖我們家的那個人比對一下。如果找不到相片，或許能查到可供我轉寄的地址，讓我能在現實生活裡進一步打探。能查到什麼線索都行，只求我能用來保護杰克，並破解這棟房子暗藏的玄機。

我一搜索就找到一張相片。多米尼克·巴奈特不是昨天那位不速之客，比較年輕，滿頭黑亮的頭髮，但相片不是貼在社交網站上。

而是置頂搜索頁的一則新聞附圖：本地男子遇害，警方朝他殺偵辦。

我覺得天旋地轉。我盯著標題，直到一行大字漸漸變成毫無意義的天書。房子沉靜下來，我只聽見自己的心臟噗噗跳。

然後是——

嘎

我抬頭看天花板。怪聲響又來了，和以前一樣，像是有人在杰克臥房裡踩一下。我的思緒回到昨夜，霎時起了一陣雞皮疙瘩。昨夜我想像有人站在床尾，頭髮全撥向一邊，像杰克筆下的小女孩。我覺得腳丫被人搖一搖。

醒醒啊，湯姆。

但是，和門外的怪手不同的是，床尾人影純屬我幻想。畢竟當時的我半睡半醒，頂多只能怪殘存的舊夢侵擾我，而我當前的恐懼也過來湊熱鬧。

家裡沒有值得大驚小怪的東西。

我決心不再理會屋裡的雜音，強迫自己點擊這則新聞。

本地男子遇害，警方朝他殺偵辦

本週二，本地男子多米尼克．巴奈特陳屍樹林裡，警方今日研判為謀殺。

巴奈特，四十二歲，家住羽陵村葛霍特街，陳屍於荷林貝克樹林溪畔，被嬉戲中的兒童發現。柯林・萊昂斯總探長於今日向媒體披露，巴奈特的死因是頭部遭「重擊」，警方刻正過濾多項可能的殺人動機，但從現場尋獲的幾項物品判斷，已排除奪財害命的因素。

「我希望藉這機會請民眾安心，」萊昂斯表示，「死者巴奈特先生曾被警方列為關係人，目前判定本案與先前無關。然而，警方已經在這一帶加強巡邏，鼓勵民眾有線索立即提供給警方。」

我再讀一遍，內心的恐懼愈來愈強烈。街名和我們家是同一個，多米尼克・巴奈特無疑是我想找的人。他住過這一棟房子。也許曾經坐過我這位子，在杰克臥房裡睡過。

而他在今年四月遭人殺害。

我極力穩定情緒，按「返回」鍵，再搜尋其他文章，從中得知零零碎碎的資訊，而這些資訊很多措辭曖昧不明。例如，巴奈特先生曾被警方列為關係人。文句謹慎，暗示的卻是，巴奈特曾涉及毒品案，殺人動機據推測也和毒品有關。荷林貝克樹林位於羽陵村南郊，在河的另一邊。巴奈特去那裡的原因不明。案發一星期，警方尋獲凶器，不久之後新聞就不了了之。從我在網路上找到的文章可見，這命案仍未偵破。

換言之，凶手依然潛伏在人群中。

一想到這裡，我感到毛骨悚然。我不知如何是好。再報警看看嗎？我的所知已經全告訴警察了，再補上網路搜索到的資訊，似乎也沒什麼用。我決定，還是報警吧，因為我總不能完全沒動作。不過，我想先多蒐集一些資訊再報警。

經過再三思量，我抖著手，翻找著購屋時留下的證明文件，查到我要的地址，拿起鑰匙出門。加強保全措施可以稍後再做。我想見的這人對多米尼克·巴奈特的認識比較深，找她聊聊的時刻到了。

25

事情總在開始的地方結束，亞曼達想著。

她正在過濾荒原周遭的監視錄影帶，忍不住想到，兩個月前，她已經檢視過影片裡的同幾條街道。兩個月前的她曾盼望看見有人把小尼爾帶走。現在，她搜尋著棄屍者的身影，可惜目前為止，她的成果和上次一樣。

一無所獲。

時候還早，她告訴自己，但這想法宛如腦裡的一撮死灰。可惡，其實是太遲了，尤其是對小尼爾而言。儘管再怎麼回想陳屍景象也枉然，那幅慘狀仍不斷在她腦海閃現，她責怪自己沒能及早救出小尼爾。她應該專心辦案才對。一次踏出一腳步。線索一條一條採集。這樣才能追查出殺害小男孩的狗雜種。

慘狀再閃現一次。

她甩甩頭，然後朝辦公室後面望，見到彼特．威利斯默默在她指定的位子上辦公。今天，她終於有機會坐下之後，她不知不覺偷偷監視著彼特，見他偶爾打一通電話。除此之外，他全神貫注在桌上的相片和文書資料。法蘭克．卡特知道內幕，彼特想調查他的牢友曾接見過什麼人，因為探監者可能把外界的訊息輾轉傳給法蘭克。然而，目前亞曼達看得出神的是彼特本人。

他怎麼能表現得這麼淡定？

但她也清楚，彼特的外表底下也苦水洶湧。她記得，昨天彼特去監獄訪談法蘭克回來，神態自若，昨晚在荒原上時也神態自若。如果說他現在顯得事不干己，只是因為他盡量不去想，手法和她目前如出一轍。如果他情緒壓抑得當，那只是因為他經驗更老到。

亞曼達想向他請教秘訣。

但她逼自己把注意力轉回監視錄影帶。她內心深處知道，再看也不會有結果，和兩個月前一樣。那一次，警方從村裡少得可憐的幾台監視器調帶子回局裡，一個個辨識影片裡的民眾，逐一排除涉案可能性，最後沒結果。做這種事令人氣餒。做得愈多，愈覺得自己敗事有餘。但這些事非做不可。

她看著定格的模糊影像，看著男人、女人、兒童。就算這些人沒有一個目擊到犯罪行為，也必須全數約談。警方想追緝的男嫌犯生性萬分謹慎，不會被目擊。作案的車輛也是。她上台簡報時曾信誓旦旦，不是做做表面工夫而已，而她現在仍堅信不疑，但她心底明白她無力感深重，因為事實是，在羽陵村開車，只要懂竅門，想躲避監視錄影並非難事。

在她身旁的筆記上，她寫下這想法。

知道監視攝影機的分布？

但話說回來，她兩個月前也寫下同一個想法。歷史重演了。

事情總在開始的地方結束。

灰心之餘，她把筆扔掉，站起來，走向彼特坐的地方。彼特忙得聚精會神，沒注意到她。他桌上的印表機吐出一連串相片，全是探監民眾被監視器拍下的定格。彼特拿著相片，對照螢幕上的細節，在相片背後記下心得。辦公桌上另有一張列印出來的舊報紙文章。她歪頭讀標題。

「『寇克斯頓食人魔於獄中結縭』？」她說。

彼特嚇一跳。「什麼？」

「這則新聞報導。」她再讀一次。「人間的新鮮事天天讓我大開眼界啊。通常是壞事。」

「喔。對。」彼特指向愈積愈厚的相片。「這些全是進監獄找過他的民眾。他的本名是維克多．泰勒。二十五年前，他誘拐一個小女孩瑪麗．費雪，聽過沒？」

「我記得她。」亞曼達說。

她和亞曼達的年齡相仿。雖然亞曼達記不起她的長相，腦子卻能瞬間把這姓名聯想到舊報紙裡的恐怖報導和模糊圖片。二十五年了。難以相信事情過了這麼久，也難以相信當事人在物換星移間已被光陰抹拭，被世人遺忘。

「她還活著的話，現在可能已經結婚生小孩了，」亞曼達說，「感覺很怪，對不對？」

「對。」彼特再從印表機取來一張相片，注視螢幕片刻。「泰勒在十五年前結婚，新娘是路易絲．狄克斯。到現在還在一起，很難相信吧。他們當然從來沒同睡過一晚，不過，監獄婚姻有時候就是這麼一回事。像這種男人，有時魅力反而更強。」

亞曼達點點頭。犯行再重大的罪犯，通常不缺監獄外的筆友。對於某類型的女人，這種罪犯猶如貓薄荷。她們常自欺，案子不是他犯的。不然就是，他洗心革面了。或者：我能拯救他。也許這一型的女人有些甚至喜歡貼近險象。亞曼達從來都不懂，但世界上確實有這種女人。

彼特在相片背面寫幾個字，然後放到一旁，再伸手拿一張。

「法蘭克．卡特跟泰勒是朋友？」她說。

「法蘭克當過他的伴郎。」

「哇，婚禮絕對很有看頭吧。誰幫他們證婚？撒旦親自下凡嗎？」

彼特不語。這時他不看螢幕，而是專心看著剛取來的相片。亞曼達猜，又是探監的民眾之一，只不過這人令彼特看得目不轉睛。

「誰啊？」

「諾曼．科林斯。」彼特抬頭看她。「我知道這個人。」

「說來聽聽。」

彼特介紹他的生平。諾曼．科林斯是本地人，二十年前曾被約談，原因並非警方掌握對他不利的具體證據，而是因為他的形跡可疑。從彼特的描述，諾曼屬於警方常見的怪客一族，常巧妙介入警方辦案過程，警方憑歷練常留意到這種人。這一型喜歡出沒在記者會和喪禮的周邊，似乎想旁聽內幕，或太愛發問，對案情顯得太感興趣，或只令人覺得反常。儘管這種行為可簡單說是變態或魔系，但凶手有時也有相同的行徑。

然而，凶手顯然不是諾曼。

「查不到對他不利的證據，」彼特說，「何況，誘拐發生的時候，他每次都能提出充分的不在場證明。他和受害兒童和家屬都沒關聯。也完全沒有前科。到頭來，他只不過是案子裡的一個註腳。」

「你卻還記得他。」

彼特再次凝視相片。

「我一直看他不順眼。」他說。

諾曼的這條線索可能沒什麼，亞曼達不願懷抱太大的希望。話說回來，辦案雖必須有條不紊、合情合理，但也應將直覺納入考量。如果彼特記得這人，這人必定有引人疑竇的特點。

「結果，他又出現了，」她說，「有他的地址嗎？」

彼特敲敲鍵盤。

「有。他一直住在同一棟房子。」

「好。去找他談一談吧。可能問不出什麼，不過，至少能查出他去找維克多．泰勒的目的。」

彼特再注視螢幕一會兒，然後點頭站起來。

亞曼達快走回自己的辦公桌之際，被巡佐史蒂芬妮．強森攔截。

「探長？」

「拜託，不要這樣喊我，史蒂，都快被妳喊老了。逐戶訪談有結果嗎？」

「還沒有。不過，妳不是想知道家長舉報什麼最近令他們擔心的事嗎？無聊男子之類的？」

亞曼達點頭。小尼爾的母親起初不覺得重要，因此亞曼達不希望重蹈覆轍。

「今天凌晨就有人報這種案子，」史蒂芬妮說，「有一名男子報警說，有人在家門外面對他兒子講話。」

亞曼達伸手至史蒂芬妮桌上，轉螢幕過來詳讀內容。這案子的男童七歲，就讀玫台小學，據說前門外有一名男人想和他講話。但同一份報告也指出，男童最近言行怪異。從字裡行間可見，據報前往的員警認為他的說法可信度不高。

她可以去找這對父子談談看。

亞曼達往後退一步，走向辦公室另一邊，氣呼呼地四下張望，看到巡佐約翰．戴森。找他也好。這條懶蟲桌上擺著一疊文書不辦事，正坐在位子上滑手機。她走過去，在戴森面前彈一彈手指，他的手機居然掉到大腿上。

「跟我來。」她告訴戴森。

26

薛林夫人是我們新家的原主，我開車十分鐘就能到她的住處。

我在她門外停車。她住在兩層樓的尖頂獨棟住宅，水泥車道寬闊，院子以金屬欄杆隔絕人行道，外面豎立著黑郵箱。羽陵村這一區比我們新家那一帶高檔多了。

多年來，我們的新家一直被薛林夫人租給別人住。

近年的房客可能是多米尼克・巴奈特。

我伸手進欄杆，解開院子門的扣環，一開門便聽見屋裡傳出一陣狂吠聲，愈靠近前門，叫聲愈嘹亮。我按門鈴，等著。我按第二聲，薛林夫人應門了，但門鍊仍扣著。她從門縫向外窺視。狗在她背後，一條小型犬，約克夏㹴，張牙舞爪對我猛吠，毛髮的末端泛白，外表幾乎和夫人同樣老邁孱弱。

「什麼事？」

「哈囉，」我說，「薛林夫人，我不曉得妳記不記得我。我名叫湯姆・甘尼迪。幾個禮拜前，我向妳買房子。我去看房子時，我們見過兩次面。我帶兒子一起去。」

「喔，是的。當然。喂，莫里斯，走開。」後半句針對家犬。她抹一抹衣裙，轉身再面對我。「不好意思，他非常容易激動。你找我有什麼事嗎？」

「是房子的事。我想瞭解先前的房客，不知道妳能不能告訴我。」

「喔。」

她略顯彆扭，彷彿心裡有數，猜出了我指的是哪一個房客，滿心不情願談他。我決定等她心軟。僵持了幾秒鐘，待客風度擊敗她的保留態度，於是解開門鍊。

「喔，」她又說，「那你最好還是進來坐。」

我進門，見她顯得慌亂，兩手不停摸摸衣服和頭髮，為家裡的髒亂連連道歉。她是多慮了；她的家堂皇似宮殿，一塵不染，單是接待區就大如我家客廳，一道木造寬樓梯蜿蜒通向二樓。我跟隨她走進一間舒適的待客室，莫里斯的興頭比剛才更高，在我腳邊快步兜圈子。壁爐旁有兩張沙發和一張椅子，爐柵裡無柴無灰燼，乾乾淨淨。幾座櫃子靠著一面牆，玻璃窗裡井然有序羅列著水晶器皿。牆上掛著鄉景畫和狩獵畫。房子正面的窗戶掛著紅絨窗簾，以阻擋路人眼光。

「妳家很美觀大方。」我說。

「謝謝你。我嫌太大了，尤其是小孩長大搬走，我先生戴瑞克也過世以後。願天保佑他。不過，我現在太老了，沒辦法搬家。每隔幾天，我請一個女孩進來打掃。是很奢侈啦，不然我又能怎麼辦呢？請坐請坐。」

「謝謝妳。」

「我去幫你倒杯茶吧？或咖啡？」

「不用麻煩了。」

我坐下。沙發坐起來硬邦邦。

「新家住得還習慣吧？」她問。

「我們還好。」

「那就好。」她溫馨一笑。「你知道嗎，我從小在那棟房子長大，總希望最後能為它找一個好的歸宿。一個好家庭。你兒子——叫做杰克，我沒記錯吧?他最近好嗎？」

「他剛開學。」

「玫台？」

「是的。」

她展現同樣的笑顏。「那間學校非常好。我小時候也讀那一間。」

「妳也在牆上留手印嗎？」

「有啊。」她引以為榮，點點頭。「一個紅色，一個藍色。」

「真好。妳剛說妳童年住過葛霍特那房子？」

「是的。我父母過世以後，我先生和我把房子留下來，當作是投資。那是我先生的提議，不過他也用不著多勸我幾句。我一向對那房子有感情。裡面有太多往事了，對不對？」

「當然。」我想起那天的不速之客，默默算著年歲差距。他比薛林夫人年輕一大截，但也不盡然不可能。「妳有沒有弟弟？」

「沒有，我是獨生女。可能因為這樣，我才一直對那房子有很深的感情。房子曾屬於我，你懂嗎?全是我的。我以前好愛它。」她臉皮往下塌。「小時候，我的朋友都有點怕它。」

「怕什麼？」

「哎唷，不就因為它屬於那一種房子嘛，我想。它的外形有點古怪，不是嗎？」

「我想也是。」凱倫昨天也有類似評語。現在，我向夫人重複我昨天的回應，但老實說，這種話愈講愈空洞。「它很有個性。」

「就是說嘛！」薛林夫人似乎很得意。「我向來也都這麼認為。所以我才慶幸，現在又有人安安好好照顧它了。」

我強嚥下這句話，因為「安好」這形容詞八竿子打不著它。但正如我所料，自稱從小住過那房子的不速之客是個騙子。她的用語也令我心驚。「現在」又有人安安好好照顧它。希望它最後有個好「歸宿」。

「它以前沒有被好好照顧嗎？」

她再度顯得窘迫。

「對，照顧得不是特別好。可以這麼說吧，以前我的運氣背，遇到的房客都不太合適。唉，房客好壞，不是一眼就能分辨的，不是嗎？有些人剛認識的時候，怎麼看都顯得和和氣氣的。況且，我其實從頭到尾都沒什麼好抱怨的。他們房租都按時繳。房子和院子也都維護得還可以……」

她愈講愈小聲，彷彿不知如何解釋真正的問題何在，寧可擱置不提。她是有擱置的餘裕，我卻沒這福氣。

「不過怎樣？」

「哎唷，不知道啦。我一直抓不到具體的證據，否則我不會遲疑不趕房客走。只是有疑心而已。我懷疑，可能偶爾有別人也住在房子裡面吧。」

「房客把房間分租出去？」

「對。我也覺得，裡面可能有見不得人的事情。」她的臉皮向下垮。「我進去看的時候，常聞到怪味道——不過呢，近年來，不先約好時間，當然不能說去就去。天下有這種事嗎？房地產是我的，還得預約時間才進得去？比較像預警才對吧。我只有一次不預約就上門，結果他不准我進去。」

「是多米尼克·巴奈特嗎？」

她遲疑不決。

「對，是他。只不過，之前那一個房客也好不到哪裡。我猜，出租那房子的我只是厄運連連吧。」

妳卻把燙手山芋丟給我。

「妳知道多米尼克·巴奈特出了什麼事吧？」我說。

「知道，那當然。」

她雙手放在大腿上，手勢端莊賢淑，正低頭看自己的手，沉默不語。

「出那種事很可怕，那還用說嘛。再壞的房客，我也不會那樣詛咒對方。不過，根據我後來得知的消息，他生前進出的圈子很複雜。」

「毒品。」我直言不諱。

她又沉默片刻。接著，她嘆一口氣，彷彿話題觸及一個她全然陌生的世界。

「完全沒有證據顯示他曾在我房子裡販毒。不過呢，是的。情況非常悲哀。在他死後，我還是可以再租給別人住，可是我老了，決定不要再當房東。我想還是賣掉算了，畫一個句點。藉著賣房子給別人，我能給老家一個新契機。希望新屋主的運氣比我好。」

「新屋主是杰克和我。」

「對啊！」她想到這裡，神情開朗不少。「妳和你那個可愛的小男孩！是有人出更好的價碼啦，不過，最近金錢對我而言不太重要，而你們父子似乎很對味。老家給個有娃娃的家庭住，好讓另一個小小孩又能在裡面玩耍，我想想也開心。我期望老家又能充滿光明和溫情。五彩繽紛的，像我是個小女孩的那些年。聽見你們兩個住得快樂，我好高興。」

我背向後靠。

杰克和我當然住得一點也不快樂，而我內心深處對薛林夫人隱含一股怒氣。我覺得，她真的早該交代房子的歷史才對。然而，現在的她似乎顯得真心歡喜，像自己真的做了一件好事。我也能體會她為何看上我和杰克，而不是把房子賣給……

我皺起眉頭。

「妳剛說，原本有人出高價想買房子？」

「喔，對——價碼其實高出標價很多。有個男人願意多花一筆錢買那棟房子。」她皺一皺鼻子，搖搖頭。「可是，我一點也不喜歡他。他有點讓我聯想起那些人。他的態度也非常堅持，讓我更不願意賣。我不喜歡被人死纏。」

我再向前傾斜上身。

有人準備出高價買房子，薛林夫人不賣，買家態度堅持，執著。言行有點怪。

「出高價的那男人，」我謹慎措辭說，「他長什麼樣子？個頭相當矮嗎？頭髮這裡灰白？」

我指自己的頭，但她已經在點頭了。

「就是他，沒錯。每次衣服都穿得無懈可擊。」

她的臉再垮下來，彷彿騙不過我的那一副假體面也騙不過她。

「科林斯先生，」她說。「諾曼・科林斯。」

27

回到家，我停好車子，凝望車道的盡頭。

我思考著——至少是盡量在思考。好多事實、想法、解釋在腦殼裡盤旋，宛如鳥群，慢到看得見，快到難以捕捉。

不速之客名叫諾曼．科林斯。他自稱在這房子長大是不實的託辭，但基於不明原因，他願意出高價買下這棟房子。這意味著，這房子顯然對他別具意義。

什麼意義？

我注視著車道盡頭的車庫。

那天我最早見到諾曼時，他就是在車庫前偷偷摸摸走動。在我搬來之前，屋主把雜物全塞進車庫，而雜物的原主照理說是已故房客多米尼克．巴奈特。昨晚在門外想叫杰克開門的怪手是諾曼嗎？如果是，也許他昨晚並不是想誘拐杰克，只是想要某種東西。

可能是車庫鑰匙。

但再怎麼推測也沒轍。我下車，走向車庫，開鎖，拉開一扇門，用昨天那桶油漆作為門擋。

我踏進車庫裡面。

雜物當然一項也沒少。陳舊的傢俱、骯髒的床墊、紙箱胡亂堆積在中間。我往我右邊望，見蜘蛛仍在織厚網，周圍多了幾具殘骸。可能是蝴蝶吧，被嚼成小團小團的白絲。

我四下看一看。一隻蝴蝶繼續嬌滴滴地停在窗前，另一隻歇在那箱耶誕飾品的外面，翅膀輕輕開合著。我聯想到杰克的蝴蝶畫，認為他不可能進車庫看見蝴蝶。我暫時解不開這謎團。

你呢，諾曼？

你進這裡，想找什麼？

我用腳撥開枯葉，清出一片空地，然後把那箱耶誕飾品搬下來，開始徹查裡面的物件。

我花半個小時打開所有紙箱，逐一清出裡面的物品，平攤在地上。我跪在這些雜物中間，牛仔褲的膝蓋部位壓著車庫石地，感受到涼意，彷彿兩片圓形的濕氣凝聚在膝蓋上。

在我身後，車庫門發出喀噠聲。我被嚇一跳，急忙轉頭看，只見冷清的車道上陽光普照，暖風徐徐，吹得車庫門撞著油漆桶。

我轉頭回來，再看地上的東西。

沒什麼好看的。箱裡全是一時沒用但捨不得丟的雜物。像是耶誕飾品，裡面有成串的亮片緞帶，如今散落在我四周，年久色澤黯淡無活力。也有報刊雜誌，日期和刊號看不出章法。有些是摺好收藏起來的衣物，散發著霉味。有佈滿灰塵的延長線。沒有一件值得蓄意隱藏，全是隨手保存後遺忘的舊物。

我強忍挫折感。車庫裡找不到解答。

但在我調查過程中，又有幾隻蝴蝶被我驚動了。五六隻蝴蝶在我放地上的雜物上面爬來爬去，觸角抽抽抖抖的，另有兩隻則飛去撞窗戶。我看著緞帶上的一隻起飛，掠過我身邊，朝門口飛去，卻又傻乎乎飛回來，降落在我眼前的磚地上。

我觀察牠一陣子，再一次欣賞翅膀上鮮豔醒目的色彩。牠在磚塊表面定速爬著，隨即鑽進磚塊之間的一道縫隙。

我看著地板。

我眼前有一大片地板是胡拼亂湊成的磚地，我仔細一看，才認出這磚地填滿的是一座修車坑，原本能讓待修的車輛跨越坑上，方便修車工動手，後來被磚塊填平。

我伸出猶疑的手，扳開蝴蝶爬過的那一塊，取出一塊佈滿灰塵和舊蜘蛛網的磚頭，頑固的蝴蝶停在磚塊側面。

磚塊被挖出來後，我看得見下面好像另有一個紙箱。

車庫門在我背後拍打一下。

天啊。

這一次我站起來，回車道看個究竟，不見一個人影，但在過去這幾分鐘，太陽躲進雲裡，天地變得陰涼，風勢也加強了。我低頭看見手上仍握著那塊磚，手微微顫抖著。

我回車庫裡，把磚頭放在一旁，再扳開其他磚塊，底下的紙箱逐漸見天日。這紙箱和其他箱子大小相仿，不同的是，箱蓋以膠布封死。我掏出鑰匙，挑最尖的一支，心臟怦怦跳著。

你想找的就是這一箱嗎，諾曼？

我把鑰匙戳進膠布中間，順著膠布割開，然後用手指摳膠布，「啪」的一聲，兩片箱蓋開了。我往裡面看。

我馬上縮身，坐在腳跟上，無法或不願理解眼前的景物。我回想杰克昨夜在客廳自言自語後的說法：我是想嚇你。當時我推定，他想像中的小女孩跟來我們的新家了。

外面傳來車門關上的聲音。我向背後望一眼，看見車子停在車道另一端，一男一女正朝我走過來。

不是她，兒子曾告訴我。

是地板下的男孩。

「甘尼迪先生？」女人呼喚著。

我不回應，反而把注意力轉回到地下的紙箱。

再看裡面的骨骸。

裡面的一小顆骷髏頭正在看我。

我也看著色彩豔麗的蝴蝶棲息在那裡，翅膀輕輕擺動著，宛如沉睡中的孩童的心跳。

28

二十年前，彼特曾在幾個場合遇見諾曼・科林斯，但從來沒理由去他家查訪。然而，彼特知道他住哪裡。那棟房子的原主是他父母親，他長大後始終沒搬離。他父親過世後，他和寡母繼續同住幾年，母親去世後，他再住到現在。

不搬離當然沒什麼不好，但彼特怎麼想也覺得有點噁心。小孩長大成人後，應該自立門戶才是，不搬離，暗示著某種不健康的依賴性或缺陷。也許，噁心只是因為彼特見過諾曼。他記得諾曼臃腫蒼白，老是汗流浹背，好像體內哪個器官腐敗了，不停滲流外漏。像他這一型，很容易引人遐想他至今仍精心維持亡母臥房的原貌，或者也躺在她床鋪睡覺。

然而，諾曼再怎麼令彼特毛髮直豎，他終究不是法蘭克・卡特的共犯。

值得彼特欣慰的是，無論諾曼當前涉案深淺，二十年前的彼特並未看走眼。當時，諾曼從未被正式列入嫌疑名單，但他確實涉嫌重大。然而，他的不在場證明經查證屬實。若當初真有人協助法蘭克犯案，諾曼不可能本人親手協助他。

既然如此，諾曼去探監做什麼？

或許沒什麼。反過來說，法蘭克的情資只可能來自監獄外。彼特在諾曼家外面停車之際，內心產生一小陣悸動。最好別抱太大希望，當然。但他的預感依然是，這條線索沒錯，只是暫時不清楚線索能通往哪裡。

他走向諾曼的房子。前院面積小，疏於整理，植物蔓生，草長得太高而傾倒成螺旋狀。牆腳有一灌木叢長得太茂盛，彼特不得不動手撥開枝葉，側身斜行，才勉強擠向正門，用指關節敲一敲，木門的觸感薄弱，被蛀蝕得差不多了。房子的正面原本粉刷成白色，如今油漆斑駁脫落，猶如脂粉龜裂的濃妝老嫗臉。

彼特正想再敲一次，這時聽見門內有動靜。門打開來，只開到門鍊能開的限度。剛才彼特沒聽見屋主扣上門鍊的聲音，表示諾曼重視居家安全，在家不忘加扣門鍊。

「什麼事？」

諾曼不認得彼特，但彼特大致記得他的長相。諾曼的外表和二十年前差不多，只有中禿的頭變得雪白，頭皮紅而多斑，像蓄勢待發的膿瘡。在家的他應該是處於休閒狀態，他卻西裝筆挺，外加一件背心，正式到近乎荒謬。

彼特出示證件。

「哈囉，科林斯先生，我是彼特．威利斯探長。你可能不記得我了，我們幾年前打過幾次照面。」

諾曼．科林斯的目光從證件兜向彼特的臉，表情變得緊繃而緊張。他的確也還記得。

「喔，是的。當然。」

彼特收起證件。

「方便我進去聊幾句嗎？我會盡量不要佔用你太多時間。」

諾曼遲疑著，回頭望一下深幽的屋內。彼特已能看見他的額頭冒出汗珠。

「現在不是很方便。你的來意是什麼？」

「進去再談比較好，科林斯先生。」

彼特靜候著。諾曼是個態度放不開的矮子，彼特篤定他怕場面變僵。僵持幾秒後，諾曼軟化了。

「好吧。」

門先關上，隨後全開。彼特踏進陳設乏味的方形玄關，見一道樓梯直通朦朦朧朧的樓上。屋裡有一股陳舊的霉味，但也夾雜一絲不明的香氣，令他憶起兒時課桌的氣息。古老的課桌一掀開桌面，就能嗅到那股木頭和陳年泡泡糖的氣味。

「有何貴幹嗎，威利斯探長？」

主客兩人仍站在樓梯尾，場面太侷促，彼特不喜歡，因為近到能嗅到對方的西裝掩不住的汗臭。玄關另有一道門開著，彼特指向門口，想必另一邊是客廳。

「我方便進去吧？」

諾曼再次遲疑。彼特皺起眉頭。

你有什麼好隱瞞的，諾曼？

「當然，」諾曼說，「請往這邊走。」

他帶彼特進客廳。彼特以為會見到滿地狼藉，但客廳看起來整潔清爽，傢俱比他預料來得新穎，不如屋主那麼古板。一面牆上掛著一台電漿大電視，其他牆上則佈滿裱框的藝術品，也有幾個展示用的小玻璃盒。

來到客廳正中央，諾曼停下腳步，僵直站住，雙手交握在肚子前，模樣似管家，舉止是異常客套，令彼特頸背的毛髮直豎。

「你……還好吧，科林斯先生？」

「喔，還好。」諾曼點頭一下，態度簡慢。「能容我再問一下你的來意嗎？」

「兩個多月前，你去過惠特洛監獄，探望一位名叫維克多・泰勒的囚犯。」

「是的。」

「探監的目的是什麼？」

「和他談話。我另外也曾探監多次，每次的目的都相同。」

「你以前去看過他？」

「的確。好幾次。」

諾曼仍杵得直挺挺，好像攝影師叫他擺姿勢。依然面帶禮貌的微笑。

「你找維克多・泰勒討論什麼，我方便過問嗎？」

「呃——當然是他犯的罪。」

「他殺害的那個小女孩？」

諾曼點點頭。「瑪麗・費雪。」

「是的，我知道她的姓名。」

魔系。這是彼特對諾曼的一貫印象，一個古怪的矮子，沉迷於別人直覺上迴避的暴力血腥。

諾曼繼續帶著笑臉站著，彷彿正耐心等待這場面趕快結束，希望彼特趕快走。然而，這副笑臉完全不對勁。彼特心想，他心裡很緊張。有所隱瞞。彼特也意識到，自己僵成了木頭人，缺乏動靜的室內令人難安。於是，彼特走向一面牆前，漫不經心地看著諾曼展示牆上的相片和物品。

畫得怪模怪樣。近看之下，彼特才明白，其中許多圖畫的筆法好幼稚。他的視線從一幅畫跳到另一幅，有些是火柴人，有些是素人水彩畫。接著，他的注意力被導向較不尋常的一項物品，一個惡魔臉的紅色塑膠面具，在平價戲服專賣店常見的種類。不知為何，諾曼以淺淺的長方形玻璃盒展示這種不值錢的東西。

「是收藏家精品。」

諾曼忽然飄來身邊。彼特強壓住驚呼的衝動，卻忍不住挪開一步。

「收藏家精品？」

「的確是。」諾曼點點頭。「原主是一位相當知名的殺人犯，曾在犯罪時戴這面具。我斥資才買到，不過，這面具精美，出處和證明書皆無可挑剔。」諾曼快動作轉向彼特。「一切皆完全合法，也光明正大，我能向你擔保。另外還有什麼貴幹嗎？」

彼特搖頭，苦思著諾曼話中的含義。接著，他看牆上其他物品。他發現，牆上不只掛圖畫，部分畫框裡的展示品是字條和書信，有些看似官方文件和報告，有些則是手寫在廉價筆記紙上的文字。

他指向牆上，略感無助。

「那……這些呢？」

「通信，」諾曼喜孜孜地說，「有些是私人通信，有些是採購而來的。另外也有刑案的表格和公文。」

彼特再站開幾步，這次退回到客廳中間。他轉身，東看西看，領悟出眼前的端倪之際，忐忑不安的情緒跟著加劇，在他心中奔騰，表皮發涼。

圖畫、紀念品、書信。

與命案和謀殺相關的收藏品。

在這之前，彼特知道，世上有些人的嗜好是收集這一類以死亡為主題的物品，更有主打這種癖好的網路市集，業績興隆。然而，彼特從未置身這種收藏品之中。這客廳似乎瀰漫著一股騰騰的殺氣，原因之一是這裡不僅是文物展示館，而且是歡慶的場所。這些物品的展示具有崇敬的意味。

他看著守在牆前的諾曼・科林斯。諾曼已收起笑臉，表情劇變為近似外星人、爬蟲類的生物。諾曼原本不想請彼特進來，顯然也急著讓這場對話速戰速決，不希望來人看見他收藏的圖畫和飾品。但是現在，諾曼的表情多了一分自豪的冷笑，宛如訴說著他明白客人的感想多麼負面，他因此在心中竊喜。他甚至在某方面高出彼特一等。

一切皆完全合法，也光明正大，我向你擔保。

因此，彼特只能呆立半晌，不知怎麼辦，甚至無法確定自己能不能採取行動。後來，彼特的手機鈴響了，把他震醒。他掏手機出來，來電者是亞曼達。他轉身，壓低嗓子，手機緊貼耳朵。

「我是威利斯。」

「彼特嗎？你在哪兒？」

「我正在我說我想去的地方。」他注意到亞曼達口氣急促。「妳在哪裡？」

「我在葛霍特街的一間民宅。我們找到第二具屍體。」

「第二具？」

「是的。不過，這具的年代比較久遠——看起來像被藏了好久。」

彼特試圖去理解剛聽到的言語。

「這棟房子最近才轉手。」亞曼達有點上氣不接下氣，像是她的腦筋也一時轉不過來。「新屋主在車庫箱子裡發現屍骨。他也在昨晚報警說，有人可能想誘拐他兒子，而你去找的那人——諾曼．科林斯——他好像來過這裡，形跡可疑。屋主指證是他沒錯。我認為，諾曼知道遺體在這車庫裡。」

聽到這裡，彼特倏然旋身——注意到身邊多了一個人。諾曼再一次把自己變來彼特身旁，站在他旁邊，臉孔近到彼特能看清毛細孔，也看得見他不帶表情的眼神。隱隱然的殺機在空氣中振動著。

「另外還有事嗎，威利斯探長？」諾曼沉聲說。

彼特挪開一步，心臟狂跳。

「押他回局裡。」亞曼達說。

29

來到和杰克學校隔一條街的路上，我停下車，想著，車上有警察隨行，我應該比較放心才對。凌晨，我家門外有怪客企圖拐走我兒子，男女員警趕來我家，卻對我們的說法不太當真，令我沮喪，現在，警察的態度丕變，我卻絲毫感受不到慰藉，因為這表示，怪客半夜上門是真有其事，也意味著杰克真的有危險。

滑著手機的戴森巡佐抬起頭。

「到了嗎？」

「轉個彎就到學校。」

戴森把手機收進西裝褲口袋。戴森五十幾歲了，從警局到這裡的途中，他居然一路靜靜滑手機，像是青少年似的。

「好，」戴森說，「我要你保持平常心，完全照平日的動作。去接兒子放學。去跟其他家長閒聊，總之是做你平常做的事。慢慢來。你會一直在我視野裡，同時注意在場其他人。」

我拍一拍方向盤。「亞曼達．貝克探長告訴我說，警方已經逮捕當事人了。」

「對。」戴森聳聳肩。從他的態度，我明顯看出，他只是聽命敷衍了事。「預防措施而已。」

預防措施。

在警察局，亞曼達．貝克探長也用過同一個字眼。今早，警方趕到我家，我帶他們去看我發現的骨骸之後，狀況的演進加速了。隨後，諾曼．科林斯被逮捕，令我更加驚心，因為杰克昨夜極可能遭到不測。幸好，諾曼被移送後，我兒子應該平安了。

既然如此，幹嘛派警察隨行？

預防措施而已。

我在警局聽到這句，並沒有因此寬心，現在再聽到也一樣。警力強大而幹練，有他們當靠山，我卻依然覺得，唯有杰克在我身邊，唯有他待在我能照顧到的地方，他才算平安。

前進校門的路上，戴森跟在我後面，腳步漸漸放慢。被警察暗中尾隨護送，我怎麼想都覺得虛幻。但話說回來，今天整天都有異於常態的感覺，像掉進陰陽魔界。由於事情演變太迅速，我的腦筋還轉不過來，無法正視自己在車庫發現極可能是兒童屍骨的事實。這件事的事態多嚴重，尚未衝擊到我心底。在警局做口供時，我不帶感情。供詞有待警方打字列印，等我接杰克放學後才簽名。至於簽完名後會有什麼狀況，我仍然不清楚。

戴森剛叮嚀我，動作照平常就好。在這種情況下，動作怎麼照常？根本不可能。但是，當我來到遊樂場，見凱倫背靠著欄杆站，見她雙手插進大衣口袋裡，我心想，跟她談天算是平常的舉動吧。我走向她身邊，也靠著欄杆站。

「哈囉，」她說，「狀況怎樣？」

「棘手。」

「哈哈。」接著，她再仔細看我。「看起來，你不像在開玩笑吧。今天很衰嗎？」

我徐徐吐出一口氣。警察並未明言禁止我向人透露今天的兩件大事，但我猜，明智的做法是不講。既然這話題碰不得，我完全不知該從何講起。

「說得好。過去這二十四個鐘頭的事情非常複雜。我找時間再好好向妳報告。」

「嗯，我拭目以待。不過，我希望你還好。有句話，不是我有意冒犯你：你的臉色爛透了。」她思考一陣。「咦，講這樣太冒犯了吧？抱歉。我老講錯話。壞習慣改不了。」

「沒關係。只不過是昨晚沒睡飽。」

「兒子想像出來的朋友吵得你睡不著？」

我竟然噗哧笑出來。

「這話有多麼接近事實，妳一定不信。」

地板下的男孩。

我想起那箱子生鏽般的枯骨，想到骷髏頭的眼窟和頭頂的曲折裂縫，想起那幾隻杰克不可能見過卻畫得出的彩蝶。就算我迫切希望他趕快放學，我也微微感到不安。被他嚇慘了。生性敏感的兒子會夢遊，有虛擬朋友，常和不存在的人對話，被隱形的朋友教一些恐怖的兒歌，嚇到了他。

也嚇到我。

校門開了。雪莉老師出現，開始看著家長，逐一回頭唱名，視線飄過我和凱倫臉上。

「亞當。」老師喊，緊接著再喊另一個男生。

「糟糕，」凱倫說，「看起來，你們又闖禍了。」

「以今天的霉運看來，再添一件也不意外。」

「聽這學校老師講話的口氣，我有時覺得自己又變回小孩了，你呢？」

我點點頭。只不過，今天如果我再被訓話，我恐怕沒順從的心情。

亞當走過來時，凱倫說，「好吧，保重嘍。」

「我會的。」

我看著他們離去，然後等著其他學童出校門。這麼一來，要採取「預防措施」的話，至少戴森機會多的是吧，我想著想著，不禁自己也掃瞄著遊樂場。問題是，掃瞄有什麼用？少數幾位家長是很眼熟，沒錯，但我來這裡沒幾天，最多只認得五六個人的長相。對他們而言，我大概更像可疑人物。

只剩杰克的最後，老師招手要我上前來。杰克出現在她身邊，又垂頭看地面，模樣好脆弱，讓我想救走他，想大手一伸，抱他去一個安全的地方。我內心湧現一股父愛。也許，他確實是太脆弱了，不同於平常人，難以獲得接納，無法融入同學圈。然而，今天事情變得天翻地覆了，媽的，不能融入又怎樣？

「又闖禍了嗎？」我說。

「是的，很遺憾。」雪莉老師心酸微笑著。「杰克今天升上紅燈區了。被叫進華樂絲小姐的校長室，對不對，杰克？」

杰克悲哀地點點頭。

「出了什麼事？」我說。

「他打班上一個男同學。」

「喔。」

「是歐文先開始的。」杰克的語調像快哭出來似的。「他想搶走我的寶物袋。我不是故意打他的。」

「對，嗯。」老師雙臂叉胸前，直直看著我。「以你這年齡的學童，帶那種東西來學校，本來就不太合適吧。」

我不知該怎麼回應。約定俗成的社會規矩是，我應該和成年人站同一邊，換言之，我該對杰克說打人是壞行為，我也該附和老師禁止寶物袋的說法。但我說不出口。這狀況忽然變得微不足道，太可笑了。他媽的紅綠燈制度，無聊透頂。女校長發虎威。最蠢的是，那個小王八招惹到杰克，結果自討苦吃，叫我怎麼罵杰克？

我看著兒子，見他怯弱地站著，大概等著挨我一頓罵，而我其實想告訴他的是：幹得好。

在你這年紀，我沒勇氣做那種事。

希望你出手夠重。

然而，約定俗成的社會規矩戰勝了。

「我會跟他開導的。」我說。

「很好。因為，一開學就這樣，情況不太看好吧，是不是啊，杰克？」

老師摸摸他的頭，約定俗成的社會規矩敗退了。

「別碰我兒子。」我說。

「什麼？」

她縮手，好像杰克會漏電似的。我這句未經大腦思考，但話一出口，我感到些許滿足。接下來該怎麼說，我毫無把握。

「別碰就對了，」我說，「妳不能拿他當成紅綠燈來耍，自己還裝得好善良。我講句老實話好了，對任何一個孩童而言，紅綠燈是個爛透了的管教方式，對待一個目前明顯出狀況的孩子更不恰當。」

「什麼狀況？」她心慌了。「有狀況的話，我們應該提出來討論。」

和老師針鋒相對是愚蠢的行為，我知道，但我能挺身為兒子撐腰，心中仍有一絲喜悅。我再看杰克，現在他注視我的眼神充滿好奇，彷彿不知該如何看待這個爸爸。我對他微笑。他能挺身捍衛自己，我很高興。我很高興他對這世界造成衝擊。

我把視線轉回到老師。

「我一定會開導他的，」我說，「因為打人不對就是不對。他和我會好好討論一下，用哪些方式迎戰校園霸凌最合適。」

「呃……這樣也好。」

「好了吧。東西全帶著嗎，好小子？」

杰克點頭。

「那就好，」我說，「因為，我們今天可能回不了家。」

「為什麼不能？」

因為地板下的那個男孩。

但我沒說出口。最奇怪的是，我認為他早已明白答案是什麼。

「走吧。」我輕聲說。

30

找到人了，彼特心裡想著。

過了這麼多年，終於找到小東尼了。

彼特坐在車上，看著鑑識科人員進入諾曼．科林斯家中。目前，這條街上僅有鑑識科人員趕到。儘管警察愈聚愈密集，媒體尚未聞風而至，鄰居如果在家，暫時也避不出門。鑑識科一名人員站在前門階上，雙手按著腰背，伸展著筋骨。

被銬住的諾曼坐在後座，也在旁觀警察的動態。

「你沒有扣押我的權限。」諾曼語氣平淡地說。

「閉嘴，諾曼。」

在封閉的車上，彼特躲不過諾曼的臭味，也不想和他交談。由於案情仍在發展中，他先以收受贓物罪嫌逮捕諾曼，只因從諾曼收藏品的本質來判斷，這項罪嫌成立的機率較高，也賦予警方搜索諾曼家的職權。然而，警方逮捕諾曼的理由當然沒有這麼單純。無論諾曼問再多問題，彼特也不願在車上偵訊他，以免危及後續的辦案。要偵訊，回局裡再說。全程記錄好，滴水不漏。

「他們搜也搜不出東西。」諾曼說。

彼特置之不理。因為，警方確實已搜索到了，而諾曼顯然和案情脫不了關係。警方找到一具年代較遠的骨骸。諾曼一向崇拜法蘭克．卡特，沉迷於他的犯行，也曾入監探望法蘭克的牢友，甚至去民宅東探西探，結果那棟房子果然藏著一具屍體。諾曼深知那裡有屍體，彼特敢確定。但更重要的是，儘管枯骨的身分暫時無法驗證，彼特也敢確定，死者必定是東尼・史密斯。

找了二十年，找到你了。

找到屍首，理應帶來如釋重負感，為舊案寫下完結篇，因為他已經找小東尼太久了。但他心頭的重擔仍在。他無法停止回想多年來的週末搜尋，遠道至數哩外的樹籬和樹林爬梳尋覓，結果小東尼始終躺在離家不遠處，跌破所有人眼鏡。

這也意味著，二十年前，彼特一定也疏漏了某個關鍵點。

他低頭看大腿上的平板電腦。

天啊，多想現在就喝一杯酒。事情怪就怪在這裡。人們通常以為，酒精能助人麻醉世間的慘事。然而，小東尼的屍體出土了，而小尼爾的凶嫌極可能已經落網，正被銬在後座，奇怪的是，酒蟲卻比以前更囂張。話說回來，酗酒的理由層出不窮，拒喝的真正理由卻始終只有一個。

以後再喝吧。想喝多少就喝多少。

他自認會這麼做。有效最重要——就這麼簡單。在戰爭中，只要能贏得一場戰役的武器都能派上用場，戰勝後再重整旗鼓，進行下一場戰役，然後再來一役，隨後而來的大小戰役也一一應付。

有效最重要。

「我又沒做什麼壞事。」諾曼堅稱。

「閉上狗嘴。」

彼特在平板上點擊。無從迴避，他必須找出多年前遺漏的關鍵點，弄清楚原因何在，而他可以從小東尼出土的那棟民房查起。

他瀏覽著細節。直到最近，那棟房子的屋主是安．薛林，房產繼承自雙親，多年來一直出租給房客住，她本人已經數十年沒住過那裡。

資料上的房客名單一長串，但彼特推斷可排除一九九七年以前的房客，從法蘭克犯罪那一年找起。那一年，房客名叫朱利安．辛普森（朱利安在那年之前已經住了四年，之後一直租到二〇〇八。彼特在瀏覽器上再開一螢幕，搜尋後發現，朱利安因癌症於二〇〇八年病逝，享年七十。彼特再看名單。下一位房客名叫多米尼克．巴奈特，一直租到今年上半年。

多米尼克．巴奈特。

彼特皺起眉頭。這姓名有點印象。他再搜尋，發現多米尼克．巴奈特死於他殺，命案不是由彼特偵辦，但他記得部分細節。多米尼克．巴奈特是犯罪圈的一個小角色，曾涉及毒品案和勒索案，曾被警方盯上，但因罪行相對太輕微而被放過一馬，近十年查無前科，但這當然不表示他改過自新了。他遇害的消息一傳出，也沒人感到訝異。凶器是鐵鎚，警方從上面採集到不完整的指紋，比對不出結果，隨後的調查也揪不出涉嫌重大的分子。然而，民眾至少安心了。儘管無人落網，警方相信，他的命案是針對他下手的單一事件，讀得夠仔細的民眾或許看得出弦外之音：

靠劍過活者，必死在劍下。

依照彼特的觀感，他原本認為如此，但他現在存疑。據推測，多米尼克．巴奈特命案最大動機依然是毒品糾紛，但多米尼克．巴奈特住過一棟暗藏死屍多年的房子，似乎不太可能沒察覺到異狀。難道這暗示著另有一個動機存在？

他視線向上移，透過後照鏡觀察諾曼片刻。諾曼正茫然凝望窗外，看著自己的家。目前值得推敲的人有三個：曾租過同一棟房子的朱利安・辛普森和多米尼克・巴奈特，以及似乎知道藏屍處的諾曼・科林斯。三者之間有什麼樣的關聯？二十年前發生過什麼事？二十年以來發生過什麼事？

彼特打開羽陵村地圖。

葛霍特街介於小東尼被帶走的現場和法蘭克逃逸的方向之間，是一條自然而然的路線。在當時，刑事鑑定判斷，小東尼確實進過凶手法蘭克的車輛。但是，法蘭克如果從旁得知自家遭搜索，他大可以先棄屍再逃亡。當時的房客是朱利安・辛普森。

彼特無須參考檔案即知，當年朱利安並未被列入偵訊範圍。法蘭克的友人當中，能詳細調查的人全被調查過了。朱利安・辛普森不曾列在調查名單上。

然而，在孩童陸續被拐走的當年，朱利安年約五十歲，和一名證人的說法相符。也許朱利安是法蘭克的共犯。果真如此，這兩人之間必定存在某種間接掛鉤，只是彼特沒發現而已。

挫敗感如當頭棒喝。

要是早一點查到朱利安就好了。

無論是否查過，到頭來仍是一己的疏失。彼特知道，自己總能硬扳，把罪過的箭頭彎向自己。無奈的是，以下的情緒仍在。

一無是處。

沒用的東西。

待會兒可以喝酒。

他的手機響了——又是亞曼達。

「我是威利斯，」他接聽，「我還在諾曼家，正要回局裡。」

「搜索得怎樣？」

「進行中。」

他瞄一眼諾曼家，心知必須以這棟房子為調查焦點。當前的要務是清查諾曼的涉案事跡，而非釐清二十年前彼特是否疏漏什麼線索。想剖析，改天再剖析吧。

「好，」亞曼達告訴他，「屋主和兒子正在局裡，我想找一個幫手來安置他們，幫他們找地方過夜之類的事。」

彼特皺眉頭。這種任務頂多是基層做的雜事，彼特知道這暗示著什麼：亞曼達想親自偵訊諾曼。但或許這樣也好。界線比較明晰。諾曼和他曾交手過，亞曼達不希望他以有色的眼光看待諾曼。他有一些疑問待解，以後再問也不遲，也不必由他提問。他發動車子。

「我馬上回局裡。」

「屋主名叫湯姆．甘尼迪，」亞曼達說，「兒子叫做杰克。你先把諾曼登記入冊，然後安排屋主父子的安置所。」

一時之間，彼特講不出話，一手拿著手機，另一手握著方向盤。他凝視著方向盤上的手，注意到手抖了起來。

「彼特？」亞曼達說，「你還在線上嗎？」

「是的。我馬上回局裡。」

他掛掉，將手機扔向副駕駛座，不開車走，反而熄火，再拾起平板。他太執著於過去了，沒考慮到當前。他根本沒考慮到房子目前的屋主。

又出錯了，和往常一樣。

他點選報案紀錄，心想，該不會是聽錯亞曼達報的姓名吧？沒聽錯。

湯姆．甘尼迪。

終於。出現一個他熟悉的名字了。

31

「警察找到他了嗎，爹地？」杰克說。

在警察局裡，我不停來回踱步，等亞曼達・貝克探長帶筆錄進來讓我簽名。聽見兒子這麼講，我停止腳步。

他坐的椅子太大，兩隻小腳微微盪來盪去，身旁的桌上有一盒沒碰過的柳橙汁。我們剛進警察局時，戴森買果汁請他喝。戴森也說我有咖啡可喝，但我們已經枯坐了二十分鐘，等不到探長，更等不到咖啡。在苦等的期間，杰克和我幾乎無話可說。現在的我不知道該對他說什麼，踱步既可填補沉默的空虛，也能充場面。

我走向杰克，跪在他面前。

警察找到他了嗎，爹地？

「對。警察已經找到那個來我們家的人。」

「我指的不是他。」

地板下的男孩。

我注視兒子一會兒，但他回敬的眼神毫無明顯恐懼或憂慮。令我心驚的是，發生這麼大的風波，他居然能以不變應萬變，把事情視為家常便飯似的，好像口中的「他」是一個玩捉迷藏的男孩，而非從自家車庫挖掘出來的屍骨。埋了多久，只有天曉得。他絕對不可能料到這種事。

我和他不應該談論這件事。在警察局裡不行。向警方做筆錄時，我據實以報但有所隱瞞。我避提兒子畫的蝴蝶，也未透露杰克曾提及地板下的男孩。為何隱瞞？我也不明白，只知道，這兩件事，連我自己也理解不出道理，而我也想保護兒子。這些疑點全應由成年人肩挑，而非丟給七歲小孩去扛。

「對，杰克，」我說，「我懂你指的是誰。可以了吧？這事情很嚴重。」

他思索一下。

「好吧。」

「我們改天再討論吧。」我站起來時，想到自己剛說的還不夠，認為他應該知道更多。「對，警察是找到他了。」

是我找到他。

「那就好，」杰克說，「他有點嚇到我了。」

「我知道。」

「我倒不覺得他是故意的。」杰克說著皺眉頭。「我想他只是受傷了，很寂寞，所以變得有點壞。幸好警察找到他了，這樣他現在就不會寂寞，對吧？他可以回家了。這樣，他就不會再使壞。」

「是你想像力太豐富了，杰克。」

「才不是。」

「我們有空再談這事，可以嗎？」

我擺出一副嚴肅的神情。每當我想強調一件事，我總會擺這種臉給他看，通常不具任何權威性，過了一分鐘，我或他會大聲講話，幸好今天他點點頭，然後坐在椅子上轉來轉去，拿起果汁開始喝，模樣無憂無慮。

我背後的門打開，轉身我看見戴森端了兩個杯子進來，以背擋門，讓亞曼達探長進入。她邁著大步，拿著文件揮一揮，神態和我心情同樣疲憊。我明白，她有一百萬件事等著她處理，而她決心親自處理每一件事。

「甘尼迪先生，」她說，「讓你久等了，真的很抱歉。啊——這位一定是杰克。」

杰克仍在專心喝柳橙汁，不甩她。

「杰克？」我向他提示。「說聲哈囉嘛，拜託？」

「嗨。」

我再轉回亞曼達。「今天累壞了。」

「我完全能體會。對他來說，這件事一定非常奇怪。」她向杰克彎腰，雙手按膝蓋，姿態有點彆扭，彷彿不確定如何和小孩交談。「杰克，你以前進過警察局嗎？」

他搖搖頭，不回應。

「嗯。」她尷尬一笑，然後站直。「今天第一次，希望也是最後一次。對了，甘尼迪先生，這是你的筆錄，麻煩你過目，確定一下內容合不合你意思，然後在下面簽名。你的飲料也來了。」

「謝謝。」

戴森把咖啡遞給我。我把筆錄放在桌上，邊讀邊喝咖啡。在筆錄上，我說明諾曼・科林斯的舉止，轉述薛林夫人針對諾曼和多米尼克．巴奈特的說法，也提到昨夜在門外對杰克低語的怪客。在這些事件驅使下，我懷疑諾曼到底想找什麼，於是進車庫探個究竟，結果挖出一箱子枯骨。

我看杰克一眼，見他手中的柳橙汁快喝光了，所剩無幾的液體嘩嘩響。我在筆錄最後一頁簽名。

「今晚兩位恐怕不能回家了。」亞曼達說。

「瞭解。」

「可能明晚也一樣。當然，警方很樂意在這段期間為你們安排住處。我們在附近有一間安置所。」

筆尖僵在我的簽名上空。

「我們為什麼需要住安置所？」

「並不一定要，」她急忙說，「只是安置所空著也是空著。我會交代同事安排你們入住。他名叫彼特．威利斯探長，應該馬上就回來了。我就不打擾兩位了。啊，他正好來了。」

門再度打開，這次進來一個剛才沒見過的臉孔。

「彼特，」亞曼達說，「這兩位是甘尼迪父子湯姆和杰克。」

我凝視著剛進來的男子，周遭萬物似乎瞬間蒸發一空。事情過了許久，歲月對他的摧殘不太重。他遠比我印象中的他更精瘦健康，而且成年人的外形變化不比兒童顯著，我一眼仍能認出是他，心頭為之一震，一百件被埋葬的往事隨之迸發，在我腦海裡綻放。

他也認出我。他當然認得。在這之前，想必他已得知我姓名，有時間做好心理準備。他走向我，姿態專業而拘謹，這時我猜旁人一定沒注意到他表情難看。

玻璃杯被摔碎。

我的母親驚呼。

「甘尼迪先生。」我父親說。

32

杰克心想，今天發生了好多令人想不通的事。

他累壞了——原因是半夜發生的那件事。不過那時候，他剛讀到爹地寫的東西，對爹地氣炸了，結果警察來了以後，爹地說媽咪死了，口氣那麼隨便，杰克終於動怒。發脾氣不是好事，但他實在控制不住怒火。

幸好一整天下來，怒火降溫了，但這也想不通。不過話說回來，有時候吵架後，隔天一大早，氣不也像霧一樣飄走嗎？但今天在教室裡，他覺得好寂寞，超想抱抱爹地，跟爹地道歉，希望聽見爹地也跟他說對不起。

感覺上，情況可能會好轉。

可惜，歐文跳進來攪局，杰克打他，結果被叫進校長室。其實進校長室也不算太慘，只不過他擔心兩件大事，一是寶物袋留在教室，很有可能被可惡的歐文拿去亂翻，杰克一想到就受不了。校長華樂絲小姐講了兩次「可以看著我嗎，拜託？」因為杰克一直盯著關著的門看。另一件大事是，他知道事情鬧大了，爹地一定很失望，也會非常生氣，這表示短期之內情況不會好轉。照目前的情形來看，可能永遠不會好轉。

搞不好，爹地也會寫一些難聽的話罵他。

杰克猜爹地的確想寫。

幸好，杰克回教室一看，寶物袋似乎沒被亂翻過。他不禁想到，以後應該常常打人比較好吧？放學時，爹地不但好像對他一點也不生氣，竟然還跟老師吵一架！杰克覺得他好勇敢。可是呢！更重要的是，爹地跟他站在同一邊。雖然爹地嘴巴沒這麼講，杰克看得出父子同心。即使沒抱抱，感覺上情況跟抱過一樣好。

而現在，他們坐在警察局裡面。

起先還好，因為感覺滿新鮮的，尤其是大家都對他好好，但現在他只想離開。接著發生了一件怪事。剛進來一個沒見過的警察伯伯，把情況搞得更令杰克想不通，原因是爹地的態度變得好奇怪。面對其他警察，爹地的態度還好，但面對新來的警察伯伯，爹地臉色卻翻白，一臉害怕，好像警察局變成教室，警察伯伯變成雪莉老師。

仔細再想一想，警察伯伯的表情也很囧。女警帶著爹地簽好的筆錄走後，門一關上，氣氛變得怪透了，好像到處被噴上一層膠，所有東西全被黏住了。

警察伯伯慢慢走來，低頭看他。

「你一定是杰克吧？」他說。

「是的。」沒錯，「我是杰克。」

警察伯伯笑一笑，但笑容有點怪。他的臉型看起來非常慈祥，不過這笑容顯得不安。警察伯伯伸出手，杰克為表示禮貌，也伸手去握一握。警察伯伯的手大而溫暖，手勁非常輕柔。

「很高興認識你，杰克。你可以叫我彼特。」

「哈囉，彼特，」杰克說，「我也很高興認識你。我們為什麼不能回家？有個警察告訴爹地說，我們不能回家？」

彼特皺眉，在他面前跪地，直盯他的臉，彷彿想看穿什麼機密似的。杰克也看著他，讓警察伯伯知道，他沒有隱瞞什麼事。伯伯，我這裡沒有機密。

「事情非常複雜，」彼特說，「警察想在你們家調查一些東西。」

「因為地板下的男孩嗎？」

「是的。」

聽到杰克這麼問，彼特轉頭看爹地，杰克才想起，爹地不准他提地板男孩的事。可是，老實說，氣氛這麼怪，爹地的叮嚀很容易被忘記。

「我把我的發現告訴過他。」爹地說。

「不過，你怎麼曉得死者是男孩？」

站著的爹地頓時愣住，他的模樣像被卡住，彷彿他想向前或向後走，卻忘記肢體怎麼運作。杰克心裡興起一股不安，覺得假如爹地記得肢體如何運作，他一定會往前衝，態度會有侵略性。

「我沒有這麼說啊，」爹地說，「我講的是『屍體』。一定是他聽錯了。」

「對。」杰克趕緊附和。他不希望爹地打人，更何況對方是警察，因為看他的樣子，他是真的想揍警察伯伯一頓。

彼特慢慢站起來。

「好吧。嗯，我們先解決一些現實問題。你們家只有父子倆？」

「是的。」爹地說。

「杰克的母親……？」

爹地的表情仍然氣呼呼。「我太太去年死了。」

「很遺憾。你們一定很辛苦吧。」

「我們還好。」

「我看得出來。」

想不透啊！杰克想搖搖頭。現在，彼特好像沒辦法正眼看爹地。不過，彼特是警察，這表示，別人應該聽他話，不是嗎？

「我們可以幫你們安排住宿，不過你們可能不願意。你們寧願住親屬家嗎？」

「不行，」爹地說，「我父母都死了。」

彼特愣一愣。

「瞭解。我也很遺憾。」

「沒關係。」

然後，爹地向前踏出一步。杰克憋氣不敢呼吸，幸好爹地現在只像是想打人，並不會真的動手。

「是好久好久以前的事了。」

「瞭解。」彼特深吸一口氣，但仍不正眼看爹地，只盯著牆壁看。杰克覺得，彼特忽然老了好幾歲。「既然這樣，我們可以安排你們暫時住幾天。」

「對，這樣比較好。」

「相信你們也需要從家裡拿一些東西。你們願意的話，我可以帶你們回家，帶走一些你們可能用得上的東西。換穿的衣物之類的。」

「你非去不可嗎？」

「是的。很抱歉。因為是刑案現場。任何東西被帶走，我都要做紀錄。」

「好。不是很理想，對吧？」

「我知道。」彼特終於看爹地了。「對不起。」

爹地聳聳肩膀，目光仍晶瑩閃爍。

「就照規定吧。我們就趕快回去吧，好嗎？杰克，你想帶走什麼玩具，你先想想看，好嗎？」

「好。」

但杰克的眼睛一下子看爹地，一下子看彼特，兩個大人卻完全沒動作，看起來像根本不清楚下一步怎麼走，杰克當下決定自己該採取行動，不能等大人。於是，他放下喝光的果汁盒，在桌上震出斬釘截鐵的巨響。

「我想拿畫畫用的東西，爹地，」他說，「沒有別的了。」

33

戰況慘烈中的一場小勝仗也值得欣慰，亞曼達．貝克探長心想。她坐回偵訊室的位子，面對諾曼．科林斯。昨晚目睹過慘狀，先前也因未能及時救出小尼爾而自責，現在的她準備討血債了。通常，有小勝仗就該偷笑了。

「抱歉，剛才有事離開一下，諾曼，」她說，「我們繼續吧。」

「是的。且讓我們盡快了結這件事，好嗎？」

「好。」她面帶禮貌的微笑說。「盡快。」

諾曼雙臂叉胸，略帶冷笑的神態，她見了並不意外。自從她見諾曼第一眼起，她就明瞭彼特為何說這男人有點怪。走在路上，遠遠有人迎面而來，你一看見立刻過馬路，走另一邊，迴避的正是諾曼這一型。衣裝過度正式，給亞曼達的印象是一種保護色，試圖營造莊重的假象，卻遮掩不住骨子裡的邪性。從他的儀表明顯可見的是，他自覺與眾不同。甚至覺得高高在上。

偵訊二十分鐘以來，諾曼有問必答，可能因此覺得更有理由自視甚高。但這時候，史蒂芬妮敲門，探頭進來，亞曼達打一個「暫停」的手勢離去。回來後，她伸手再啟動錄音器材，走完初步偵訊的流程。

在她的對面，諾曼故作姿態地唉聲嘆氣。她回來時，手上多了一張紙，擺在桌上。能抹掉這變態王八臉上的冷笑，一定很爽。

但事情應照順序來。

「科林斯先生，」她說，「為釐清案情起見，我們先重複一下剛才談過的部分。今年七月，你去過惠特洛監獄探望維克多．泰勒。探監的目的是什麼？」

「我對刑案感興趣。在某些圈子裡，我被視為專家。我有興趣找泰勒先生談論他的作為。我相信，這些年來，警方也基於相同的目的去訪談他。」

不太相同吧，亞曼達心想。

「話題有沒有觸及法蘭克．卡特？」

「沒有。」

「你知道泰勒和法蘭克是朋友嗎？」

「不知道。」

「這就奇怪了。你不是這方面的專家嗎？」

「專家不是萬事通。」

諾曼微笑著。亞曼達確定他說謊，只可惜獄方不側錄探監對話，她無從證明雙方是否談到法蘭克。

「好吧，」她說，「今年七月三十日星期日下午和晚間，也就是尼爾．史賓塞被誘拐的那天晚上，你人在哪裡？」

「我不是交代過了嗎？那天下午我多半都在家，後來，我走路去陶恩街一家餐廳用餐。」

「你的記性不錯嘛。」

諾曼聳聳肩。「我是個照習慣做事的人。那天是禮拜天。我母親在世時，我們常一起去用餐。現在，我自個兒去。」

亞曼達會心點點頭。餐廳老闆已證實這一點，換言之，在小尼爾被誘拐的時間點，諾曼能提出紮實的不在場證明。此外，警方仍在諾曼家搜索中，目前為止找不到小尼爾曾被拘禁在他家的跡象。她敢說，以眼前的案子而言，諾曼已經深陷其中，只是涉案程度不明，但以小尼爾誘拐案而言，目前諾曼似乎無涉案的可能。

「葛霍特街十三號。」她說。

「怎樣？」

「你有意買下那棟房子？」

「的確。因為那房子求售。這算犯了哪條罪？我搞不懂。」

「我沒說犯法。」

「那房子當時誠徵買主。我在目前這一棟住了好久，當時覺得稍微展翼的時刻到了，可以說是想擴展個人的一片天。」

「後來屋主拒賣，你卻照樣去那棟房子鬼鬼祟祟的。」

諾曼搖搖頭。

「絕對沒有。」

「甘尼迪先生聲稱，你企圖擅闖他的車庫。」

「我只能說他的說詞有誤。」

「而那車庫裡埋了一具童屍。」

「那……太令人震驚了。」他說。

亞曼達不得不暗暗稱許他。他深知警方在車庫裡尋獲什麼，亞曼達毫無疑問，但他聽見「童屍」，至少還記得佯裝訝異，演技雖然不逼真卻仍可圈可點。

「我不太能相信你，諾曼。」

「我完全不知情。」他皺眉。「妳訪談過原屋主嗎？建議妳約談她一下。」

「當前，我比較有興趣知道，你為什麼對那棟房子的興趣那麼濃厚。」

「我不是說過了：我沒去。新屋主他……姓甘尼迪，是吧？他搞錯了。我完全沒接近過他的房子。」

亞曼達瞪著他，他也以頑強的目光回瞪。當事兩造各執一詞。就算甘尼迪能從一排人當中指認出諾曼，她也沒把握能依此起訴他。現今的事實是，警方無法證明諾曼知道車庫藏有童屍。另外，諾曼似乎也不涉及小尼爾誘拐案。從諾曼的收藏品，警方或許能依收受贓物罪嫌治他，但連這罪名也可能太牽強。

而沾沾自喜的王八蛋懂得這一點。

是嗎？

亞曼達看著史蒂芬妮給她的這文件——諾曼進局裡採集指紋比對的結果。縱使她難以拿小尼爾案起訴他，她照樣在心中暗喜。活在世上，她為的就是這一刻。她但願彼特能在這裡，和她一同品嚐這滋味。天知道彼特也夠格嚐嚐這滋味。

「科林斯先生，」她說，「今年四月四日星期二晚間，你能交代去處嗎？」

諾曼怔住。

「什麼？」

亞曼達仍看著指紋比對結果，不語。這日期至少抓住他的注意力了。他可能以為，警方會再針對小尼爾案繼續訊問他的行蹤，他在這方面能放心回答。但亞曼達如今知道，一提出四月四日，一座深淵立刻在諾曼腳下形成。

「我不太記得。」諾曼謹慎回答。

「那我幫你一下好了。當天，你是不是去過荷林貝克樹林那一帶？」

「我想是沒有。」

「呃，你的手指頭卻去過。身體其他部位呢？」

「我不——」

「那一夜多米尼克．巴奈特遇害，凶器是鐵鎚，你的指紋印在鐵鎚上。」

亞曼達視線從指紋比對結果轉向他，欣然見他額頭冒出汗珠。一個裝模作樣、狗眼看人低的男人，卻被簡單一句話搞得方寸大亂。亞曼達興味盎然看著他動腦筋，看他想著辦法，思索逃脫之道，漸漸明瞭自己掉進一個更麻煩的困境。

「不予置評。」他說。

亞曼達搖頭。不予置評當然是他的權利，但她每聽這句話就心頭一把火。她總想告訴對方，你沒有保持緘默的權利。而現在，她要諾曼坦承犯行，不許他再推託，因為保護無辜生命更重要。

「你最好把你知道的事全說出來，諾曼，對你的好處最大。」她把前臂放在桌上，口吻盡可能比真心多一分同情。「不只是對你本身有好處。你說你不涉及小尼爾案。如果你講的是實話，那表示凶手還在逍遙。」

「不予置評。」

「除非警方抓到凶手，他一定會再殺害更多兒童。我認為你對他的認識很深，只是不肯告訴我而已。」

諾曼凝視她，臉上的血色全流失一空。亞曼達自認沒見過這麼快就融化的男人。原本自信滿滿的諾曼瞬間化為一灘顧影自憐的爛泥。

「不予置評。」他低聲說。

「諾曼——」

「我想找律師。」

「嗯，我們絕對能為你安排。」她一個動作起身，懶得掩飾心中的憤慨。心中那股嫌惡。「找律師也好，或許你能明白你捅出的婁子多大，你能明白配合辦案才對你最有利。」

「不予置評。」

「不必再重複了。」

小勝仗。

亞曼達依謀殺多米尼克．巴奈特罪嫌正式逮捕諾曼的同時，心裡卻思索著剛才的問答內容。

如果諾曼自稱並未殺害小尼爾屬實，那麼，弒童狂魔仍在逃，換言之，在她辦案期間，極可能再傳男童命案。

昨夜小尼爾陳屍荒原的景象逆流上心頭，她平時破案的喜悅頓時一掃而空。

一場小勝仗還不夠好。

34

我不在家期間，警力增多了。我們回到家，見外面停著兩輛轎車和一輛廂型車，車道被封鎖線圍住，幾位警官和刑事鑑定人員正在忙。調查的重點似乎在車庫裡，但有兩名員警在人行道上站崗，不准閒人接近。房子的前門也開著——回家見這不諧和景象，感覺被侵犯了，內心不舒服。

我在警車後面停車。我父親開著車超前我，然後停在我前面。

不是我父親，我提醒自己。

是彼特．威利斯探長。

沒必要用探長之外的身分稱呼他吧？另外，除了他跪在杰克面前看他的動作之外，也沒跡象顯示他想承認父子關係。我照著不承認，高興都來不及了。

現在，當時的震驚消退了一點，但我覺得只像地震剛過的瞬間，四下的聲響停頓幾拍，然後才掀起驚叫聲。我仍記得在警察局裡相見的情景。當時，我父親站著，回應我的眼神，正視我。我的思緒立即蹦回多年前最後見他的那一天，剎那間覺得自己好渺小無力。時空機把我載回去了。恐懼和焦慮交雜心中。渴望縮小身體，小到他注意不到我。但隨即，我胸口燃起怒火。操，他沒權利跟我兒子講話。接著是憎恨。他大搖大擺走進我人生，甚至還能對我發號施令，我深感不公平，差點無法忍受。

「你還好吧，爹地？」

「還好，好小子。」

我凝視著前方那輛車。看著駕駛座上的男人。

他名叫彼特・威利斯探長，我提醒自己，他在你心目中無足輕重。

無足輕重。

只要你不讓步。

「對，」我說，「我們趕快進去拿東西就走。」

彼特在封鎖線外和我們會合，向站崗員警出示證件，帶我們進房子裡，不發一語。我又產生一股憎恨。操，房子是我買的，幹嘛要他准許才能進入？跟著他走，活像個聽話的小男孩似的，感覺很丟臉。更火上加油的是，他顯得渾然不在乎。

他帶著一片夾紙板和一支筆。

「我想知道哪些東西是你的，哪些是搬進來前就有、沒被你碰過的東西。」

「這房子裡面所有東西都是我的，」我說，「薛林夫人把前房客的東西全搬進車庫了。」

「我們會再向她求證，別擔心。」

「我不擔心。」

在屋裡，我們從一間走過一間，收拾一些基本物品，例如盥洗用具、衣物、杰克房間裡的玩具。每拿一件東西，都必須徵求我父親的同意，讓我恨得牙癢癢的，但他只點點頭，記錄下來，最後我不再徵求他同意。如果他不高興，他也沒有明言。事實上，他幾乎一眼也不看我。他有什麼心情或想法，我納悶著，但緊接著叫自己不能去想，因為他有什麼心情關我屁事。

最後，我們進樓下的工作室。

「我想拿筆記型電腦——」我講到一半，被杰克插嘴。

「爹地在車庫發現誰啊？是尼爾．史賓塞嗎？」

我的父親面露尷尬。

「不是。那具屍骨的年代比較久遠。」彼特回道。

「不然是誰啊？」

「這個嘛……你可別講出去喔，我猜可能是另一個小男孩。很久以前失蹤的男孩。」

「多久以前？」

「二十年了。」

「哇。」杰克愣一愣，思考著二十年有多久。

「對。我希望是他，因為我從二十年前就一直在找他了。」

杰克顯得驚訝，像他把這事當成是一大成就似的，我看了不高興。我不希望兒子對這男人感興趣，更不喜歡他欽佩這男人。

「換成我，我早就放棄了。」杰克說。

我的父親感傷一笑。

「對我來說，我總覺得人人都能回家是件很要緊的事，你不認為嗎？」

「我可以帶走這個嗎，威利斯探長？」我動手拔筆電插頭，想斬斷這一對老少的對話。「工作不用這台不行。」

「可以。」他轉身，背對著我們。「你當然可以。」

「安置所」只是一間公寓，樓下是書報攤，位於陶恩街尾，從路上看並不起眼，進裡面更沒看頭。

彼特帶我們進門。一道樓梯從正門口通往樓上，樓梯盡頭有四道門。這裡有待客室、浴室、廚房和有兩張單人床的臥房，全公寓的傢俱極簡。第一眼看去，這間是賤價出租的房子，唯一透露這裡是警用設施的跡象是外牆上有一架不甚顯眼的監視器，公寓裡有幾顆求救按鈕，前門內側有眾多螺栓。

「擠同一間，委屈兩位了。」

彼特從晾毛巾架上捧來床單和棉被，走進臥房。我拿出我帶來的衣物，擺上舊的抽屜木櫃上面之前，先抹乾淨表面的灰塵。這公寓顯然很久沒打掃過，空氣令人鼻子發癢。

「沒關係。」我說。

「這公寓很小，我曉得。我們有時候安排證人住這裡，不過住進來的多半是女人和小孩。」他欲語還休，搖搖頭。「他們通常想住同一間。」

「家暴吧，我猜。」

我父親不語，但我倆之間的氣氛增溫幾度，我明白這話正中要害。我和他之間的過節依然未搬上檯面，卻在檯面下蠢動不已，愈來愈吵鬧。無聲有時反而覺得更吵，也是同一個道理。

「沒關係。」我再說一遍。「我們要在這裡住多久？」

「頂多一兩天吧，也可能不會拖那麼久。不過，這案子可能發展成重案。我們想確定沒有漏失什麼細節。」

「你認為，你逮捕的那人是尼爾．史賓塞的凶手？」

「不排除是。我說過，我認為，你家那具遺骸死於類似案件。一直有人臆測，舊案的凶手法蘭克．卡特有共犯。諾曼．科林斯從沒被正式列為嫌犯，不過，他對法蘭克案的興趣太高了。我以前從不認為他直接涉案，不過……」

「不過怎樣？」

「說不定是我誤判了。」

「對，我猜你八成是誤判了。」

我父親無言。能再捅他這麼一刀，我不禁暗爽，但爽得不過癮。他顯得侷促不安，深受打擊。在他心裡，也許現在的他也和我一樣沒力。

「好。」

我們走回待客室，看見杰克跪坐地上畫圖。待客室有沙發和椅子各一張，也有一張滾輪小桌，抽屜木櫃上有一台舊電視機，櫃子後面有一窩舊電線。整間公寓陰冷蒼涼。家裡現在亂成什麼樣了？我盡量不去想。無論家裡出過什麼問題，和這公寓相形之下簡直是天堂樂園。

有問題可以解決。事情很快就過去了。

彼特．威利斯也將再度從我的人生舞台退場。

「那我就不打擾兩位了，」他說，「很高興認識你，杰克。」

「我也高興認識你，彼特，」埋首作畫的杰克頭也不抬說，「謝謝你給我們這個宜人的公寓住。」

彼特愣一下。「不客氣。」

來到樓梯口，我關上通往待客室的門。這裡有一扇窗，但現在剛入夜，窗外透進來的光線昏暗。彼特似乎不願意離開，於是我和他站在暗處，他的臉黑成一片。

「你還缺什麼東西嗎？」他終於說。

「不缺吧。」

「杰克像是個好孩子。」

「是的，」我說，「他是。」

「他很有創意。跟你一樣。」

我不回應。我和他之間的沉默變得刺麻。在半暗不明的空間裡，我依稀看得見他的表情。想把這句話吞回嘴裡似的。但隨即，他自我說明。

「我在你家看見你出了幾本書。」

「你以前不知道嗎？」

他搖搖頭。

「我還以為，你以前可能會好奇，」我說，「上網查一查或什麼的。」

「你有上網查我嗎？」

「沒有，不過，這不能相提並論。」

這話從我嘴裡一出來，我就悔恨不已，因為這等於再次認同權力對等關係——尋找我、關心我、在乎我，全是他的責任，我用不著找他。我不願他往這方面想。我從不想找他。他在我心中無足輕重。

「很久以前，」他說，「我想通了，最好還是不要介入你的生活。這是你母親跟我之間的決定。」

「這樣說得通。」

「大概吧。對我而言，是說得通。我尊重那決定。日子不是一直很好過。我經常想知道……不過，最好還是……」

他講不下去，突然顯得虛脫無比。

少在我面前自我憐惜了。

我沒說出口。無論父親做錯什麼事，過去已成往事，他顯然已經自新了。現在的他外表不像酒鬼，沒有酒臭味，體格健壯。儘管滿臉倦意，卻也瀰漫安詳的氣息。我再一次提醒自己，這男人和我素昧平生，彼此井水不犯河水。我們不是父子關係。我們不是仇家。

我們什麼也不是。

他轉頭望窗外，看著緩緩隕歿的天光。

「莎莉——你的母親。她後來怎麼了？」

玻璃杯被摔碎。

我的母親驚叫。

我想起隨後發生的每一件事。我想著身為單親媽媽的她歷盡滄桑，盡全力拉拔我長大。她含恨死得痛苦。像蕾貝佳一樣，英年早逝，苦到我和她。

「她死了。」我告訴他。

他沉默不語。一時之間，他甚至顯得落魄。但接著，他強打起精神。

「什麼時候？」

「不關你的事。」

我語氣裡的怒意出乎我意料——但我父親顯然不意外。他木然承受這句話的衝擊力。

「對，」他幽幽說，「我想也是。」

然後，他踏下通往前門的樓梯。我看著他走。他樓梯下到一半，我又開口，音量只大到他聽得見。

「告訴你好了，我記得最後那一夜。你走的那一夜。之後我們就沒再見過面。我記得你那天醉醺醺，臉好紅。我記得你做過的事。拿杯子砸她。她怕得尖叫。」

他在樓梯上駐足，一動也不動。

「我全記得，」我說，「你現在竟敢問她怎樣？」

他不回應。

接著，他默默下完樓梯，我只聽得見自己的心噗噗跳，聲音刺耳而憤怒。

35

離開安置所後，彼特在冷清的路上超速行駛，直朝回家的方向前進。碗櫥正在對他呼喚，他想舉白旗。既然已經決定屈從酒蟲了，酒蟲變得猖狂無比，他覺得此刻生死存亡的關鍵在於盡快回家開碗櫥。

進家門後，他把門鎖好，關窗簾。屋子裡到處靜悄悄。家裡多了他，感覺和他不在家的時候同樣空虛，因為，他又能為這個家增添什麼？他環視客廳裡精簡式的傢俱和裝潢。家裡其他地方也一樣，隨處潔淨無菌，精心整理。說句實在話，他在這間空殼子裡住了好幾年。日子過得整整潔潔，不見得能掩飾悲哀的現實：光陰虛度了，無緣踏上人生的正途。

空虛。沒道理。

一文不值。

打勝仗的酒蟲正在幸災樂禍。他站在客廳裡，緩緩呼吸著，意識到心跳如鼓。然而，同樣的心路，他已經走過無數次，每次都有同樣的情形。每當酒癮激盪到最高點，大小事都能被他拿來佐證自己無能。事件或感想無論是好是壞，全能被拿來硬拗成佐證。

但是，這一切全是自欺。

你不是沒經歷過。

你挺得過去。

酒蟲安靜一陣子，隨即又開始在他腦殼裡咆哮，因為酒蟲意識到他正想要的賤招。他任憑酒蟲驅使他回家，讓酒蟲誤信他投降了，但現在，他想奪回掌控權。

苦痛在他胸腔裡迴盪，奔騰著，難以忍受。

你不是沒經歷過。

你挺得過去。

餐桌。那瓶酒和那張相片。

今晚，他另外拿出一只玻璃杯。遲疑片刻後，他打開瓶蓋，倒出兩指幅的伏特加進杯子。因為，有什麼不可以呢？路只有兩條：喝或不喝。路已經選好，走了多遠並不重要，重點是他能否到達終點。

手機震動一下。他掏出來，發現亞曼達捎來的簡訊。亞曼達告知偵訊諾曼的結果，認為諾曼涉嫌謀殺多米尼克．巴奈特，至於小尼爾案，諾曼的涉案程度不明，他已決定向律師求救。

你認為，你逮捕的那人是尼爾．史賓塞的凶手？

他告訴湯姆「不排除是」。顯而易見，諾曼在某方面涉案。但如果小尼爾不是被他誘拐後殺害，這表示真凶依然在逃。一想到這裡，逮捕諾曼後的輕鬆感立刻一哄而散，正如同二十年前，他在局裡的接待室看見小東尼的父母，他才領悟到，離惡夢結束還早得很。

現在，這案子跟他沒關係了。父子失散再多年，湯姆終究是他的兒子，這表示他不宜參與辦案。他明天應該向亞曼達報告這一點，主動退出。能擺脫這案子的壓力，想必能輕鬆不少吧，他猜。反過來說，他已經被拖下水了，已經被迫再去質問法蘭克，昨晚也去荒原看過小尼爾的屍體，涉入已經太深，對他心靈的殘害再深重，他也想把這案子辦到底。

手機放一旁，他凝視著酒杯，試圖分析父子多年後重逢的心情。他猜，重逢對他而言應該是驚天動地的震撼，他心裡卻異常平靜。這些年來，他身為人父的感覺已經麻木，父職彷彿是已經退還給老師的課堂知識，不再能左右他的生活。對莎莉懷念還勉強能隱忍，對湯姆的失職卻是不容置疑，彼特盡最大努力，絕不往這方向亂想。最好還是和兒子一刀兩斷。每次他不知不覺遐想著湯姆長大後的情境，他總會盡快趕走這些念頭。太燙了，摸不得。

但現在他知道了。

他無權以父親自居，但他不可能不去打量今天下午認識的那男人。作家。這很合理，當然。從幼年起，湯姆就創意十足，常常編一堆彼特聽不懂的故事，也常拿著玩具玩著繁複的情境。看樣子，杰克和小時候的湯姆非常像，同樣是敏感而聰穎的小孩。彼特從僅有的線索可知，湯姆從小顯然吃過不少苦頭，體驗過悲劇，而他卻憑能力隻手栽培杰克。無庸置疑的是，兒子已經成長為一個男子漢。

不是一文不值。不是廢物，不是失敗者。

幸好。

彼特的指尖順著杯口遊走。幸好，湯姆成功克服他丟下的悲慘童年。幸好，他主動退出湯姆的生命，以免進一步毒害兒子的天地。因為當年的他顯然對兒子有害無益。事隔這麼多年了，兒子仍舊記得他。彼特的衝擊夠慘重，足以留下持久不消的印記。

我記得最後見到你那一次。

兒子講這句話時滿臉仇恨，彼特仍能想見。他拿起酒杯。又放下。不太對吧？被恨是罪有應得，他最清楚不過了，但仇恨不是憑空來的。在莎莉帶湯姆離他而去那段期間，他幾乎是天天酗酒，腦筋昏天暗地，但鬧翻的那一晚他記得一清二楚。湯姆描述的事件根本不可能發生。

有沒有發生，重要嗎？

也許不重要。如果兒子的記憶不近真實，那麼，如同彼特自己的挫敗感一樣，湯姆自己覺得夠真實就好。到頭來，這一種自我感覺的事實才最重要。

他看著這張熟悉的合照。相片是在莎莉懷湯姆之前拍的，但彼特如果主觀刻意去看，依稀看得見自己知道即將當爸爸的神態。瞇眼望太陽。像一閃即逝的似笑非笑。彷彿相片裡的男主角已知自己即將一敗塗地、痛失一切。

莎莉依然顯得好開心。

他已失去莎莉多年，卻始終幻想前妻在他鄉過著溫馨滿足的生活。他一直悶悶以為，自己的「失」，是莎莉和湯姆的「得」。但現在，他知道事實了。哪來的「得」？莎莉已經死了。

感覺上，一切都死了。

他再度舉起酒杯，這次握緊，看著白花花的液體在杯中翻攪，看起來清清白白，和白開水沒兩樣，但動起來後，才見得到裡面隱藏著迷霧。

他不是沒經歷過。他挺得過去。

只不過，何苦呢？

他左顧右盼，再一次衡量自己的人生多麼空泛。他什麼都不是。他是個空氣人。毫無分量的人生。過去沒有值得留存的事物，將來也沒有值得努力去留存的事物。

咦，不對吧？小尼爾的凶手仍未落網。如果小尼爾間接因他二十年前失職而遇害，那麼，無論此事對個人衝擊多大，彌補疏失是他的責任。無論他喜不喜歡，他都得一頭栽回這場惡夢中，就算粉身碎骨也非貫徹到底不可。案子涉及親屬，他理應迴避，沒錯，但如果他謹慎行事，也許外人永遠不會知情。他猜湯姆也不願張揚父子的過節。

這是繼續戒酒的原因之一。

另一個原因是——

謝謝你給我們這個宜人的公寓住。

彼特想到杰克這句話，嘴角泛起微笑。講這種話未免太古靈精怪了，但也令人莞爾。他是個逗趣的小孩。一個好孩子。他有創意。他有個性。或許也不太容易教養，像童年的湯姆有時那樣。

彼特准自己再多想杰克一會兒。他能想像自己坐下，和杰克聊天，陪他玩耍。湯姆小時候沒得到應有的父愛，不太有機會找父親陪玩。胡思亂想什麼？哪有機會陪杰克玩？過兩天，他和這一對民眾的交涉就告一段落，八成不會再遇到他們父子倆。

但即使無緣再相聚，他仍決定不破酒戒。

今晚不喝。

酒杯一甩就沒了，當然。隨手一扔就可以。但是他站起來，走進廚房，慢慢將整杯倒進洗濯台，看著伏特加流進排水孔，沖走他胸中的酒蟲，這時他再想起杰克，心頭亮起一盞長年沒有亮過的明燈。這道光輝來得無厘頭。沒道理。卻很真切。

希望之光。

第四部

36

隔天早晨，我送杰克去上學，仍暗暗訝異他適應新環境的能力多強。昨夜在安置所裡，他沒發半句牢騷，倒頭就睡著，留我孤伶伶在客廳裡，開著筆電，想著事情。最後我進房間，在他床邊凝視他，見他的小臉孔多麼祥和，不禁懷疑，他住這裡比住新家更安心嗎？我想知道，如果他做夢的話，他會夢見什麼？

但話說回來，我經常如是想。

以我個人而言，儘管我累，不熟悉的環境令我更難成眠。因此，今早他很規矩，很好管，令我鬆一口氣。也許，小孩把這情況當作是一場奇遇記。無論原因何在，我慶幸都來不及了。我實在累壞了，神經也太緊繃，不太確定能否面對真正的挑戰。

來到學校下車，我陪他走進遊樂場。

「你還好吧，好小子？」

「還好，爹地。」

「那就好。上學去吧。」我把書包和水壺交給他。「我愛你。」

「我也愛你。」

他走向門，書包在腿邊晃來晃去。雪莉老師在門口等候。昨天我向老師保證會和杰克溝通卻沒有，只但願他今天比較順利，至少不要打人。

「你今天臉色還是爛透了。」凱倫說。

我往回走向校門，凱倫跟上我的腳步。今早暖和，她照樣一身大衣。

「昨天妳對我講這話，妳還擔心冒犯到我。」

「對呀，結果沒冒犯到，不是嗎？」她聳聳肩。「我睡前反省一下，覺得大概沒事。」

「那妳一定睡得比我安穩。」

「看得出來。」她把雙手插進口袋。「你現在想去哪裡？要不要一起去喝杯咖啡？或者你想趕快走，找個地方喊累？」

我愣一下。我沒事可做。我曾告訴父親說，我帶走筆電是為了工作，但以我目前的狀況，寫得出東西的可能性微乎其微。今天最可能的情形是狗爬式游泳求生，盼望陸地快出現。簡而言之就是殺時間。而我現在看著凱倫，心想，喝咖啡殺時間也好。

「好啊，」我說，「應該不錯。」

走在村裡的大街上，她帶我路過街角小店和郵局，來到一家名叫「歡樂豬」的熟食店，正面的窗戶畫著牧草如茵的景象，裡面擺滿幾張木桌，開創農莊廚房的情趣。

「裝潢有點矯揉造作。」她說著推開門，激起清脆的鈴鐺聲。「不過，咖啡煮得還能接受。」

「只要裡面含咖啡因就行。」

店裡的確是香噴噴。我們在櫃檯點咖啡，無話可說，並肩等得有點尷尬。咖啡來了，我們端向一張桌子坐下。

凱倫脫掉外套，裡面是白色上衣，下身是藍色牛仔褲。卸除那套盔甲的她，原來身材這麼苗條，我感到訝異。是盔甲嗎？我想可能是。她雙手稀疏戴著幾個木製手鐲，伸雙手綁頭髮時輕輕互撞出聲響。她把頭髮攏成鬆垮的一條馬尾。

「你到底怎麼一回事？」她說，「說來聽聽。」

「說來話長。妳想知道多少？」

「全想知道吧。」

我考慮一陣。身為作者，我向來的原則之一是，在故事寫完之前不談內容。因為故事一旦被嘴巴講出來，下筆的驅動力就減少一分——差不多像一個故事非傾訴出來不可，動口之後，驅動力削弱，動筆的意願隨之降低。

想到這裡，我決定一五一十告訴凱倫。

幾乎是全盤傾訴。她已經知道我車庫裡塞滿雜物，也知道不速之客——身分是諾曼．科林斯——來我家探頭探腦一事。接著，我提起杰克半夜差點被拐走，她聽了揚起眉毛。然後，我說出薛林夫人的敘述，以及昨天發生的種種事件——挖出屍骨、住進安置所。

最後是，我的父親。

目前為止，凱倫給我的印象相當輕佻，喜歡以挖苦話尋人開心。但我還沒敘述完，她的表情已轉為驚恐，嚴肅萬分。

「哇靠，」她輕聲說，「警方還沒對媒體公布任何消息，只說在民宅尋獲遺骸。沒想到居然是你家。」

「我認為警方是想按著這張牌，暫時不打。照我判斷，警方覺得死者是一個名叫東尼．史密斯的小孩，是法蘭克．卡特殺害的小孩之一。」

「他的爸媽好可憐。」凱倫搖搖頭。「二十年了。不過，事情過了這麼久，爸媽一定心裡有數吧。搞不好，事情終於落幕了，他們甚至鬆了一口氣。」

我記得我父親的說法。

「人人都有回家的權益。」我說。

凱倫把視線岔開。看樣子，不知為何，她想再提問，卻不確定該不該啟齒。

「警方逮捕的那個男人……」她說。

「諾曼．科林斯。」

「諾曼．科林斯，對。他是怎麼知道車庫裡有屍體？」

「我不清楚。據說，他從一開始就對這案子感興趣。」我喝一小口咖啡。「我父親好像認為，他可能一直是法蘭克．卡特的共犯。」

「尼爾．史賓塞也是他殺的？」

「我不確定。」

「但願如此——呃……」她連忙改說，「這樣講很殘忍，不過我的意思是，至少這樣一來，可惡的凶手已經落網了。天啊，假如你半夜沒醒過來……」

「我知道。後果我連想都不敢想。」

「媽的，太恐怖了。」

的確是——何況，不願設想，並不表示我能阻止自己去想。

「我昨晚查了他一下，」我說，「我指的是法蘭克・卡特。查殺人魔有點變態，不過感覺上我非查清楚不可。耳語人。有些細節實在可怕。」

凱倫點點頭。「大門不關緊，細語輕輕吟。你那天提起這首詩以後，我問亞當有沒有聽過，他說有些小朋友背得出來。他當然連法蘭克・卡特也沒聽過，不過我猜，這詩的源頭肯定是法蘭克。流傳到現在。」

「警告大家要當心鬼怪。」

「對。只不過，這個鬼怪是真人。」

我思索著這首童詩。亞當聽過但不懂意思。流傳的範圍可能不限於羽陵村。這類詩歌通常在兒童圈子裡散布，因此也許是杰克前一所學校的同學背給他聽，他因而記住。

絕對是這樣，當然是。不可能是小女孩教他的，因為小女孩根本不存在。

然而，這並不能解釋他畫的蝴蝶圖。也無法解釋地板下的男孩。

凱倫似乎看穿了我的心思。

「杰克呢？他應付得過來吧？」

「還好吧，我想。」我聳聳肩，有點無助。「我不知道。他和我……我們有時不太容易溝通。他不是一個容易帶的小孩。」

「天下哪有這種好事。」凱倫說。

「而我也不是一個容易相處的男人。」

「哪有？不過，你呢？過了這麼多年，跟父親重逢，感覺一定很怪吧？你真的跟他完全沒聯絡嗎？」

「對。那年我母親再也受不了，所以帶我走，從此就沒再見過他了。」

「受不了……？」

「酗酒，」我說，「家暴。」

但我講不下去。一語帶過比較輕鬆，詳細說明較難，但事實是，除了最後那一夜之外，我完全不記得父親曾對母親或我動粗。酗酒倒是確實有，但年紀太小的我不太懂，只知道他動不動生氣，常常連續幾天不回家，家裡常鬧窮，爸媽吵得很兇。我也記得，他常散發一股火爆憎怨的氣息，搞得家裡殺氣凜然，好像隨時可能爆發壞事似的。我記得當時好害怕。至於毆妻小？可能太牽強了。

「很遺憾。」凱倫說。

我再一次聳聳肩，彆扭起來。

「謝謝。不過，久別又見到他，感覺是很怪。我當然還記得他的長相，不過他和以前不一樣。現在的他，看起來不像酒鬼。整體的儀態也好像變了。比較文靜。」

「人總會變嘛。」

「的確會。其實也還好。我們兩個都完全變了樣。我已經不是小孩子了。他不算是我父親。完全不重要了。」

「我不太相信你。」

「唉，事實就是事實。」

「這我倒是相信。」凱倫已經喝完咖啡，這時開始穿外套。「好了，我恭敬不如告退吧。」

「妳想去找個地方喊累？」

「你錯了，我昨晚睡得很飽，沒忘記吧？」

「也對。」我涮一涮杯底的咖啡渣。她似乎無意透露她的去向，我這才想到，我對她幾乎是一無所知。「我們湊在一塊，話題都繞著我打轉，對不對？好像不太公平。」

「因為你的趣味性比我高太多了，尤其是現在的你。你不如出書曬一曬經歷吧。」

「也許吧。」

「對啦，抱歉。我上網查過你。」她靦腆一陣。「我是查資料的行家。別聲張出去。」

「守口如瓶。」

「很好。」她停頓一下，彷彿又想多說什麼，隨即搖搖頭，顯然決定不說也罷。「改天見嘍？」

「一定。保重。」

她離店之際，我喝掉杯底的咖啡，納悶她為了什麼欲言又止，也想到她上網查我一事。這意味著什麼？

我心裡甜甜的，是不是不太好？

37

「你用完了嗎，先生？」

男子甩一甩頭，一時搞不清楚身在何處，不知道對方在問什麼，緊接著，他看見笑咪咪的女服務生低頭看他這桌，才發現自己的咖啡喝完了。

「是的。」椅子上的他往後靠。「抱歉，剛才心思飄太遠了。」

服務生再對他微笑一下，為他收走空杯。

「要不要再點些什麼？」

「待會兒再說吧。」

他不想再點，然而儘管店裡座位只半滿，他覺得自己應該禮貌一點，遵從禮俗。他不希望因為待太久而給人留下印象。他完全不想被人記住。

他精於此道。不爭的事實是，常人的心神太渙散了，怎麼記得住他？在紛嚣的俗世中，有太多人日子過得渾渾噩噩，差不多算是在夢遊，對周遭事物渾然不覺。被手機催眠。身邊有人經過，一概不理睬。人們變得自我中心，不關心別人，不太留意日常生活的邊疆事物。你如果不樹大招風，就能像一場夢從人們的腦海快速消失。

他盯著隔兩桌的湯姆・甘尼迪。

湯姆背對著他坐。那女人走後，他想盯湯姆多久都行。女人剛才和湯姆同桌時，男子喝著咖啡，佯裝看著手機，隱沒成咖啡店裡尋常的一景，卻全程仔細聆聽著，當然。你如果不仔細聽，人們的交談往往模糊成一團背景噪音，但你如果專心，從聲音裡抽出一條絲，就能循線輕易聽出所以然。這套技巧只靠專心，好比聽收音機，輕輕轉著台，等沙沙聲退去，就聽得見清楚的訊號。

現在，男子心裡想著：被我料中了。

我們有時不太容易溝通。

他不是一個容易帶的小孩。

男子聽了心想，在我的照顧下，杰克一定如魚得水。我能給杰克一個他應有的家，杰克需求的關愛應有盡有。然後，我自己也能獲得療癒，身心又能健全了。

如果不能如願的話……

滄海桑田，傷痛總能鈍化。現在回想自己對小尼爾下的毒手，男子覺得容易多了。他事後體驗到的震顫早已退潮，現在較能平心靜氣看待那一段往事。豈止是「平心」？他幾乎回想得津津有味。因為，那孩子是死有餘辜，不是嗎？如果說，小尼爾帶給他兩個月的安逸快樂時光，一切似乎好愜意，事發之後不也引進一股安寧和正當感，不也能安撫心靈嗎？

不會。

這一次不會演變成那種地步。

湯姆．甘尼迪站起來，正要走出店門。男子假裝看手機，在湯姆擦身而過時隨手滑幾下。

男子繼續坐幾秒，思索著剛才聽見的其他事。諾曼．科林斯是誰？男子對這姓名全然陌生。

是另外那群人裡的一個吧，他猜。但男子無從得知諾曼是否被捕。只不過，這對我有利，男子心想。能分散警方注意力。這下子，湯姆可能比較不那麼戒慎。換言之，男子只需嚴選時機，一切全都能搞定。

男子站起來。

雜音愈大，他愈能輕易悄悄趁虛而入，神不知鬼不覺。

38

我找你找得好苦。

彼特下車進醫院，搭電梯去地下室的市警局驗屍室。電梯牆有一面是鏡子，他看起來還好。甚至顯得鎮定。裡面是可能碎了幾塊，沒錯，但從外表看來，他像一個精心包裝的禮品，如果不拿起來搖一搖，絕不會聽見碎片嘩嘩響。

這份憂慮的心情之重，在他印象裡前所未有。

他找小東尼，已經找了二十年。就某種層次而言，他懷疑，說不定小東尼失蹤，甚至賦予他走下去的原動力，讓他活得有目標，讓他有理由奮戰，只不過這動機始終被他埋藏在腦海深層。儘管如此，無論他再怎麼不去想小東尼失蹤案，案子在他心中卻一直無法落幕。

如今終於落幕了，他非到場見證一下不可。

他討厭這裡的驗屍室，一向都討厭。消毒水味再濃，也不太能遮蓋固有的惡臭。無情的強光和光滑的金屬表面，只能凸顯檯面上屍斑點點的死者。在驗屍室裡，死是一種伸手可及的東西，平鋪在檯子上，擺設得平淡無奇。驗屍室全是稜角有致的重物，夾紙板上潦草寫著幾筆化學和生物學術語，全是冰冷的臨床字眼。每次彼特進這裡，他總領悟到人生幾個最關鍵的重點——情緒、性格、歷練——全歸零了，顯得突兀。

驗屍官克里斯．戴爾帶彼特走向最遠的一座擔架。彼特走著，感覺頭重腳輕，多想轉身就走，但他壓抑住這股衝動。

「我們的孩子在這裡。」

驗屍官的音量很小。他和警察打交道時，態度總是粗蠻而傲慢，因而聞名全局。他把敬意保留給他所謂的「傷患」。我們的孩子。驗屍官的說法擺明，如今遺骸已列入他的羽翼下，死者不再被凌辱，從今以後將受到呵護。

我們的孩子，彼特心想。

由骨骸排列的形狀來看，死者是幼童，但其中許多枯骨經歲月摧殘而斷裂，不見任何皮肉。多年來，彼特見過不少骷髏。就某種方面而言，見枯骨比見剛去世的全屍來得輕鬆。全屍雖然看似真人，卻因異常幽靜而不盡然像人類。骨骸和日常生活的經驗相隔十萬八千里，常人比較容易鐵面看待。然而，再怎麼不動感情看待，事實總會直擊心田深處，總令人感嘆肉身死後徒留遺骸，枯骨充其量只是肉身崩塌後四散的家當。

「還沒進行過徹底的驗屍，」驗屍官戴爾說，「全套驗屍排定在日後。現階段我只能說，死者是男性幼童，得年大約六歲。我目前甚至猜不出死因。死因可能永遠無法判定，畢竟他去世多年了。」

「二十年了吧？」

「可能。」驗屍官遲疑一下，因為他聽出彼特意有所指。他指向旁邊另一座擔架。「從現場另外採集到這些物品。這箱子是放置殘骸的紙箱，當然。殘骸被帶進來時擺在這箱子裡，以利保存。衣物墊在骨頭下面。」

彼特靠近一步。衣物陳舊，蜘蛛網密布，但驗屍團隊小心從箱底取出這些摺疊整齊的衣物，然後原封不動放回箱底。彼特不需動手就看得清楚。

藍色慢跑長褲。黑色馬球衫。

他回頭，再看骨骸一眼。二十年來，雖然小東尼失蹤案在他心頭滯留不去，今天卻是他真正看見東尼．史密斯的頭一回。在今天之前，他只見過小東尼的凍齡照。假使命運稍有偏差，今天彼特極可能在路上和二十六歲的他錯身而過，從未聽過東尼．史密斯之名。彼特凝視這具殘破的小骷髏，能想見它曾經有血有肉，有理想大志。

希望和美夢全破滅了，看我做了什麼好事。

法蘭克．卡特曾對彼特如此說。彼特驅散腦裡的這句話，默然低頭再目視幾秒，想感受此刻的重大性。但他感覺衝擊並不大，擔架上的枯骨裡也不存在著小東尼。彼特這顆行星圍繞著小東尼，公轉了二十年，傾盡心力繞著失蹤案的疑雲不停運行，但如今重力的地心消失了，他的軌道仍堅定不移。

一直找一直找，找到以後，你照樣一直轉。

「我們在箱子裡找到這些。」驗屍官說。

彼特轉頭，看見他雙手插在口袋裡，彎腰注視保存骨骸的紙箱。彼特湊近看，見驗屍官的注意力集中在被蜘蛛網黏住的一隻蝴蝶。看樣子蝴蝶已經死了，但翅膀上的圖樣依然色彩鮮活。

「屍蛾。」彼特說。

驗屍官愕然看著他。

「沒想到你是蝴蝶迷啊，探長。」

「我看過一齣紀錄片。」彼特聳聳肩。彼特喜歡靠電視和書報消磨時光，但發現屍蛾的知識深映腦海中，自己也不禁微微稱奇。「晚上太閒了。」

「這話我倒能相信。」

彼特從記憶探尋屍蛾的知識。屍蛾其實是一種蝴蝶，是英國原生物種但不常見。彼特看過的那部紀錄片跟拍一組怪人，穿越原野，翻找樹叢，只盼驚鴻一瞥，最後總算發現一隻。屍蛾受腐肉吸引。彼特從未親眼見過，但看過紀錄片後，每逢週末外出找尋失蹤兒童，他會不知不覺在鄉間小道和樹叢中留意屍蛾的芳蹤，盼望屍蛾或許能指點迷津，帶他前往正確的方位。

口袋裡的手機震動一下，他掏出來看，是亞曼達傳來的簡訊。他瀏覽一眼。案情有進展了。諾曼．科林斯在牢房蹲一晚之後，顯然不再決心「不予置評」，現在準備對警方鬆口。亞曼達要求彼特盡速回局裡。

他收起手機，但一時不想走，看著眼前的紙箱。這紙箱外面有幾條重疊的褐色膠帶，看似多年來封箱開箱無數次。這紙箱接下來會被送往刑事鑑識科採集指紋。彼特的視線在紙箱表面遊走，想像多年來幾隻無形的手落在紙箱上，想像指尖觸摸箱面，想像紙箱是代替皮肉，包裹著不見天日的骨骸。

收藏家精品。

一時之間他懷疑，動手的那種人是否自以為摸得到心跳。或者，摸不到心跳更令他們歡欣鼓舞。

39

在偵訊室裡，亞曼達和彼特坐同一邊，諾曼．科林斯的律師在對面深深嘆息。

「我客戶準備坦承殺害多米尼克．巴奈特，」律師說，「他一概否認涉及尼爾．史賓塞的誘拐謀殺案。」

亞曼達盯著他，等著進一步的說詞。

「然而，我的客戶知道葛霍特街民宅昨日尋獲的遺骸，現在也準備全盤供出個人所知。他不希望警方在他身上浪費資源，深恐因此再危及另一名兒童的安全。他相信他的口供或能協助警方逮捕真凶。」

「對此，我們感激不盡。」

亞曼達禮貌性微笑，只不過，對方在胡謅，她一聽就知道。諾曼默默坐在她對面，個頭似乎縮水了，一副受傷的模樣。他不是坐牢的料子，在牢房蹲一晚，昨天那副不可一世的嘴臉全消失了。諾曼終於鬆口，亞曼達不見得欣慰，因為他的動機顯然是自保，而非挽救生靈。諾曼並非良心覺醒，只是經過一夜深思後，自認供出個人說法或許對自己將來有好處，配合警方、協助辦案或許能讓自己顏面有點光彩。

亞曼達知道，如果他真能協助辦案的話，現在不宜以嫌惡的眼光相待。

她靠向椅背。「好吧——諾曼，告訴我們。」

「我不知道從何說起。」

「你早知道東尼・史密斯的遺骸藏在車庫裡，對不對？從這裡講起吧。」

諾曼沉默幾秒，瞪著雙方中間的桌面，振作精神。亞曼達向身旁的彼特瞥一眼，見他也嚴陣以待。她為彼特擔憂。彼特比平常更加含蓄，回局裡後幾乎像啞巴，似乎一句話含在嘴裡呼之欲出，想想卻作罷。亞曼達知道，彼特聽口供一定很難受。他剛從驗屍處回來，那具屍骨幾乎篤定是小東尼，是他二十年來找得好辛苦的死者，如今即將硬著頭皮聆聽二十年前事發的真相。光陰或許能讓他顯得鐵石心腸，但真相一曝光，他的舊傷勢必再度迸裂，亞曼達不忍心。

「你們對我的興趣、嗜好有何觀感，我能體會，」諾曼輕聲說。亞曼達將注意力轉回他。「而多數人的觀感，我也能明瞭。但事實是，我在這領域頗受敬重。這些年來，身為收藏家的我累積了不少聲望。」

收藏家。講得好聽——近乎值得尊敬，但亞曼達檢視過他的收藏品。什麼樣的人，多年來不遺餘力收購這種東西？她想像諾曼之流的社群潛藏在網際網路死角，像老鼠般流竄，進行交易，謀劃著，算計著，把維繫社會的線路咬得稀爛。諾曼的視線從桌面移向她之際，她心中的嫌惡必定在臉上一覽無遺。

「其實和一般人的興趣沒兩樣，」他語帶防禦地說，「我很久以前就知道，多數人將這種興趣歸類於小眾嗜好，敬謝不敏。但也不乏有人願意分享。憑我多年來的表現，證明我值得信賴，因此我比較能接觸到較為重大的物品。」

「你是個認真的交易商？」

「認真交易著真品。」他舔舔嘴唇。「在這類交易中，有些是開放式，有些是封閉式。在後者，我對耳語人案的興趣是眾所周知的。幾年前，有人告知，某種……體驗可以開放給我。條件當然是要我掏腰包。」

「什麼樣的體驗？」

他凝視亞曼達片刻，然後以天經地義的語氣回答。

「和東尼．史密斯相處一陣子。」

啞然片刻。

「怎麼相處？」她說。

「第一次是，對方叫我去監獄探望維克多．泰勒。凡事都透過泰勒安排。法蘭克．卡特知道這事，但他沒興趣正面參與。手續是，由泰勒過濾前來探監的民眾。我慶幸自己通過這道考驗。泰勒的妻子收到錢後，對方給我一個地址。」諾曼冷笑著。「地點是朱利安．辛普森家，我不感到意外。」

「怎麼說？」

「他是個不討喜的人物。疏於維護個人衛生。」諾曼敲一敲自己的頭。「不太正常。人們常取笑他，不過其實人們很怕他。也怕他住的房子。那棟房子奇形怪狀的，你們不覺得嗎？我記得小孩以前常互相慫恿，看誰敢進院子去，彼此拍照留念。即便在當年，即便在我小時候，人們把那棟視為本村的名鬼屋。」

亞曼達再瞄彼特一眼。他的表情莫測高深，但她能揣測他的想法。朱利安．辛普森從未出現在涉嫌名單上。警方對他或鬼屋一無所悉。而這完全能理解。每個市鎮都有朱利安這種怪人，兒童怕他們的原因未必真有其事，而他們就算真的怪，也絕對不會怪到令成年人退避。

然而，儘管如此，她知道彼特會為了漏查朱利安而自責。

「後來呢？」她問諾曼。

「我找上葛霍特街那棟房子，」他說，「我再多付給朱利安一些錢，他叫我在樓下等一陣子，然後才捧著一個封住的紙箱回來，小心割開膠布，然後……就看見他。」

「諾曼……他是指誰？我需要記錄用。」

「東尼．史密斯。」

亞曼達幾乎問不出話。

「你對東尼．史密斯做了什麼事？」

「做了什麼事？」諾曼的口氣是真心震驚。「什麼事也沒做啊。我又不是喪心病狂——不像那群人其中幾個。即便獲得准許，我也不會想去損害那種證物。我只站著致意而已。吸收著氣氛。你們可能覺得難以理解，不過，那一小時是我畢生最感動的時刻之一。」

天啊，亞曼達暗暗喊。諾曼一副緬懷至親的模樣。

在她設想過的情境中，諾曼的回答既是最陳腐的一種，同時也是最駭人聽聞的一種。對諾曼而言，和遇害男童的遺體共處，顯然近乎一種宗教體驗。諾曼站在枯骨前，自以為紙箱裡的苦情遺骸和他有某種緣分，這種情境光靠頭腦想像，就讓亞曼達心寒無比。

身邊的彼特緩緩向前傾身。

不像那群人其中幾個。無論這口供對他心靈殘害多深，他的語調只顯得疲憊，累徹靈魂深處。「那群人指的是誰，諾曼？他們做了什麼？」

諾曼．科林斯乾噈一口。

「事情是在多米尼克．巴奈特接手以後——在朱利安死後。我猜他們兩個是朋友，不過巴奈特對骨骸的敬意少了幾分。在他看管之下，情況惡化了。」

「所以你才殺掉他？」亞曼達說。

「最後那次以後，巴奈特不肯再准我參觀了。我非保護證物不可啊！東尼需要完善保存。」

「那群人是誰，諾曼，告訴我們。」彼特耐心地說。

「事情是在巴奈特接手以後。」諾曼猶豫一下。「幾年下來，我去參觀過幾次，但我每一次都一樣，只表達敬意，而且只想單獨和東尼相處。但是，在巴奈特接手以後，他開始開放給別人。而他們的敬意不如我。」

「他們做了什麼事？」

「我沒看見，」諾曼說，「我被氣跑了。巴奈特拒絕退款給我。他甚至譏笑我。不過，我又能怎麼辦呢？」

「你為什麼那麼生氣？」彼特說。

「我去的最後那一夜，另外有五六人在場，全都衷情那案子。那群人每一型都有，老實說，你們看了也會吃驚。我的印象是，其中幾個是遠道而來，不過，和先前不一樣的是，他們開始……摸那些骨頭。我完全不能接受那種行為。我試著干預，卻被巴奈特嘲笑一頓。他根本不在乎。」

諾曼乾嗾一下。

「所以你離開了？」亞曼達問。

「是的。我再也受不了。以前，我去參觀時，感覺像進教堂，安靜肅穆。我覺得上帝降臨了。但多了那群人。對東尼不敬。對法蘭克的成果不敬……」

他又說不下去了。

「諾曼？」

終於，諾曼抬起頭。

「有置身地獄的感觸。」

「你相信他嗎？」亞曼達說。

她和彼特回到偵辦室。彼特對著桌面彎腰，凝神注視監視錄影的截圖，細看近幾年去監獄探望維克多．泰勒的民眾。亞曼達的視線也梭巡著這幾張人臉。截圖裡有男有女，有的年輕，有的年老。諾曼曾說：「那群人每一型都有，老實說，你們看了也會吃驚。」

「我相信小尼爾不是諾曼殺的。」彼特一手揮向截圖。「不過，至於這個……」

他縮口不語，已表達出她內心同一份不敢置信的感受。在警界打滾這麼多年，亞曼達見多了兇殘，已經對壞人逞兇的能耐見怪不怪。她曾站在刑案現場和意外事件裡，目睹民眾聚集圍觀，車輛路過時減速欣賞血案。她明白死亡對人的吸引力多大，卻無法瞭解這個。

「耳語人這名號是怎麼來的，妳知道嗎？」彼特輕聲說。

「因為羅傑．希爾案。」

「對。」他緩緩點一點頭。「小羅傑是法蘭克最早下手的受害者。羅傑家那年正在整修，在他被誘拐之前，他告訴父母說，他聽見窗戶外面有人悄悄講著話。整修用的鷹架來自法蘭克開的公司，所以法蘭克才被警方盯上。」

「調教他的受害人。」亞曼達說。

「是的。在那案子，法蘭克有機會爬上去講悄悄話，不過奇怪的是，其他家的父母也全聲稱，自己家的小孩也聽見了。這些家庭和法蘭克沒有明顯的掛鉤，家裡的小男孩卻全聽過同樣的聲音。」

「也許聽過。」亞曼達說。

「也許吧。不然也可能只是報紙開始用耳語人這名號，民眾被耳濡目染了吧。誰曉得？總之，名號打響了。耳語人。我向來討厭這綽號。」

她等著。

「因為，我希望他快點被遺忘，妳懂嗎？我不希望他有頭銜。不過照目前看來，這頭銜最適合他不過了。因為，從一開始到現在，他一直在講悄悄話，而這些人也一直在聽。」他攤開截圖。「我認為，這其中有一個人比其他人更聽他的話。」

亞曼達再看截圖。彼特說得對，她心想。照諾曼所言，截圖裡的民眾當中，有許多人不只踏上極惡的不歸路，而且已經走了大老遠。不難令人相信的是，其中一個在法蘭克的低語號召下，一步步沉淪下去，遠遠超前其他人。這群人充其量是心術不正的馬屁精，但其中一個更壞。徒弟。

亞曼達思索著，如果進這群人當中尋找，一定能揪出殺害小尼爾的元凶。

40

在安置所夜裡，杰克上床後，我在客廳坐下，以一杯白酒和一台筆電作伴。

近幾天的風波仍在我心裡起伏不定，但我也明白一點：我非動筆不可。以目前狀況而言，想定下心寫作似乎是不可能的任務，但我的存款再撐也撐不久。比錢更重要的是，我覺得創作不僅能讓我跳脫當前的是非圈，動筆更是我的天職。我非重拾文筆不可。

蕾貝佳。

我刪掉那天寫的文章，只留下她的名字。那一天，我的想法是隨筆寫心情，跟著感覺走，期盼最後能被帶出迷霧。奈何目前我百感交集，剪不斷理還亂，哪有轉成白話文的本事？

我的思緒飄回今早凱倫在咖啡店裡的言語。「你不如出書曬一曬經歷吧。」也想起她說她上網查我背景。我有何感想？我現在明白了，因為這麼一回想，在我心裡激起一絲亢奮。她對我有好感。我也受她吸引嗎？是的。我只是不確定這樣好不好。我看著螢幕上「蕾貝佳」三個字。亢奮的情緒退燒了，被歉疚取而代之。

蕾貝佳。

我的手指在鍵盤上飛奔起來。

妳會怎麼想，我完全清楚，因為妳總是比我務實。妳會希望我繼續走下去。妳會希望我日子過得幸福快樂。妳會傷心，那是當然的，但妳會告訴我，人生本來就這麼一回事。事實上，妳最有可能罵我不要這麼傻。

問題在於，我仍不確定自己有沒有放妳走的準備。

也許，是我自己覺得不應該過幸福快樂的生活。覺得我不配——

門鈴響起。

我合上筆記型電腦，下樓，擔心門鈴再響會吵醒杰克。來到門前，我揉揉眼睛，所幸剛才沒哭。門一開，我更慶幸剛才沒哭，因為來人是我的父親。

「威利斯探長。」我說。

他點頭一下。「我能進去嗎？」

「杰克睡了。」

「我想也是。我進去一下子就好，保證不會太大聲。我只想跟你說明最新的發展。」

我有點不情願請他進門，但也覺得這種反應太幼稚，畢竟他只是一個警察。等風波過去後，我再也不必見他。現在的他滿面風霜，幾乎顯得低聲下氣，也讓我釋懷。事實上，目前我覺得自己是強勢的一方。我把門開大。

「好吧。」

他跟隨我上樓，走進客廳。

「警方在你們家快忙完了，」他說，「你和杰克明早就能回家住。」

「太好了。諾曼．科林斯呢？」

「我們依謀殺多米尼克．巴奈特罪嫌起訴他。他證實說，房子裡的那具遺骸是至今沒找到的法蘭克案受害者──東尼．史密斯。諾曼很早就知情了。」

「他怎麼知道？」

「說來話長。細節暫時不重要。」

「不重要嗎？哼，那尼爾．史賓塞呢？諾曼不是想拐走杰克嗎？」

「我們正在偵辦中。」

「我聽了會安心才怪。」我拿起白酒，喝一小口。「喔，抱歉──待客不周。你想不想來一杯呀？」我想考驗他。

「我不沾酒。」

「你以前常喝啊。」

「所以現在不喝了。有些人能節制，有些人不行。我喝了好一陣子才覺醒。我猜你是懂得節制的人。」

「是的。」

他嘆一口氣。「我也猜，這些年發生了這麼多事，一定苦了你。不過，你看起來像一個各方面都很能幹的人。這是好事。我很欣慰。」

我想駁斥。令我反感的不僅是他無權論斷我，我也不認同他這句話。他完全搞錯了──我是個簡單小事都做不好的人，根本無能應付人生的試煉。但話說回來，我當然不願意在父親面前示弱，於是我無言以對。

「總之，」他說，「對，我以前常喝酒。理由很多，是理由，不是藉口。當時我有很多事情做不好。」

「例如，怎麼當個好丈夫？」

「是的。」

「例如，怎麼當個好爸爸？」

「也是。身為父親的職責。我從來不懂怎麼當個爸爸。我從來不是真的想當爸爸。而你是個很難帶的嬰兒——長大一點變得好帶多了。你一向很有創意。你以前常編故事。」

我不記得了。

「有嗎？」

「有。你以前很敏感。杰克似乎跟你很像。」

「杰克太敏感了，我認為。」

我的父親搖搖頭。「哪有這回事。」

「為生活製造麻煩就有。」我想起童年沒交過的朋友，想起不把我當朋友的那些人。「何況，你哪知道？你又不在。」

「對，我缺席了。我說過，我不在反而最好。」

「哼，你我倒是有這個共識。」

講到這裡，似乎能講的全講完了。他轉身，作勢即將離去，遲疑一陣子後又轉身回來。

「不過，我一直在想你昨晚講的一件事，」他告訴我，「你說看見我走前拿杯子砸你母親。」

「怎樣？」

「你其實沒看到，」他說，「那件事沒發生過。那天晚上你不在家。你去朋友家過夜了。」

我正要開口卻打住。輪到我遲疑了。我的直覺反應是，父親撒謊——肯定是他騙人，因為那一夜的記憶太清晰了。而且，我在學校一個朋友也沒有。但是，小學的我真的交不到朋友嗎？此外，就算父親以前是酒鬼，現在怎麼看也不像是騙子。就算我再怎麼不願承認，看他現在的儀表，他像是洗心革面、對自己的過錯直白不諱的人。或許，離婚後這些年來，他非誠實面對自我不可。

我反覆思考著那一段往事。

玻璃杯被摔碎。

我的父親吼叫。

我的母親驚叫。

這情景明晰映照在我腦海裡，有可能是我搞錯了嗎？這情景比童年任何一幕來得更鮮活。會不會太鮮活了？該不會是心情寫照，而非千真萬確的事？會不會只是童年心境的概述，而不是特定事件引發的感觸？

「不過，其實呢，那件事發生的經過也差不多是那樣，」我父親輕聲說，「我那晚的行為令我永生慚愧。我沒有拿杯子砸她，因為說來也可笑，我氣的是手上的空酒杯。不過也差不多了。」

「我明明記得看見。」

「大概吧。可能是莎莉告訴你的。」

「她從來沒講過你壞話。」我搖搖頭。「你自己很清楚，對吧？鬧翻了之後也一樣。」

他感傷一笑。顯而易見的是，他能相信，這話也令他感懷自己錯過多少幸福。

「那我就不知道了，」他說，「不過我另外也想告訴你一件事，你姑且聽聽看。沒啥營養，你聽不進去也無所謂。你說過，那一夜之後，我再也沒見過你。你又講錯了。」

我指著周遭。「廢話，現在不是又見面了嗎？」

「我指的是你小時候。我被你媽趕走，對大家都是好事。我尊重她。老實說，我幾乎鬆了一口氣，最起碼也覺得自己活該。不過，事後有幾次，在你媽帶你搬走之前，在我酒醒的階段，她肯開門讓我進家裡。她不想吵醒你，不想混淆你的想法，我也不想。所以，我每次都等到你睡著，才進房裡摟摟你。你一次也沒醒。你一直不知道。不過，我確實進去和你偎偎。」

我站著，講不出話。

因為，我再次無法相信父親講的是謊言。這話震撼到我心靈。我記得無中生有的童年朋友夜先生，沒有形體的他常半夜進我臥房，抱一抱睡夢中的我。更糟的是，我記得被抱的感覺好舒服，記得當時並不怕，記得夜先生不再來以後，我有段時期覺得悲慟，好像身體少了一塊肉似的。

「我不是在找藉口，」我的父親說，「我只想讓你知道，當年的事情很複雜。當年的我也是。對不起。」

「瞭解。」

之後，我和他真的是無話可說了。他舉足下樓去，飽受震撼的我仍做不出反應，只能眼睜睜任他離開。

41

隔天早上，我提早幫杰克準備好，先回家一趟，然後才帶他去上學。我父親已經在安置所外的街上，坐在車上等我們。見我們走來，他搖下車窗。

「哈囉。」我父親說。

「早安，彼特，」杰克慎重說，「你今天好嗎？」

我的父親一聽，覺得好笑，臉色稍微開朗起來。我兒子有時會以這種過度正式的口氣講話。彼特也以同樣的語調回應。

「我今天過得非常好，感謝你關心。你呢，杰克？」

「我還好。住這裡很有意思，不過我現在很期待能回家。」

「我不難想像。」

「不過，我不期待去上學。」

「我也能想像。不過，上學是非常重要的事。」

「是的，」杰克說，「聽說是。」

我的父親呵呵笑起來，但隨即瞄我一眼，趕緊收起笑容。也許他以為，和杰克互動，可能會惹我心煩。說也奇怪，那天在警察局，他和杰克互動惹惱我，這次卻不至於。我喜歡別人對我兒子另眼相看，我會因此覺得光榮。這種想法當然很無聊，畢竟，杰克有他自己的長處，不是我促成的什麼大事，但光榮的感覺總是有，而在我父親面前，那份感覺比平常更強烈。我不清楚為什麼。難道是我想向他炫耀父職多棒？難道是我潛意識想獲得他稱許？無論是前者或後者，我都不喜歡兩者對我心態的暗指。

「回家見。」我轉身走。「來吧，杰克。」

回家的路並不長，但上班期間塞車，拖了一點時間。杰克坐後座，一直漫不經心踹著副駕駛座，吹著口哨歌給自己聽。偶爾，我瞥後照鏡一眼，見他轉頭瞇眼看窗外。這是他的老動作，好像對窗外的世界不解，只微微感興趣。

「爹地，你為什麼不喜歡彼特？」

「你指的是威利斯探長。」我轉方向盤，駛進我們家這條街。「而且，不是喜不喜歡的問題。我和他不熟。他是警察，不是朋友。」

「可是，他很友善啊。我喜歡他。」

「你跟他也不熟。」

「可是，如果你和他不熟，也不喜歡他，那我可以和他不熟，卻喜歡他。」

我累到不想聽他的歪理。

「不是我不喜歡他。」

杰克不回應，我也不想進一步爭辯。兒童懂得察言觀色，而我兒子比一般小孩更為敏感。他大概一眼能看穿我在說謊。

只不過，我是在說謊嗎？我和彼特的對話在心裡徘徊不去，也許正因如此，現在我比較容易將心比心，能把他當作一個男人看待，和我一樣，視父職為畏途。無論如何，他不是我記憶中的那男人，而我也不是當年的小孩子了。要過多少年，對方要變多少，你對他的恨意才會消散一空，對方才會煥然一新？彼特不是多年前的彼特了。我並非不喜歡他。事實是，我完全不認識他。

車子回到我們家，再也見不到警方走動的跡象，甚至連封鎖線也撤走了，也不見我原本擔心會一擁而上的媒體。門前只有一小群人，彼此交談著。我在車道上停車，他們似乎沒興趣。杰克卻對他們感興趣。

「我們會上電視嗎？」他興奮地說。

「絕對不會。」

「喔。」

彼特一路開車跟過來，在我們後面靠邊停車，然後趕緊下車。記者群走向他，我轉頭看他對記者發言。

「怎麼一回事啊，爹地？」

「你等一下。」

杰克也轉頭猛看。「那個人是——？」他說。

「啊，幹。」

國罵一出口，車上半晌沒聲響。我凝望著圍住我父親的那一小群人，隱約意識到，他對記者禮貌微笑著，一邊解釋，一邊聳肩安撫記者，其中幾個記者點點頭。然而，我的注意力集中在特定一位記者。

「爹地，你剛罵髒話。」

杰克被嚇到了。

「是的。」我轉頭，不再看置身記者群中的凱倫。她手裡拿著筆記本。「對，那一個的確是亞當的媽媽。」

「我們會上電視嗎，彼特？」杰克說。

進門後，我關上前門，拴好門鍊。

「我不是說過了嗎，杰克。我們不會上電視。」

「我只是也想問彼特。」

「不會，」彼特說，「你們不會的。和你爸爸講的一樣。所以我剛剛在外面跟他們講幾句話。他們是記者，有興趣知道這裡發生的事，不過我提醒他們，這事跟你們兩個無關。」

「有點關係吧。」杰克說。

「嗯，有一點點。不多。假如你知道更多，或者牽涉比較深，情況就不一樣了。」

我瞪杰克一眼，希望他看懂我使的眼色：現在不適合提起地板下的男孩。他瞄我，點點頭，卻不肯輕易善罷甘休。

「發現他的人是爹地啊。」

「是的，」彼特說，「不過，我們對外面那群人公布的訊息不是這樣。就他們所知，你們兩個跟這新聞沒什麼關聯。目前這說法最合適，我認為。」

「好吧。」杰克說，口氣失望。「我可以到處看一看，看警察動過哪些東西嗎？」

「當然可以。」

他上樓去。彼特和我在前門邊等他。

「我剛說的是真的，」一會兒後他告訴我，「你用不著操心。媒體不希望偏見影響到審判。顯然，我無法阻止你接受媒體訪問，不過，記者只知道遺骸是從這裡挖出來的，所以我認為記者對你的興趣不高。而且，他們會對杰克手下留情。」

我點點頭，一陣反胃感襲來。*檯面上也許媒體只知道一點，*但我昨天告訴凱倫的內幕太多了，我自己也不太記得透露過哪些。凱倫知道半夜怪客想誘拐杰克。她知道發現遺骸的人是我。她知道彼特是我父親——是虐待兒子的父親。我也相當確定，我另外講過一些現在記不起來的事項。

我是查資料的行家。

在咖啡店和凱倫聊天，只是朋友之間的對話，沒想到竟然是對他媽的記者掏心掏肺。她應該表明身分才對。原本我以為，她是真心對我有好感，現在我反而不太確定。一方面來說，她不可能從一開始就知道我和刑案有關聯，但另一方面來說，在我們對話期間，她絲毫沒暗示我不應該一五一十全告訴她。

我的父親皺眉頭。

「你還好吧？」

「還好。」

咖啡店談心的災情多嚴重？有空再研究吧。目前我絕對不打算向父親透露這件事。

「我們在這裡安全嗎？」我說。

「是的。諾曼短時間不會獲釋。就算他自由了，他對你家也不會再感興趣。另外那群人也不會。」

「另外哪群人？」

彼特遲疑一下。

「外人一向對這房子感興趣。諾曼告訴我，這棟是本村的名鬼屋。小孩子彼此慫恿，看誰敢靠近房子拍照之類的。」

「鬼屋。我聽都聽厭了。」

「反正只是小孩胡鬧罷了，」彼特說，「東尼．史密斯的屍骨已經移走。吸引諾曼的是屍骨，而不是你或杰克。」

不是我或杰克。但我不斷回想起半夜杰克在樓梯尾，怪客在門外透過投郵口對他講話。我不記得怪客講的內容，但我清楚他想勸誘杰克開門。而我不信他想要的只是車庫的鑰匙。

「尼爾．史賓塞呢？」我說，「諾曼是殺害他的凶手嗎？」

「不是。不過，我們匡列了幾個嫌犯，範圍正在縮小中。相信我，要不是我認為這裡很安全，我不會准你們兩個回家。」

「你想攔也攔不住。」

「對。」他岔開視線。「不過，特別是因為杰克住這裡，我絕對要強調一件事。尼爾在單獨走回家的路上被拐走，所以歹徒是臨時起意，不是想吸引注意力的那種人。不用說，你還是應該看緊杰克，不過你沒理由認為你們父子會遇到危險。」

他相信自己的話嗎？我不確定。今天很難看穿他的心。他滿臉倦容。那天第一次見到他，他顯得身體硬朗，但今天他真的老態畢露。

「你看起來好累。」我說。

他點點頭。

「我是累。有一件我不想做的事等著我去做。」

「什麼事？」

「不重要，」他淡然說，「重要的是，非把它辦完不可。」

整個案子的重擔必定是壓垮了他的身心，我明瞭到。這從他的言行舉止看得出來。重要的是，非把它辦完不可。在我眼前，他是一個被壓得喘不過氣的男人，正死命扛住重擔。他的模樣是我心境的寫照。

「我的母親。」我突然說。

他把視線轉回來，等著我繼續，不問問題。

「她死了。」我說。

「你告訴過我。」

「你說你想瞭解當年的情況。她的人生很坎坷，不過她是個好人。我有她這個母親，別無所求。奪走她的是癌症。命運之神對她不公平，不過，病魔並沒有折騰她太久。事情發生得很快。」

這是假話——母親的病情長久而痛苦——我不明白我為何撒謊。讓彼特心裡舒坦一些，並不是我的責任，我也沒必要紓解他的心痛或愧疚。然而，我心底卻仍欣然見他肩上的重擔減輕一些。

「什麼時候的事？」

「五年前。」

「所以她來得及見孫子？」

「對。可惜杰克不記得她了。」

「嗯。我聽了很高興，至少。」

無言片刻。隨後，杰克下樓，我和彼特不約而同，稍微岔開面對面的角度，彷彿我倆之間的默契崩解了。

「跟以前一模一樣，爹地。」

杰克的口氣近乎懷疑。

「我們蒐證的動作講求謹慎，」彼特說，「事後也會把現場整理乾淨。」

「值得嘉獎。」杰克說。他轉身走回客廳。

彼特搖搖頭。「那小子，好有個性。」

「是的。他的確是。」

「一有進展，我會再通知你。」他遞給我一張名片。「不過，如果你需要什麼東西——我是說真的，再小的事也行——聯絡方式全在這上面。」

「謝謝你。」

我目送父親走進車道，微微垂著頭，名片在我手上翻轉。他上車，我看著他後面的記者群。記者已經走得差不多了。我掃瞄著留下來的幾張臉，尋找凱倫。

但她也走了。

42

這是最後一次了，彼特告訴自己。要記住。

在監獄裡，彼特坐進白晃晃的訪談室，等著殺人魔法蘭克進來之際，心中惦記著這句話。幾年來，他已經進這裡坐過無數次，每次事後都心神不寧。但今天這次過後，彼特沒理由再回來了。過去探監的焦點在於小東尼案，如今，小東尼出土了，如果法蘭克再拒絕供出警方目前追緝的主嫌，彼特已下定決心轉頭就走，再也不回首，再也不必忍受探監後那股毛骨悚然的感覺。

這是最後一次了。

這念頭是有幫助，可惜助力有限。幽靜的訪談室裡充滿期待與威脅的氛圍，最遠的那道門鎖著，一副不懷好意的態勢。由於法蘭克必定也明白彼特今後不會再來探監，因此彼特確定，法蘭克勢必決心讓這次值回票價。一直到今天之前，每次探監，蒙上陰影的總是彼特的心靈和情緒，他從未害怕遭肢體攻擊。但現在他覺得，幸好訪談室中間這張桌子夠寬，法蘭克的手銬腳鐐也夠堅實。彼特甚至懷疑，在健身房的苦練，潛意識裡該不會是想自我準備，以防肢體衝突的這一刻到來。

聽見門鎖開啟，他的心臟陡然一震。

鎮定。

又是熟悉的步驟：看守員先進來，法蘭克動作慢吞吞。彼特帶來一牛皮紙袋的東西，擺在眼前的桌上。他把心神集中在這大信封上，藉此穩住心情。他凝視信封，靜候著，不理會虎背熊腰的囚犯終於走過來，在他對面一屁股坐下。這次終於能攻守易位，讓法蘭克去苦等。依然不吭聲的彼特等看守員離開，聽見門關上，這才把視線從桌面轉向法蘭克。

法蘭克也直盯著大信封，臉上掛著好奇的神色。

「你寫了一封信，想交給我嗎，彼特？」

彼特不回應。

「我經常在考慮要不要寫信給你。」法蘭克望向他，微笑說，「你會喜歡嗎？」

彼特壓抑住哆嗦一陣的衝動。法蘭克直接查出他地址的機率很低，但他即使收到轉交的信也會受不了。

彼特照樣不開口。

法蘭克搖頭表示不滿。

「我上次就告訴你了，彼特。你的毛病就在這一點，懂嗎？我費了這麼大的工夫向你開口。我大費周章地告訴你，想幫忙你。有時候呢，我覺得你把我的話當耳邊風。」

「『事情總在開始的地方結束。』」彼特說，「我搞懂了。」

「想救尼爾．史賓塞，遲了一步吧。」

「我有興趣的是，你是怎麼知道的，法蘭克？」

「我說過，你的毛病就在這一點。」法蘭克靠向椅背，壓得椅子吱嘎叫。「你聽得不夠專心。老實說，那個臭小子是死是活，老子哪在乎？我那天指的根本不是他。」

「不是嗎？」

「完全不是。」他再傾身向前，專注力突然激增，彼特直覺想向後縮身，但把這股衝動壓抑下去。「對了——另外還有一件事。你說外界早把我忘光了，記得說過嗎？」

彼特回想一下，點點頭。「你告訴我事實不是這樣。」

「答對了。哈哈！我猜你現在懂了，對吧？你知道自己錯得多離譜。因為，一直以來，監獄外面有一大群你不知道的人，對我保持濃厚的興趣。」

講到這裡，法蘭克神采飛揚。法蘭克在外有粉絲群，內心因此多喜悅，彼特只能想像。法蘭克知道，他有個像諾曼那樣的粉絲，一群粉絲曾去過民宅瞻仰小東尼的遺骸，把那地方視為聖地。尤有甚者，法蘭克必定也因通曉一個彼特苦尋不著的謎底而自鳴得意。警察經年累月找不到小東尼，別人卻打聽一下就知道他的下落，法蘭克也因此高興。

「對，法蘭克。是我料錯了。我現在明白了。而我敢說，這整件事讓你非常自豪。耳語人。」彼特扮鬼臉。「你的傳奇能延續下去。」

法蘭克奸笑著。「好多好多方面都是。」

「好吧，那我們談談那群人。」

法蘭克不語，但他瞥一眼桌上的大信封，嘴巴笑得更開了。他不會上當，不會吐露小尼爾的真凶。彼特知道，想聽出一點頭緒，必須明察弦外之音，換言之他有必要讓法蘭克講個不停。儘管法蘭克或許會故意含糊其詞，彼特卻確信，他一定很樂意暢談瞻仰遺骨的那群人，畢竟這秘密已經見光死。

「好，」彼特說，「為什麼是維克多・泰勒？」

「啊，維克是個好人。」

「這樣稱讚他挺絕的。不過，我真正想問的是，你安排這件事，為什麼透過中間人？」

「想看就給看，不夠高明吧，彼特？」法蘭克搖搖頭。「假如人人都能看見上帝，勤勞上教堂的人會剩幾個？保持一點距離比較好。對他們也比較好，當然。比較安全。你調查過這些年探望過我的人了吧，我猜？」

「探望過你的人只有我一個。」

「多光榮啊，對不對？」他呵呵一笑。

「錢呢？」

「錢怎樣？」

「泰勒收的錢——透過他妻子收的錢。朱利安也收錢。他之後的巴奈特也是。你卻沒拿到錢。」

「我哪在乎錢啊？」法蘭克一臉受辱的模樣。「現在，我生活所需的東西每一樣都免費。維克他嘛，我說過，他是個好人，為人很正直。朱利安對我也尊敬。他們有點犒賞是很公道的。我不認識巴奈特，管他去死。不過，有那群人繳錢去參觀真好。媽的，他們應該付費。我配吧，不是嗎？」

「不配。」

法蘭克又呵呵笑一下。「搞不好，等你把他們一網打盡，他們甚至會被關進這裡，當我的牢友，他們一定會爽歪歪，對不對？他們求之不得啊，我敢打賭。」

*不會比你更爽，*彼特暗罵。

他拿起大信封，取出泰勒探監錄影帶的截圖，最上面一張是諾曼·科林斯的臉。彼特謹慎地把這張順著桌面推給他。

「認得這人嗎？」

法蘭克幾乎一眼不瞧。

「不認得。」

第二張。「這一個呢？」

「媽的，老子不認識他們啦，彼特。」法蘭克翻一翻白眼。「要我講多少次你才懂？*你耳聾*了。想知道這些人是誰的話，去問維克。」

「我們會的。」

事實是，在一小時前，亞曼達訪談過泰勒，他喜悅的程度遠不及牢友法蘭克。泰勒態度憤怒，拒絕配合。彼特認為，這反應不難理解，畢竟這事連累到妻子。然而，堅不吐實對他和妻子都沒好處。彼特確信小尼爾的凶手是探監者之一，而探監者經指認後，正由警方追緝偵訊中。

只有一人例外。

彼特再把一張截圖推給他，這張印著一名青年，歲數是二十多或三十出頭，身高體重普通，黑框眼鏡，棕髮及肩。他曾數度來監獄探望泰勒，最近一次是小尼爾遭殺害的前一週。

「這一個呢？」

法蘭克不看截圖。他凝視著彼特，面帶微笑。

「你焦點放在這一個，對吧？」

彼特不回應。

「彼特啊，你太容易預料了吧。一眼就能看穿。你先給我看兩張，鬆懈我心防，然後打出致命的一張，想觀察我的反應。這個才是你要的人，對不對？至少是，你認定是他？」

「你太聰明了，法蘭克。你認得這人嗎？」

法蘭克再盯著他看，片刻後才伸出戴著手銬的雙手，把截圖拿過來近看。這動作很詭異，彷彿手和人是互不相連的個體。頭不動。表情不變。

然後，他低頭看截圖，審視著圖中人。

「啊。」他柔聲說。

他呼吸緩慢，壯碩的胸部起起伏伏，細看眼前的截圖，彼特在桌子對面觀察著他。

「這男人是什麼背景，說來聽聽，彼特。」法蘭克說。

「我比較有興趣瞭解你知道的東西。」

彼特等著他開口。法蘭克終於抬起頭，以粗長的手指輕輕點一點截圖。

「這一個的腦筋比其他人靈光一些，是吧？他用假名來探監，不過他背後有證件加持。你調查過他，知道他冒用假身分。」

猜對了。男子探監時冒名利姆．亞當斯，二十九歲，和父母一同住在羽陵村外三十英里的家。今天一大早，警官趕赴他家，卻見他父母茫然困惑，表情隨即變為驚恐。

因為他們的兒子已經去世十幾年了。

「快講吧。」彼特告訴法蘭克。

「買假身分多簡單啊，你知不知道，彼特？比你想像的更簡單。我剛也說過，這一個腦筋很靈光。這年頭啊，想對別人放訊號，頭腦不靈光可不行唷，對吧？這一個嘛。」

法蘭克壓低嗓音。「這一個作風謹慎。」

「再多介紹一些他的背景給我聽，法蘭克。」

法蘭克以低頭再審視相片代答。感覺上，他像在看一個久仰大名的人，終於見到廬山真面目了，所以一臉好奇。然而，看了幾秒後，他大聲吸一吸鼻涕，忽然對眼前的截圖喪失興趣，把它退回桌子另一邊。

「我知道的東西全告訴你了。」

「我不相信你。」

「我說過，你一向有這種老毛病。」

法蘭克對著他微笑，但目光已經變得無神。

「你是個大聾子，彼特。」

回到車上，彼特才釋放挫折感。亞曼達在車上等他。他坐進副駕駛座，甩上車門，手裡的截圖嘩嘩掉落地上。

「可惡。」

他彎腰撿拾所有截圖，但其中唯有一張重要。他把不重要的截圖全塞回大信封，留下這一張，擺在大腿上。這人冒名夭折的青少年，黑框眼鏡和棕色頭髮極可能是偽裝，不然也早已換鏡框染髮，年齡也不一定，範圍幾乎能包括任何人。

「我在猜，」亞曼達說，「法蘭克不肯實話實說？」

「老樣子，老把戲。」

彼特舉起手順一順頭髮，對自己嘔氣。沒錯，是最後一次，挺過來了。但和以前相同的是，儘管法蘭克明明知情，他探監之後仍再度無功而返。

「欠幹。」他說。

「講給我聽吧。」亞曼達說。

他花幾秒穩住情緒，然後一五一十敘述問答經過。法蘭克口口聲聲罵他耳聾，根本是一派胡言。彼特當然聽進去了。和法蘭克的對話，每一字都滲進他骨肉裡了。法蘭克語錄的走向和汗水相反，全滲透到彼特內心，匯聚成濕冷的一灘。

敘述完畢，亞曼達思索著。

「你認為，法蘭克知道這人是誰？」

「我不確定。」彼特低頭看截圖。「也許知道。他絕對知道這人的一些背景。或者，說不定他是不懂裝懂，一面偷笑，一面看我急著拆穿每個字裡的他媽的玄機。」

「你的粗話比平常多，彼特。」

「我很生氣。」

你是個大聾子。

「你再回想一遍看看，」亞曼達耐心地說，「不是這一次。回想上一次。他說你沒仔細聽的，應該是上一次，對不對？」

彼特先愣一愣，然後回憶著。

「『事情總在開始的地方結束。』」彼特說，「案子的起始點在荒原，所以尼爾・史賓塞一定會回那裡。可是，法蘭克說他指的不是這個。」

「不然是哪個？」

「誰曉得？」彼特雙手朝天一甩。「另外，上次他說他夢見東尼・史密斯。不過，是他瞎掰的，用意是唬我。」

亞曼達無言幾秒。

「不過，如果是這樣的話，」她說，「瞎掰總不會漫無邊際鬼扯。你自己不也說過嗎？所以你才去探監。你總希望他不慎說溜嘴。」

彼特正想反駁，想想卻覺得她的話不無道理。如果夢是瞎掰，內容必定是法蘭克自己編造的，描述的方式也靠他本人，他有可能一時大意，在敘述時透露些許事實。

彼特在腦海回憶他那一段夢境。

「他不確定是東尼。」

「不確定夢到的是東尼？」

「對。」彼特點頭。「他夢見的小男孩T恤被向上掀，遮住臉，所以他不清楚是誰。他還說，那樣他才喜歡。」

「像尼爾．史賓塞那樣。」

「對。」

「這些細節都沒對外公布過。」亞曼達搖頭表示無力。「而法蘭克是個虐待狂。他為什麼不肯看受害人的臉？」

彼特回答不出來。法蘭克向來拒絕討論他的作案動機。綜觀他犯下的幾件案子，全看不出性侵的跡象，但亞曼達說得對：法蘭克對那幾個孩子的下手很殘暴，明顯是個虐待狂。至於遮臉的原因何在，各人的解釋不一而足，臆測多如牛毛，如果請教五名行為專家——警方是真的請教過——求得的詮釋有五套。也許，遮臉能讓受害人比較容易制伏，或者能降低喊叫聲，或者讓受害人搞不清楚方向，或者讓受害人心生恐懼，或者避免受害人看見他長相，或者避免他自己看見受害人的臉。行為模式判別是一門狗屁學問，原因之一是，在犯行相同的情況下，每個作案人的動機幾乎都有天壤之別。

彼特愣一下。

「小雜種全長得一模一樣。」他輕聲說。

「什麼？」

「是法蘭克告訴我的。」他皺眉。「差不多是這樣。提到他夢見的小孩時，他說：『小雜種全長得一模一樣，隨便挑一個都可以。』」

「另外呢？」

彼特沉寂下來，努力思索著箇中含義，覺得頓悟忽然接近唾手可得的地方。對於法蘭克而言，他傷害的人是誰並不重要。更大的重點是，他完全不想看受害人的臉。

為什麼？

以免他本人看見他們。

也許，遮住受害人的臉，能讓他自由想像遭殃的人是誰？彼特再凝視大腿上的截圖。這人隨便是誰都有可能。他回憶著，法蘭克見這圖時臉上有異狀。儘管法蘭克自稱不在乎，他其實很好奇這張截圖裡的人，彷彿眼前的人令他嚮往許久，今天終於見到了。想到這裡，彼特不禁想起另一件事。這些年來，他拚死拚活，不願讓心思飄向兒子湯姆，重逢後卻無法不對他品頭論足。雖然成年的湯姆殘留些許童年的特質，卻和彼特記憶中的小男孩迥異。

因為，兒童長大十八變。

我知道的，已經全告訴你了。

而今，彼特再想起另一個兒童。另一個小男孩——矮小、營養不良、被嚇壞了，躲在媽媽的腿後面，看著彼特開鎖進入法蘭克家的擴建室。

那個小男孩，如今接近三十歲了。

「『帶我家人來見我，』」彼特記得他說，「『那個賤貨和那個小臭逼。』」

他抬頭看亞曼達，終於領悟。

「我沒聽懂的就是這一句話。」

43

午餐前幾分鐘，有人敲門。

正在打筆電的我抬頭。早上送杰克上學後，我做的第一件事就是上網查凱倫。查她還算容易。她的全名是凱倫．修奧，網路上查得到她以地方報記者身分寫的幾十則新聞，其中幾篇報導尼爾．史賓塞案。我每讀一篇就更加反胃。我不只怕她披露我昨天在咖啡店傾吐的心事，也忍不住覺得遭背叛。我一廂情願以為她真心對我有好感，現在覺得自己好傻，感覺像遇到詐騙集團。

敲門聲再起，聲音輕而遲疑，彷彿門外人猶豫著要不要讓我聽見。我大概猜得到來人是誰。

我把筆電放到一旁，走向門。

凱倫，站在前門階上。

我靠著牆壁，雙手叉胸前。

「妳穿那麼厚，裡面裝竊聽器嗎？」

我用下巴指一指她的大衣。她縮脖子皺眉。

「方便讓我進去一下子嗎？」

「想怎樣？」

「我只……只想解釋。不會拖太久。」

「沒必要。」

「我認為有。」

她滿面悔恨，甚至稱得上羞慚，但我記得母親曾說，解釋和道歉，造福的對象幾乎總是解釋和道歉者本身。我衝動之下想告訴凱倫，想自我安慰的話，別來佔用我時間。但眼前的她一臉脆弱的神態，和咖啡店裡的她有頗大的落差，令我狠不下心趕人。看情形，她之所以上門來，是因為她覺得這事真的很重要。

背貼牆壁的我姿態軟化。

「好吧。」

我帶她進客廳。早餐用過的餐盤擺在筆電旁的沙發上，杰克隨地扔的色筆和圖畫還沒收拾好，我內心有點尷尬，但我才不會為了客廳髒亂而對凱倫自我慚愧。被她嫌髒，有所謂嗎？在今早之前，我一定會覺得丟臉——現在的我用不著否認。這種想法蠢歸蠢，倒也是真的。

她停在客廳外圍，大衣依然裹得緊緊的，像她不確定主人是否請她進門。

「想喝杯什麼嗎？」

「什麼觀感？有嗎？」

她搖搖頭。「我只想解釋今天早上的事。我知道你一定有什麼觀感。」

「對不起。我應該先告訴你的。」

「對。」

「我差點就告訴你了。信不信由你，昨天在咖啡店裡，你對我講那麼多東西，我其實內心很掙扎。」

「而妳卻不攔我。」

「呃……可以說是，你不給我一個攔你的機會。」她冒險淡淡一笑，閃現我熟悉的凱倫一面。「講句老實話，昨天，我覺得你好像有很多心事，想一吐為快，我很樂意成為你傾訴的對象。只不過，以記者的身分聽你講一大堆，我很痛苦。」

「真的嗎？」

「真的。因為我知道，你講的東西，我一個字也不能報導。」

「能啊。怎麼不能？」

「呃，對啦，因為你沒聲明不准見報，我想我是能引述，不過，報導出來，對你對杰克都不公平。我不願對你們做那種事。在這方面，我比較講求的是個人道德，而不是職業道德。」

「對。」

「不瞞你，唉，好運來得真不是時候。」她苦笑一陣。「這新聞是我搬來這裡以後最大的一條，大報沒有的獨家掉進我懷裡，我居然不能報。」

我不語。她沒爆獨家是事實——至少還沒有。她最新的一則報導在今早上網，只提到其他媒體都披露的基本案情。和這些新聞相形之下，我對她透露的內幕值得大書特書，而且也顯然和她的採訪路線相符。但是，內幕再怎麼令她心癢，她目前為止仍壓著不報導。她保證不會，我信得過她嗎？我認為信得過。

「你有沒有被其他記者採訪到？」她說。

「沒有。」我正想以父親教我的「不知情」來搪塞，卻又覺得多此一舉。「其他記者早就走了。室內電話倒是來了幾通，我一律假裝沒聽到。」

「很煩人吧。」

「反正我從來都不接電話。」

「對，我也不太喜歡電話。」

「應該說是，從來沒人打電話給我。」

稱不上是笑話一則，但她笑了。也好吧，我想。我和她的對話愈談愈小聲，客廳裡的對峙氛圍也緩和了一些。我心頭的重擔減輕了大半，令我幾乎訝異。

「記者他們會一直纏我嗎？」我說。

「看情況而定。照經驗來說，如果記者纏著你不放，你不如接受其中一家訪問，對你可能有好處。」她舉起一手。「不一定接受我採訪。事實上，講句令我心如刀割的話：我倒寧願你不要讓我採訪你。」

「為什麼？」

「因為你是我朋友，湯姆，我的報導比較難客觀。我說過，我昨天內心很掙扎。我昨天約你喝咖啡，你該不會以為我猜到你有新聞價值吧？你昨天講的事，完全出乎我的意料之外。我沒那麼神通。不過重點是，如果你把個人的說法釋出給一家媒體，能降低別家對你的興趣。不過，看情況再決定。」

我思考著。

「可是，我可以接受妳訪問吧？」

「可以。而且……這樣吧，撇開採訪不採訪的問題不談，我們改天再去喝杯咖啡也不錯吧？」

「說不定，我能挖出妳的什麼醜事。」

她微笑一下。「對啊，說不定你挖得到。」

我考慮著。

「妳確定不能坐下來喝一杯嗎？」

「可惜不能——我剛不只是說說而已，我是真的急著回去。」前腳才踏出客廳，她想起一個點子。「今天晚上如何？我大概能找我媽幫忙帶亞當。我們可以去喝一杯或什麼的。」

找媽帶小孩。不是找丈夫或另一半幫忙。我猜我一直假設她單身。現在她這麼一提，是刻意證實或說溜嘴，我不確定，總之，我非常想一口答應。天啊，能有個女伴一起出去喝酒，感覺多美妙。上次是什麼時候的事了？但更重要的是，我發現我非常想出去喝一杯的對象是她。我也發現，今早覺得受傷、認為自己太傻的原因太明顯了。

但是，當然，我不可能出去喝一杯。

「我不太可能找得到保姆。」我說。

「對。我瞭解。等一等。」她伸手進大衣，抽出一張名片。「我剛想到，你沒有我的聯絡方式。全印在這名片上。你想聯絡的話，我的意思是。」

是的，我想。

「謝謝。」我收下名片。「我還沒印名片。」

「講這樣？傳個簡訊給我，我不就有你的手機號碼了？」

「也對。是我糊塗了。」

她在門口站住。

「杰克今天狀況怎樣？」

「很好，像奇蹟出現似的，」我說，「我搞不懂為什麼。」

「我懂。我不是說過了嗎，你自我要求太高了。」

說完，她走進院子。我目送她片刻，然後低頭看手上的名片。思索著。這是我今天收到的第二張，兩者各有各的酸甜苦辣。不過，天啊，能跟凱倫出去喝一杯，該有多好？出去喝一杯，感覺像是一般人常做的事，我應該也做得出來吧。

一回客廳，我掏出手機，再全盤深思一下。遲疑不決。拿不定主意。

傳個簡訊給我，我不就有你的手機號碼了？

最後，我發第一則簡訊的對象不是她。

44

回到局裡，指揮部裡熱鬧得很。雖然多數警官繼續忙著既有的任務，有一小群人現在專注在當務之急：追查法蘭克・卡特的兒子法蘭西斯。本案原地打轉了兩個月，線索一條條無疾而終，如今總算出現一個姓名，總算開闢出一條新途徑，警局全體人員為之振奮不已。

亞曼達提醒自己，這不表示一定查得出結果。最好還是別抱太高的期望。

然而，和往常一樣，期望不高也難。

「不對。」彼特說著，又在兩人之間桌上的那疊紙上再添一張。

「不對。」她也說，跟著再加一張，繼續過濾著焦點人物。

法蘭克・卡特判刑確定後，妻小接受安排遷居，改以新身分重新出發，免受丈夫污名的困擾，不再讓殺人魔的陰影罩頂。妻子珍・卡特更名珍・帕克，兒子法蘭西斯成了大衛・帕克。之後，母子無異於人間蒸發。帕克是大姓，大衛和珍是菜市場名，母子倆等於是遁入人群中，選這種姓名的用意可想而知。目前亞曼達與彼特面臨的難題是，全英國有成千上萬的大衛・帕克，哪一個才是法蘭西斯本尊？

下一張。這個大衛・帕克現年四十五。法蘭西斯今年應該是二十七歲。

「不對。」她說。

如此一張接一張找。

過濾期間，亞曼達和彼特多半默默找著。彼特潛心研究眼前的資料，亞曼達猜他想藉此擺脫煩惱。這次進監獄訪談法蘭克，必定和前幾次一樣對他打擊甚大，但現在，彼特心中另有一個負擔。法蘭西斯小時候，彼特曾見過他，可以說是救他脫離苦海。逐漸明瞭彼特心路歷程的亞曼達不難想像他的心事。彼特一定正捫心自問一些難解的疑問，例如，拯救法蘭西斯的舉動該不會在幼小心靈裡埋下一顆種子，釀成當前這場新危機吧？儘管當年他用心良苦，現在再出現這案子，該不會全是他的錯？

「法蘭西斯有沒有涉案，我們還不能確定。」亞曼達說。

「不對。」彼特再把一張加在紙堆上。

無奈的亞曼達自嘆一口氣，因為她明白，說得再中聽，也驅不散彼特的種種雜念。但她說的是事實。就算法蘭西斯的童年再淒慘，她見過不少人走出慘遭虐待的童年，成為堂堂正正的成年人。脫離地獄的路是人人都走得出來的，多數人最後能自我向上提升。

她對舊案的認識也夠深，知道彼特並沒有失職，彼特照程序好好辦案，甚至在苦勸珍・卡特方面做過不少犧牲。他聽自己的直覺，在法蘭克身上聚焦，最後逮捕他歸案。他未能及時救回小東尼，但想救每一個人是不可能的事。失誤無法及時補救是難免的。

一想到小尼爾案，她知道自己必須在心裡謹記這一點。她不願認同的是讓遺漏的線索、根本沒機會追查到的線索連累到自己，把自己的身心拖垮。

她把注意力轉回到資料上，一張張過濾著同名同姓的大衛・帕克。

「不對。」

紙愈堆愈高。

「不對。」

同樣的言語變得規律。亞曼達連續講了三次「不對」，沒聽見彼特搭腔，這才發現他沉默已久，有違常態。她把視線轉向彼特，以為他找到本尊了，隨即發現他已經分心，不再過濾桌上的資料，而是雙手捧著手機直盯。

「怎麼了？」她說。

「沒事。」

顯然口是心非。亞曼達以為自己看錯了，彼特居然好像在淺笑。不會吧？彼特的笑容淺之又淺，但她理解到，在彼特臉上，她連一絲笑意也不曾見過。彼特向來板著臉，滿面嚴肅，臉色陰沉，宛如屋主頑強拒絕開燈的房子。但現在，屋裡似乎有一間亮著燈。她猜彼特接到簡訊。會不會是女人？當然也可能是男人，畢竟她幾乎完全不清楚彼特的私生活。總之，她樂見彼特臉上有這副難能可貴的神情。她看慣了彼特全心專注的神態，總為他擔心。

她希望這盞燈能長明。

「怎麼了？」她再問，這一次多一分調侃。

「有人問我今晚有沒有空而已。」他把手機放在桌上，微笑消失。「我顯然是沒空。」

「別傻了。」

彼特看著她。

「我是說真的，」她告訴彼特。「嚴格說來，這案子是我的，不是你的。該加班，我就加班。你呢，你下班了就該回家。」

「那怎麼行。」

「行。你回家想幹什麼是你的事。有新發展，我會通知你。」

「加班的人應該是我。」

「絕對不是。就算我們找到大衛．帕克本尊，也不清楚他涉案程度深淺。找到他，只能講個話而已。我認為，由第三者跟他接觸，對你或對他都比較好。我知道你對這案子用心多深，不過，你總不能一直活在過去吧，彼特。其他事情也很重要。」她以下巴指他的手機。「有時候，該下班，你就該放下工作走出去。你懂我的意思嗎？」

他啞然片刻，亞曼達以為他又想反駁，但他最後點點頭。

「人不能活在過去，」他重複她的說法。「有道理。妳懂得深奧的哲理。」

「唉，哲理我最懂了。相信我。」

他微笑一下。「好吧。」

說完，他再拿起手機，開始打字，動作略嫌不自然，彷彿不常接到簡訊，不習慣回覆，或者也許他只是為這一則特別緊張。總之，亞曼達為他高興。那一抹小之又小的笑容再起，她見了心裡舒服。知道他能笑，也令她開心。

活過來了，她看著他，領悟到他的確活過來了。

歷經這麼多風霜，他像是一個終於能期盼好事到來的人。

45

我請父親晚上七點過來，他一秒不差出現在我家門口，令我懷疑他會不會是提早到，在外面坐著，等到七點整才敲門。也許是為了尊重我，因為准他進入杰克的世界的人是我，大小規定都遵從我。但我進而一想，準時應該是他待人的一貫習性，他很重視個人紀律。

他一身整齊的襯衫加西裝褲，像下班直接過來，但他看起來清爽，頭髮有點濕，看樣子剛回家洗澡換衣服才來。他散發的氣息也乾淨。他跟著我進門時，我發現自己在潛意識裡檢查他的氣味。如果他還酗酒，下班應該急著喝一杯，假如被我嗅到酒臭，我趕緊喊停也不遲。

杰克跪坐在客廳地板上，彎腰畫著圖。

「彼特來了。」我告訴他。

「嗨，彼特。」

「起碼假裝抬頭看他一下也不行嗎？」

杰克嘆氣一聲，但還是放下他正在用的色筆。

「嗨，彼特。」他再打招呼一遍。

我的父親微笑了。

「晚安你好，杰克。謝謝你讓我今晚過來照顧你一下。」

「不客氣。」

「我和他都很感激，」我說，「頂多兩三個小時就好。」

「再久也行。我帶了一本書過來。」

我瞄一眼他手裡的磚頭平裝本，封面看不太清楚，不知道書名是什麼，只見到邱吉爾的黑白照，絕對是我逼自己讀也讀不下去的那種重量級好書，令我自卑。父親自我改造成功了，身心都是，脫身變成這一位令人肅然起敬的男士。我不由得稍稍自慚形穢。

你自我要求太高了。

太無聊了吧。

父親把磚頭書放在沙發上。

「能帶我參觀一下嗎？」

「你不是來過？」

「先前的身分任務不同，」他說，「這裡是你家，由你親自介紹比較好。」

「好。杰克，我帶他上樓一下。」

「是的，我知道。」

他已經拾筆繼續畫圖了。我走在前面，上樓指浴室給父親看，然後指杰克的臥房。

「他平日睡前要洗澡，不過今天可以省略，」我說，「再過差不多半個鐘頭，他會上樓來睡覺。睡衣褲擺在棉被上。他的故事書在這裡。熄燈前，我們平常會一起讀一章。這一章我們已經讀一半。」

父親低頭看著故事書，臉上寫著問號。

「《三大冥神的詛咒》？」

「對，黛安娜．韋恩．瓊斯。年代對他可能太久遠了，不過他喜歡。」

「也好。」

「我說過，我不會拖太久才回家。」

「是有好玩的事嗎？」

我猶豫一下。

「只是約個朋友喝一杯而已。」

我點到為止，不願深入，原因之一是，這次酒敘或許能稱為約會，如果對他坦承，我感覺怪怪的，像青少年。當然，他在我的青春期缺席，跳過我青澀的階段，現在我有點尷尬算正常。我和他從無旁敲側擊性事的機會。

「相信一定會很好玩的。」他說。

「是的。」

我也認為會很好玩。想到這裡，心裡再興起一股青少年的心情。英文以「肚子裡蝴蝶亂舞」形容心頭小鹿亂撞，我的心情就是這樣。我當然不是說，這次是約會。帶著約會的想法去赴約是傻子的行為，保證會踩進失望深淵。何況，凱倫和我各自有小孩在家，又不可能發展到什麼地步。可惡，有小孩的人，到底該怎麼發展？我真的沒概念。我太久沒約會了，被歸類為青少年可能比較正確。

蝴蝶。

我赫然聯想到，讓父親進門後，我沒鎖前門。說來也荒謬，但我一想到這裡，亢奮的心情立刻被一小波恐懼取代。

「來吧，」我說，「我們回樓下去。」

46

天花板吱吱嘎嘎叫，因為爹地和彼特在樓上走來走去。杰克聽得出他們在講話，但聽不清楚他們在講什麼。只不過，想也知道，他們的話題一定圍繞著他，不外乎是怎麼哄他上床之類的事。也好。他想愈快睡覺愈好。

因為，他非常希望今天趕快結束。

睡覺是個奇妙的現象，有點像能把東西洗刷乾淨。能消除掉吵架或煩惱，什麼都行。人有時怕什麼東西，或為了什麼事不高興，可能以為今天會睡不著覺，不過躺著躺著還是睡著了，早上一覺醒來，發現不高興的感覺消失一陣子，好像半夜下過一場暴風雨，也像在動大手術之前被麻醉。爹地告訴過他麻醉是怎麼一回事：醫生讓人睡著，人感覺不到醫生做了什麼恐怖的動作，最後醒來覺得身體好多了。

現在，杰克希望的是恐懼趕快消失。

可惜，恐懼這個詞不太合適。人害怕的時候，會有一種特定的心情，像挨罵就是，但杰克現在的心情比較像一隻找不到地方降落的小鳥。自從今天早上起，他一直有預感，覺得壞事快發生了，但他不確定是什麼壞事。然而，若說杰克現在能確定什麼，他能確定他不希望爹地今晚外出。

話說回來，這種心情不是真的，因此他愈早上床愈好。管它是什麼心情，他怕還是會怕，不過早上一醒來，爹地已經在家，一切又會恢復正常。

「你錯了。你應該害怕才對。」

杰克嚇一跳。小女孩出現在他身邊，雙腿伸直坐在地上。開學那天以後，杰克就沒再看見過她，但她膝蓋上的擦傷依然血紅，頭髮也一樣是整個側梳到一邊。他從她表情看得出，她又沒心情陪他玩了。他也看得出，她也明白苗頭不對勁。她顯得比他更害怕。

「他不應該出門。」小女孩說。

杰克轉頭回來，繼續作畫。正如同那種心情不是真的，小女孩也不是真的，他知道。就算她像真的也一樣。就算他再迫切希望她是真的也一樣。

「不會發生壞事啦。」他低聲說。

「會，一定會。你明明知道的。」

他搖搖頭。面對這情況，他應該理智一點，成熟一點，因為爹地要他當個乖孩子。於是，他繼續畫圖，當作她不在身邊。她當然不在這裡。

即使如此，杰克仍能意識到她心急如焚。

「你不要他去跟她見面。」小女孩說。

杰克繼續畫圖。

「你不希望你的媽咪被取代，對不對？」

杰克歇手。

對，當然不希望。不可能被取代吧？但他無法否認，爹地提起今晚的事時，態度有點奇怪。

那種心情很難說清楚，總之就是整個像有點失衡，不太對勁，好像爹地有什麼事瞞著他。可是，媽咪才不會被取代。爹地也不想。

但接著，杰克想起爹地寫的那篇文章。

不過，爹地找他開導過了，不是嗎？那文章就像寫小說出書一樣，不是真的。何況，爹地最近好傷心，寫寫文章，心情可能會好一點。這很重要。杰克必須讓爹地做他自己，好讓爹地能再照顧他。

他非勇敢一點不可。

過了一會兒，小女孩頭靠向他肩膀上，硬邦邦、不聽話的頭髮壓向他脖子。

「我好害怕，」她柔聲說，「別讓他走啦，杰克。」

他正想回嘴，這時聽見樓梯傳來沉重的腳步聲，轉眼一看，小女孩不見了。

47

我們回樓下，見杰克仍手拿著色筆，坐在地板上，已經不畫畫了，圖擺在一旁，眼睛凝視著空氣。再仔細一看，杰克好像快哭出來了。我走過去，在他身邊蹲下。

「你沒事吧，好小子？」

他點頭，但我不相信他。

「怎麼了？」

「沒什麼。」

「嗯。」我皺眉頭。「我不太相信你。你是不是擔心我把你留在家？」

他遲疑著。「有一點吧。」

「嗯，我能理解，不過，你不會有事的。老實說，我本來還以為，你巴不得換人陪你一陣子，換一換心情呢。」

他聽了看著我。儘管他仍顯得幼小而羸弱，我好像從未見過他臉上有這種老成的表情。

「你覺得，我不想讓你陪？」他說。

「唉，杰克。來。」

我調整姿勢，讓他坐上我大腿抱一抱。他坐著，把瘦小的身軀貼向我。

「我根本沒有那樣想。我的意思不是那樣。」

其實是。至少也有一點。蕾貝佳過世後，我最大的恐懼之一是無法和兒子心連心，唯恐父子是一對陌生人。而在我內心深處，我確實隱隱覺得，沒有我這個爸爸，少了這個失誤連連的父親，他的日子可能比較好過。開學那天，我見他頭也不回走進校門，心裡害怕的正是他始終覺得沒有我比較好。

我不禁懷疑，他是否也有同感。我今晚出門，會不會讓他覺得我不要他？我安排他去安親班，他會不會以為我想甩掉他？我確實需要個人的時間和空間，沒錯，但我絕不可能希望擺脫他。

多悲哀啊，我心想。父子倆的想法一致。兩人都想妥協，卻莫名其妙總是搭不上線。

「我也想和你在一起啊，」我說，「我不會在外面待太久的，我保證。」

他抱我稍微用力一些。

「你非去不可嗎？」

我深吸一口氣。

答案是否定的，我的確沒有非去不可的理由。此外，如果害他傷心，我也不太想走。

「我不是非去不可，」我說，「不過，你放心，我保證。你很快就要上床睡著了，等你一醒來，我就又在家了。」

他不吭聲，思考著我的話，但在此同時，他的焦慮似乎也匍匐深入我心中。憂心。幾近懼怕。我突然唯恐壞事即將降臨。傻念頭一個，無來由的胡思亂想。話雖如此，我的確可以待在家裡。我正要這麼告訴他，這時卻見他點點頭。

「好吧。」

「好，」我說，「那就好。我愛你，杰克。」

「我也愛你，爹地。」

他鬆開手，我站起來。父親一直在門邊等候。我走向他。

「杰克還好吧？」

「對。他不會有事的。就算出狀況，你也可以打我手機。」

「對。不過，一切都會順利的。只是他覺得奇怪而已，我猜。」他稍微提高嗓門。「不過，我們兩個相處會很愉快的，杰克。你會乖乖聽我話，對吧？」

繼續畫圖的杰克以點頭代替回應。

我觀察他片刻。杰克蹲著專心作畫，我見了，內心突然湧現一股難以言喻的父愛。但這股父愛是硬化成決心的愛。他和我，我們即將走回正道，一切將正常化。我想和他同在，他想和我同在，父子間總能理解出一套和諧共處的機制。

「頂多兩三個鐘頭就好。」我再次告訴父親。

48

「我們快到了。」戴森說。

「我曉得。」亞曼達告訴他。

她叫戴森開車，只願他能放下手機一小時。這時，車子已經離開羽陵村五十英里，正沿著一所大學的廣大校區邊緣行駛，轉個彎，進入看似大學城心臟地帶的一區，房舍清一色紅磚建築，簇擁在窄街兩旁，每一棟至少樓高三四層，可供五六人同住，房東也可以分租出去，讓各路陌生人繼續彼此不相識。形形色色的人，匯聚在一平方哩上，房租便宜，能輕易遁入人群。

前身是法蘭西斯．卡特的大衛．帕克就在這一帶落腳。

亞曼達能明確指認他身分——年齡相符，體型也接近監視錄影帶裡的探監者。在彼特即將下班前一小時，他和亞曼達找到大衛．帕克，當時亞曼達擔心彼特可能反悔，可能執意辦到底。她看得出，彼特想一起去查。亞曼達安排地方員警前去大衛家探查，彼特默默看著她動作。到了他該下班之際，他也毫無怨言走人，只祝她好運，請她一有進展立刻通知他。既然已經做好規劃了，她覺得彼特或許甚至能鬆一口氣。

自己也能鬆一口氣，該有多好。她有點希望這次隨行的搭檔是彼特，但因為目前尚未掌握法蘭西斯涉案的鐵證，而且這次是例行的初探，她心底仍有微微的預感，一種介於恐懼和興奮之間的情緒告訴她，案情即將突破瓶頸，她必須戒慎迎接破案的那一刻。

在戴森駕駛下，車子轉彎下陡坡，房子一棟比一棟矮，因此連綿的屋頂在漸暗的天空下形成黑色鋸齒狀。法蘭西斯．卡特，亦即大衛．帕克，租一間單人公寓，位於一棟大房子的地下室。符合嗎？她認為有些方面符合，有些則不然。如果這人真的是歹徒，他絕對會挑選隱蔽一點的住處。但反過來說，和一群人住同一棟房子，他有辦法囚禁小孩兩個月而不被發現或聽見嗎？或者是，小尼爾被囚禁在其他地方？

車子減速。

答案快揭曉了。

路燈漂白了黑夜。戴森把車停在路燈下，兩人下車。這棟房屋四樓高，似乎被兩旁的建築物擠壓。前院無燈，院子的磚牆低矮，有一道生鏽的鐵門，亞曼達伸手輕輕打開，踏上步道，左邊有一座髒亂的花園，太小也太礙眼，疏於照料。步道盡頭是一座陡階，通往正門，但花園邊另有一道階梯通向地下室，樓梯間窄到僅能供一人站立。從樓梯頂，亞曼達向下看得到前窗。照理說，大衛．帕克的公寓門就在正門的正下方，從這裡看不見。

她帶頭走下去，花園在她左上方，被磚牆擋住，空氣變冷，感覺像一步步陷入地獄。正方形的窗戶骯髒，角落有蜘蛛網，裡面黑漆漆。在陰影裡，幾乎看不清大衛．帕克的前門。

她用力敲門，高喊：「帕克先生？大衛．帕克在嗎？」

無回應。

她等幾秒再敲門。

「大衛？」她喊，「你在家嗎？」

依然靜悄悄。她身旁的戴森雙手拱在眼睛上方，湊近窗戶，盡力睜大眼睛往屋內瞧。

「什麼也看不見。」他縮身回來。「這下子怎麼辦？」

亞曼達試一試門把，竟然一轉就發出「吱」的一聲，她幾乎嚇一跳。門打開一道縫。瞬間，一股濃烈的霉臭味從公寓裡飄出來。

「不鎖門，在這一區不安全。」戴森說。

因為他不夠近，沒嗅到霉臭。亞曼達心想，的確是一點也不安全，但也許戴森的「不安全」是另有所指。屋裡伸手不見五指，心底的那份預感比剛才更強烈，正對她訴說著，前方有險境。

「保持警覺。」她告訴戴森。

她取出手電筒，躡手躡腳踏進屋內，一手用袖子遮口鼻，另一手緩緩掃射前方。空氣裡塵埃濃密，簡直像沙子在燈光裡飛舞。她拿著手電筒，前後左右到處照，見到髒亂的居家環境：有殘破的灰色傢俱，有舊衣物亂七八糟扔在粗毛地毯上，搖搖欲墜的木桌上散放著文件，牆壁和天花板有受潮的現象。沿著牆壁走，右邊是廚房，手電筒照到污穢的碗盤，她看見有東西在動。幾隻小動物見光逃竄，影子顯得巨大。

「法蘭西斯？」她呼喚。

顯而易見的是，這裡早已人去樓空，主人已經走了，關上前門時甚至懶得上鎖，一去不回。身邊有個電燈開關，她上下扳幾次，沒作用。房租預繳一年，水電費顯然沒繳。

戴森在她身旁停下。

「天啊。」

「在這裡等我一下。」她說。

她謹慎踏過房內的雜物。後面有兩道門。她打開一道，是浴室。她來回照射著，按捺住嘔吐的衝動。浴室比客廳更臭。最裡面有一座洗手台，淤積著半滿的髒水，地板上有幾條糾結的濕毛巾，黴斑遍布。

她關上房間門，走向另一道門。這一間肯定是臥房。她繃緊全身去拉門把，推開門，手電筒往裡面照。

「有什麼嗎？」

她不理會戴森，小心翼翼踏進門檻。

這裡面也是灰塵飛揚，但明顯可見的是，臥室比其他地方乾淨多了，地毯柔軟，看起來比其他裝潢新一些。雖然這裡沒傢俱，她看得見地毯上有傢俱留下的印痕：有一大片被壓平的長方形，想必是抽屜櫃；一個正方形，她猜不出是什麼；四個小方形的痕跡，距離夠遠，她猜是一張靠牆壁擺的長桌。這張桌子想必也很寬，能承載重物。

但她找不到床留下的印痕。

接著，她留意到牆上有圖，趕緊把手電筒移向最遠的牆壁。她看得出，這裡的油漆比公寓其他地方新，也在牆腳精心加畫一些圖案，畫得像小草從地板鑽出頭來，簡單點綴幾朵小花，上方有蜜蜂蝴蝶在盤旋。

她想起舊案的刑案現場照——法蘭克·卡特的擴建室。

我的媽啊。

慢慢地，她往上面照。
接近天花板處，彷彿有一顆太陽正以黑眼珠狠狠瞪著人。

49

你爹地小時候很喜歡這些書。

彼特差點說出口。他跪坐在杰克床邊，拿起故事書。臥房裡的燈光好柔和，杰克的模樣好嬌小，躺在棉被底下，彼特看著看著，彷彿時光倒流了。記得湯姆小時候，他也曾朗讀故事給湯姆聽。黛安娜．韋恩．瓊斯的小說是兒子最愛的書之一。

《三大冥神的詛咒》。他不記得故事內容了，但封面一看就覺得眼熟，指尖摸到書就有微微觸電的感受。這本書的版本很老，封面封底的邊緣發毛了，書脊也破舊到書名被一條條皺紋埋沒。是自己讀過的同一本嗎？他想著。對，是同一本。湯姆不但保存下來，還朗讀給自己的兒子聽。不只是父傳子、世代口傳的故事，而且是同一本老書代代相傳。

彼特由衷嘖嘖稱奇。

你爹地小時候很喜歡這些書。

但他懸崖勒馬，沒講出來。不只是杰克不知他是爺爺，這身分也不便由他本人揭露，絕對不行。這也無所謂。若想自稱脫胎換骨、不再是湯姆最不堪回首記憶中的惡父，他也幾乎無權涉足他較美好的記憶區。

如果說，惡父已經消失了，整個人必定也不殘存任何皮毛。被新人頂替了。

「好吧。」

在臥室裡的燈光下，他的語音柔和低沉。

「讀到哪裡了？」

杰克睡著後，彼特靜靜下樓，自己帶來看的書還沒動過。臥房裡的那股溫馨跟隨他下樓來，他想再沉浸其中一會兒。

長年以來，他以雜事埋葬自己：讀二手書、烹飪、看電視，用這些例行動作敲敲自己的太陽穴，自我叮嚀，不要讓腦筋走上邪路。但現在，酒蟲不鬧了。今晚沒有酗酒的衝動。酒蟲仍在內心潛伏，他感覺得到，就像被捻熄的燭芯仍飄著薄煙，但火與光不復存在。

讀書給杰克聽的感覺好美。杰克靜靜專心聽故事，聽了一兩頁後，他自己想拿書過去朗讀。雖然他讀得不太順，但彼特一眼看得出，他懂得的字彙傲人。臥房裡那份安寧，不體會到也難。湯姆的童年再怎麼天翻地覆，也沒有貽害到自己的下一代。

十五分鐘後，彼特再看杰克，發現他已沉沉入睡。他再站一會兒，讚嘆著杰克的容貌多安詳。

酗酒能搞砸的就是這種好事。

他看莎莉相片時，這句話對自己說了無數次，追憶著他無力挽回的那段情。多數時候，以這句自我期許就夠了，但有時不夠，最近幾個月特別難熬，但他仍擋下酒蟲的誘惑。他低頭看著杰克，為自己擊倒酒蟲而大喜特喜，彷彿剛躲過一顆暗地裡飛來的子彈。儘管他的未來仍不明，至少還有未來的存在。

戒酒能得到的好處就在這裡。

想到好處，心情更加舒坦許多。悔恨和輕鬆的差別多大，前者是一座堆滿死灰的冷灶，後者是火焰仍熊熊燃燒的壁爐。幸福，他仍未失守。或許他也尚未追回全面的幸福，但至少他仍未失守。

回到樓下，他讀一會兒自己帶來的書，但心裡仍惦記著辦案過程，不停查看手機。沒有最新進展。感覺上，亞曼達應該已經趕到現場了，法蘭西斯．卡特不是已經被逮捕，就是正接受偵訊中，他希望如此。忙到沒空通知他，表示忙對了方向。

法蘭西斯．卡特。

他記得當年的小法蘭西斯。當然，如今的法蘭西斯脫胎換骨了，已經長大成人，和原本的小男孩截然不同。二十年前，大部分偵訊交由專業訓練過的警官審慎進行，因此彼特只和他互動過四五次。法蘭西斯當時蒼白瘦小，魂不守舍，一直盯著桌面，眼皮下垂，頂多以「是」或「不是」回應。和殺人魔父親同住一個屋簷下，他受到的創傷多嚴重可想而知。他是一個從地獄走出來的脆弱小孩。

法蘭克的話重回彼特的腦海。

他的臉被上衣蒙住了，我看不清楚長相，正合我意。

對法蘭克而言，受害的兒童各個沒兩樣，隨便是誰都可以。此外，他不想看他們的臉。為什麼？彼特臆測，會不會是因為，法蘭克希望把受害人想像成自己的兒子？假如找自己兒子下毒手，他逃不過法律制裁，所以只好把恨轉移到其他小孩身上？

一時之間，坐著的彼特一動也不動。

果真如此的話，自己的小孩會有什麼感覺？或許會覺得自己一無是處，死了活該？或許他會為了因他而喪命的小孩感到愧疚？會不會誠心想補償？會不會想救一些像他這樣的小孩？因為救別人的話，說不定能開始療癒自我？

這一個作風謹慎。

法蘭克如此描述截圖裡的探監者。

對著他微笑。

你是個大聾子，彼特。

小尼爾被拘禁兩個月，期間一直有人照顧。有人照顧過他——直到出了什麼差錯，小尼爾才被殺害，被棄屍在他被拐走的原處。彼特記得，去荒原認屍的那一夜，他曾認為，這情形好比某人不再想要一個禮物了，所以退還。現在，彼特另有一種想法。

也許，這情形好比實驗失敗了。

在樓上，杰克開始尖叫。

50

我約凱倫在一家小酒館見面。這家店名字就叫羽陵村，常客全是本地人，地點只在我家幾條街外，離學校不遠。抵達這裡時，我覺得不只是有點彆扭。這天晚上氣溫偏高，路旁的啤酒區客滿。我從大窗戶向內望，見到裡面也生意興隆。杰克開學日我走進遊樂場的心情，現在又在心頭油然而生，像走進一個大家彼此認識的場所，覺得自己不應該來，也永遠打不進這圈子。

我瞧見凱倫坐在吧檯前，穿越人群走過去，四面八方全是熱烘烘的身體和歡笑。今夜，她的大衣不見蹤影，身上換成牛仔褲和白上衣。來到她身旁，我比剛才更緊張了。

「嗨。」我在嘈雜聲中喊。

「嗨，你好。」她對我微笑，然後湊向我耳朵。「來得正是時候。你想喝什麼，我幫你點？」

我瀏覽最靠近我的啤酒龍頭，隨便挑一款，她付完錢，把酒杯遞給我，然後退離吧檯，點頭示意要我跟她走，鑽過人群，深入酒館內部。走著走著，我懷疑自己該不會通盤誤判局勢了吧？說不定她想介紹一群朋友給我認識。剛通過吧檯，她帶我來到一道門，推開，外面是另一個戶外啤酒區。這一區位於酒館後面，周圍以樹木為屏障，草地上有幾張圓木桌，也有小小的遊戲區，裡面有幾個小孩正在爬繩索橋，父母則在一旁喝酒。這裡不比剛才熱鬧。凱倫帶我走向最遠一邊的空桌。

「早知道，我們就帶小孩過來。」我說。

「我們是瘋子的話。」她坐下。「我猜你不是徹底不負責任的那種爸爸。你找到保姆了嗎？」

我在她旁邊坐下。

「對。找我父親。」

「哇。」她傻眼了。「聽你之前那樣講，找他一定很怪吧。」

「是很怪，沒錯。平常的話，我不會要求他的，可是……唉。我想出來喝一杯，而英文俗話說得好，乞丐不能太挑剔。」

她挑一挑眉毛，我臉紅起來。

「我指的是他，不是妳。」

「哈！喔，聲明一下，這次見面不是專訪。」她一手落在我手臂上，多逗留了兩三秒，超出必要的程度。「總之，我很高興你能來。」她說。

「我也是。」

「對了，隨意。」

我們碰碰杯子。

「所以說，你不擔心他？」

「我父親？」我擺擺頭。「老實說，不會。在那方面倒不至於。不瞞妳，我也不清楚自己有什麼感想。又不是固定請他幫忙。其實，什麼也稱不上。」

「是的。這樣看待很合情理。人們對『事物』本質的顧忌太多了。有時最好還是順其自然。杰克他呢？」

「他啊，大概比較喜歡他陪，不喜歡我。」

「不會吧。」

我想起臨走前杰克的態度，盡力壓制那幅情景引發的罪惡感。

「也許吧。」我說。

「我講過，你自我要求太高了。」

「也許吧。」我又說。

我啜飲著啤酒。內心深處，我隱隱仍七上八下，但我現在明瞭，這心情和約凱倫喝酒無關。事實上，坐在這裡，我竟然能放鬆到這種程度，而且和她坐得如此靠近，略微超越友誼的界線，我居然也覺得好自然，也令我意外。令我情緒緊繃的是我仍在掛念杰克。要我停止想他也難。我再怎麼想來這裡，也難以擺脫一種直覺：世上另有一個地方比這裡重要幾倍，我不應該待在這裡才對。

我再喝一口，暗罵自己別傻了。

「妳說妳找媽媽照顧亞當？」

「對。」

凱倫翻了個白眼，開始介紹個人的狀況。她去年搬回羽陵村，主要是因為母親住這裡。和我情況不同的是，她們親子不曾失和。母親和亞當相處融洽，能在凱倫再站起來的這段期間提供支援。

「亞當的父親缺席嗎？」

「他還在的話，我怎麼會約你出來？」凱倫微笑說。

無助的我微微聳肩一下，她就此放過我。

「對，他缺席了。爸爸不在，也許亞當會覺得苦，但有時候，這樣反而對小孩子比較好，只是他們小時候未必明白。我前夫布萊恩和你父親可以說是有點像。在很多方面很像。」

她啜飲一口啤酒。我和她無言，場面雖不見得窘迫，但我仍覺得這話題應適可而止。有些事就算非談不可，也該拖一段時日再談。在這空檔，我觀望遊戲區的孩童攀爬著遊樂設施。夜漸漸深了，愈來愈暗，蚊蟲在我們周遭樹木的枝葉間飛竄。

幸好氣溫仍偏高。感覺仍舒暢。

只不過……

我換個方向望。我的生理指南針已認清我家的方位，離杰克不算太遠，直線距離大概僅僅幾百公尺，但我覺得太遠了。我轉頭再看嬉戲中的孩童們，感覺一切變得歪歪斜斜，不太正常，原因不只是天色變暗，也因為光線不太對。

「喔，對了，」凱倫邊說邊伸手進包包。「我想起來了。我帶來一個東西。有點不好意思啦，我想跟作家討個簽名，可以嗎？」

是我發表的上一本書。一見這本，令我聯想到新作的進度嚴重落後，我心裡微微恐慌。但凱倫的舉動顯然是想表達善意，也帶一點傻氣，於是我強擠出一個笑容。

「可以。」

她遞筆給我。我翻到書名頁，開始落筆。

獻給凱倫，

我停筆。我想不出該寫什麼好。

我真的很高興認識妳。希望妳不會嫌這本書爛。

簽書時，有些讀者走開後才看作者寫了什麼。凱倫不屬於這一類。她見了就哈哈大笑起來。

「我確定不會嫌的啦。何況，你憑什麼認定我會讀這本書？這本我直接拿去eBay拍賣，朋友。」

「也好，可是，妳可別指望提早退休喔。」

「別擔心。」

夜色變得更暗沉了。我再把目光投向遊戲區，見一位身穿藍白洋裝的小女孩站在那裡，眼睛直直看著我，我的視線和她交接片刻，剎那間，暢飲區裡的一切全退至背景，只剩我和小女孩。隨即，她奸笑一下，衝向繩索橋，另一名小女孩追過去，呵呵笑著。

我甩一甩頭。

「你沒事吧？」凱倫說。

「沒事。」

「嗯。我不太相信你。是在想杰克嗎？」

「大概吧。」

「你是在為他操心？」

「不知道。可能吧。大概沒什麼大不了。只因為今天是我頭一次丟他在家裡。我現在的確是聊得很開心，說老實話。不過，感覺上……」

「感覺上，怪到不像話？」

「對，有點。」

「我懂。」她以微笑表示同情。「我一開始把亞當丟在家的時候，也有同樣的反應，感覺像整個人被狗繩套在家裡，出門覺得繩子繃得太緊，內心總有一種急著回家的催促感。」

我點頭，只不過我的感覺不僅止於歸心似箭。我內心隱然有種大事不妙的預感。反過來說，她描述得對，而我大概只是過於小題大作罷了。

「沒關係，」凱倫說，「我是說真的。一開始難免會這樣。我們不如把這杯喝完，你可以趕快回家。也許改天再約吧，看你要不要。」

「我絕對要。」

「好。」

她看著我，四目相接，兩人之間的空氣寓意深長。我明瞭到，我可以把握這時機，靠向前去索吻。我明瞭，如果我索吻，她也會以吻回應，雙方都在唇碰唇之際合上眼皮，這一吻會像呼吸一般輕盈。我也明白的是，如果不索吻，其中一人勢必將轉移視線。但是，一吻將至的時刻來了又走，我倆都明白，也知道總有再來的一天。

乾脆趁現在吧。

我正要靠向她之際，手機鈴聲來了。

51

時間是下午，杰克放學，爹地去接他回家。這天本來是媽咪來接他，因為爹地要寫作，結果開車來學校的卻是爹地。

爹地靠寫故事賺錢養家，讀者都付錢讀他的故事，杰克個人覺得這厲害到不行。而爹地有時也這麼認為。一個原因是，他不像很多家長那樣，不必每天穿西裝、進辦公室、聽長官吩咐。不過，這工作也有苦水，因為別人怎麼看都不認為這算工作。

杰克不太懂其中的道理，但他隱約覺得，有段期間，爸媽為這事鬧過意見，因為如果爹地常接送他上下學，故事會寫得比較少。他們討論出的辦法是，讓媽咪更常負責接送。這天本來輪到她接他放學，出現在校門口的卻是爹地。爹地解釋說，媽咪身體不舒服，他不得已只好過來。

他是真的這樣說的。不得已只好過來。

「她還好吧？」杰克說。

「她沒事，」爹地說，「她只是下班回家有點頭暈，所以去床上躺一下。」

杰克相信他，因為媽咪當然沒事。但是，爹地似乎比平常更緊繃，杰克懷疑他最近寫的故事會不會比平日不順，還不得已來學校接他……唉。「錦上添花」的相反是什麼？

杰克常覺得自己為爹地添麻煩，沒有他，爹地的日子會比較好過。

在回家的車上，爹地照常問他今天上課的情形，今天做了什麼事。杰克照常盡力不回答。在學校又沒什麼好玩的事，能說什麼？而他也認定，反正爹地也沒興趣聽。

回到家，爹地把車停在外面。

「我可以進去看媽咪嗎？」

他有點以為爹地會禁止他。為什麼呢？他不確定，可能因為這是杰克真的很想做的事，所以爹地一定會掃他的興。但這樣想不太公平，因為爹地只微笑著，摸摸他的頭。

「當然可以，好小子。只不過，對她不要太粗魯，好不好？」

「好。」

車門鎖解除，杰克飛奔進家中，鞋子沒脫。平日，他會因此挨媽咪罵，因為媽咪喜歡把家裡維持得整潔。可是，鞋子今天又不髒，而杰克想去看她，讓她舒服一點。他穿越廚房，跑進客廳。

這時候，他站住了。

因為情況不對勁。客廳另一邊的窗簾開著，下午的陽光斜射進來，照亮半個客廳，看起來很祥和，所有東西都靜止不動。但問題就出在這裡。就算有人躲著不願被發現，你通常能感覺到有人躲著，因為空間被人佔據，壓力會因此改變。而現在，客廳裡完全沒這種感覺。

只覺得空空的。

爹地還在外面，大概是在忙車子的什麼事。杰克慢慢走在客廳裡，但感覺比較像客廳自動退向他。寂靜這東西顯得好巨大，感覺像他一不小心，就能把「寂靜」碰傷。

窗戶旁邊的門開著。這門通往樓梯尾的那個小空間。杰克一步接一步靠近，能看見的景象愈來愈多。

後門的雲彩玻璃。

唯一的聲響是他自己的心跳。

白壁紙。

樓梯的木製扶手上有節瘤。

前進的腳步慢到幾乎靜止。

他向下看地板。

媽咪——

「爹地！」

尚未完全清醒的杰克驚呼一聲，然後整個人縮進棉被底下，再吶喊「爹地」，幼小的心臟咚咚猛跳。搬家至今，這是他頭一次做這種惡夢，震撼力變本加厲。

杰克等著。

他不確定現在幾點，不清楚自己睡了多久，只認定睡得夠久了，爹地應該回家了吧？片刻之後，他聽見有人上樓來，腳步沉穩。

杰克冒險探出頭。走廊燈還亮著。有人走過來，長長的影子落進臥房裡。

「嗨，」男人柔聲說，「怎麼了？」

杰克想起來了，是彼特。他和彼特處得來，但老問題還是，彼特不是爹地，而他要的是爹地，要爹地現在趕快走過來。

彼特年紀一大把，但他在床邊盤腿坐下的動作敏捷果決。

「出了什麼事嗎？」

「我剛做惡夢。爹地在哪裡？」

「他還沒回家。惡夢很恐怖吧，對不對？你夢到什麼？」

杰克搖搖頭。他做過的惡夢是什麼，連爹地都沒聽過，他不確定自己願不願意透露。

「沒關係。」彼特點著頭。「我也做惡夢，你知道嗎？其實滿常做的。不過，我真的覺得做惡夢是好事。」

「怎麼可能是好事？」

「因為有時候，大壞事會掉到我們頭上，我們不願去想它，所以把壞事深深塞進腦袋瓜裡。」

「像耳蟲那樣？」

「可以說是。不過，它最後總要出來嘛，所以人腦用做惡夢的方式應付，把壞事剁碎，碎到最後一丁點也不剩。」

杰克思索著這比喻。剛才的惡夢比往常更嚇人，所以感覺上比較像腦子正在累積什麼東西，而不是把壞事剁碎。但話說回來，這種惡夢做到同一個階段總會停止，停在他能清楚記得看見媽咪躺在地上之前。也許彼特說得對。也許他的腦袋瓜被嚇慘了，只好累積一些東西來應付那景象，然後才有辦法開始剁碎。

「我知道，再講也不會更容易接受，」彼特說，「不過，你知道嗎？惡夢永遠永遠傷害不到你。沒什麼好怕的。」

「我知道，」杰克說，「可是，我還是想要爹地。」

「他很快就回家了，我確定。」

「我現在就要他。」惡夢又回來了，加上睡前小女孩警告過他，他更加確信苗頭不對。「你可以打電話給他叫他回家嗎？」

彼特沉默片刻。

「求求你，」杰克說，「他不會介意的。」

「我知道他不會。」

彼特取出手機，杰克焦急看著他滑手指開機，按螢幕幾下，然後舉起手機貼住耳朵。樓下，前門開了。

「啊。」彼特取消尚未接通的電話。「大概沒事了。你可以在這裡等一下，讓我下樓去叫他上來嗎？」

不要，杰克心想，我不願意。他不想單獨在暗室再多待一秒。但現在，至少爹地回家了，他能卸下心上一塊大石。

「好。」

彼特站起來，走出臥房，杰克聽見他的腳步聲下樓，聽見他喊爹地的名字。

杰克凝視臥房門外走廊燈照亮的一角，豎起耳朵聆聽，幾秒聽不見動靜。接著，他聽見一種不明聲響，好像傢俱被移動。他也聽見有人在交談，不用語言，而是用聲音，像用盡力氣想做什麼事的聲響。

又是一陣很大的聲響。像重物傾倒。

接著，又一片安靜。

杰克考慮喊爹地，但不知為何，心臟又在狂跳了，像他剛夢醒那樣。家裡安靜下來，耳朵嗚嚮著，響得好厲害，他覺得像又回到老家客廳裡。

他凝視著空蕩的走廊，等候著。

過了幾秒鐘，他聽到另一種聲響。樓梯又傳來腳步聲。有人正要上樓，但腳步很慢，走得很謹慎，彷彿那人也被安靜的環境嚇怕了。

接著，有人低聲呼喚他的名字。

52

「我相信一切都沒事。」凱倫說。

她匆匆走在我後面，盡量講得若無其事。無疑地，她說得對，我幾乎肯定是反應過度。我走得太快，她很難跟上。我們沒討論，她就主動跟過來，但如果她沒跟，我甚至可能早就拔腿狂奔了，因為就算她說得對，就算我極可能是窮擔心了，但我心裡仍有直覺，確信大難臨頭。

我掏出手機，再撥給父親看看。我在酒館時，他曾打給我，我來不及接聽就掛斷，這表示一定出了什麼事。我回撥，他卻不接。

現在，手機響了又響。

他依然不接聽。

「幹。」

來到我家這條街的坡底，我取消連線。也許彼特是不小心撥號，或者想通話卻臨時改變主意。但我記得今天聯絡他、請他照顧杰克時，他的語調是多麼順從，想必是暗喜有機會進入我們的天地，角色再小也無妨。除非是有大事，否則他不會輕易打給我。除非是很重要的事。

右邊的原野黑沉沉一片，似乎完全不見人影，但天色已經太黑，已看不清最遠的一邊。我的腳步再加快，意識到自己可能被凱倫當作不折不扣的瘋子。我不顧理性不理性，開始恐慌起來，哪管她怎麼看待我。

杰克……

我來到車道。

前門開著，屋內的燈光斜射在步道上。

大門沒關緊……

想到這裡，我開始衝刺。

「湯姆——」

我來到門口，但在門檻止步。樓梯尾的木板上到處是血腳印。

「杰克？」我朝屋內喊叫。

房子裡幽靜無聲。我輕手輕腳踏進門口，心臟狂跳，在我耳朵裡噗噗響。

凱倫跟上來了。

「什麼——啊，天哪。」

我往我右邊看，望進客廳，見到的景象令我百思不解。我父親縮身側躺在窗邊地板上，背對我，幾乎像在地上睡著了。但他周圍全是血。我擺一擺頭。他身體下面全是血，頭旁邊更流出一灘。他完全沒動作。一時之間，無法理解狀況的我也沒動作。

在我身旁，凱倫倒抽一口氣，態度震驚。我微微轉頭，看見她臉色變得蒼白，眼睛瞪得渾圓，一手遮住嘴巴。

杰克，我想到。

「湯姆——」

之後的聲響全聽不見了，因為一想到兒子，我整個人回神，觸電般動起來。我走過她，繞過她，然後三步併作兩步直衝上樓。祈禱著。暗想著，拜託拜託。

「杰克！」

樓梯頭的地毯上也有鞋底留下的血跡，想必是樓下暴徒的腳印。有人對我父親施暴，然後上樓來，走向……

我兒子的臥房。

我走進去。被單整齊摺好。杰克不在臥房裡。這裡一個人也沒有。我呆立幾秒，癢癢的恐懼遍布皮膚。

樓下的凱倫正在講電話，口氣慌張。救護車。警察。緊急事件。大雜燴的語文混在一起，對我而言毫無意義。我覺得頭腦快當機了——彷彿頭蓋骨突然敞開，暴露出萬花筒般浩瀚難解的驚濤駭浪。

我走向床鋪。

杰克不見了。這怎麼可能？因為杰克不可能不見。

沒有這回事。

他的寶物袋躺在床邊地板上。寶物袋是他隨身必帶的東西，他不會故意扔下。我走過去，拾起寶物袋，這才真正感受到百分百的衝擊力。寶物袋在這裡，杰克不在。這不是惡夢一場。是確有此事。

我的兒子不見了。

我這才張嘴想驚叫。

第五部

53

兒童失蹤後的四十八小時是黃金時間。尼爾．史賓塞走丟後，短期間沒人發現他失蹤了，警方因此錯失頭兩個小時。以杰克．甘尼迪失蹤案而言，案子在他父親偕同朋友回家幾分鐘後展開調查。當時，亞曼達和戴森在五十英里外的局裡，接到通知後火速趕來。

現在，亞曼達在湯姆．甘尼迪家外面，看著手錶。晚間十點過幾分。兒童失蹤通報一發，所有機制全動了起來。她身旁這棟怪模怪樣的房子燈火通明，人來人往，照在窗簾上的影子動個不停，路上則有員警站在門廊上訪查鄰居。馬路對面有手電筒在原野上來回照射。各方的說詞採集中，監視錄影帶也正調閱中，民眾分頭尋人。

若非受傷，彼特也會跟隨搜救隊伍出動。但他今晚當然沒辦法。亞曼達極力保持鎮定，掏手機打給醫院，冷靜聽取他的近況。彼特仍然昏迷中，傷勢危急。天啊。她想到，和同齡的中老年人相比，彼特的體格多麼雄壯，但顯然在今晚無用武之地。也許基於某種因素，他不夠留心，無意間遭到暗算。他身受幾道防禦傷，但側身、頸部、頭部也有幾處刀傷。歹徒下手狂亂無章，明顯想置人於死地，未來幾小時將能決定歹徒犯的是殺人未遂或謀殺罪。院方告知，彼特今夜命在旦夕，她只盼他健壯的體格現在能救他脫離鬼門關。

你辦得到，彼特，她暗唸著。

他挺得過去的。非挺過去不可。

她放下手機，隨即趕緊上網查看案子的最新發展。還沒有進展。員警已針對湯姆・甘尼迪和女伴做完筆錄。女伴是凱倫・修奧。亞曼達認得這姓名。修奧是本地記者，跑社會新聞。根據她和湯姆的說法，他們只是相約酒敘的朋友，兩人的小孩在學校讀同一年級，所以可能沒什麼可疑，但亞曼達仍但願修奧的可靠度勝過多數記者。尤其是現在。

因為，亞曼達仍不清楚彼特幹嘛來這裡。

她記得今天下午彼特多麼喜形於色。收到簡訊的彼特多高興，忙著約時間。當時，亞曼達以為他想跟人約會，現在才知道不是。無論彼特來這裡的目的是什麼，彼特是本案的調查員，於法下班後不應來這裡。來這裡有違專業倫理。

更令她於心難安的是，她簡直是用推的，才把彼特推來這裡。她當時的用意是要他開心一點。若非她堅持，彼特現在仍活得好好的。

他的確還活著。

她只能抱一絲希望。撇開其他狀況不談，現在的她必須專注專業，不容情緒溢於言表。歉疚。恐懼。憤怒。這些情緒當中任何一個一旦沒抓緊，脫韁而出，其他情緒也會被拖著走，像被狗繩綁成一串的狗群一樣奪門而出。那就難看了。

彼特還活著。

杰克・甘尼迪還活著。

她不願失去上述任何一個。但她目前能盡力的唯獨其中之一，於是最後她關閉檔案報告，下車。

她進湯姆家中，輕手輕腳，走過樓梯尾那片凌亂的乾涸血跡，然後謹慎踏進客廳，知道會看見什麼的她繃緊神經準備看。

幾名刑事鑑定人員正忙著測量、分析、拍照存證，但她假裝沒看見，專心注視傾倒的咖啡桌，看到無法避見的血地。地上有塗抹的血痕，也有整灘血，失血多到她能嗅到血的腥臭味。投身警界以來，比這更血腥的場面，她不是沒見識過，但由於她知道這是彼特遇襲的地點，她見了難以接受。

她旁觀鑑識人員片刻。鑑識科的態度好嚴肅，一絲不苟，令人覺得他們已經將此地比照命案現場蒐證，彷彿大家都知道一件她理解慢半拍的事實。

她進工作室，牆壁立著幾座書架，地上仍有幾個待清空的箱子。湯姆．甘尼迪在箱子之間來回踱步，路線曲折，動作像是動物在籠裡走個不停，在地上走出一道軌跡。凱倫坐在電腦桌旁的椅子上，一手握著手肘，另一手摀嘴，凝視著地板。

湯姆留意到亞曼達來了，停止踱步。她懂他這副表情。遇到這種變故，各人有各人的反應，有些人幾乎鎮定到超乎常態，有些人則以某些動作或做雜事來分神，但無論是什麼反應，這些行為的用意是置身另一個時空。目前，湯姆極力想壓制內心的恐慌。如果無法朝兒子的方位前進，他只好一直動，什麼方向都行。他腳步一停，身體開始顫抖起來。

「湯姆，」亞曼達告訴他，「我知道你很苦。我知道你很惶恐。不過，我要你聽我說，我要你相信我。我們一定會找出杰克。我向你保證。」

他凝視著她。他顯然不信，何況這種保證也許不是空口就能實現，但她說的畢竟是真心話。熾熱的決心在她的胸口灼燙。她一定要找到杰克並逮捕歹徒，否則絕不停手，絕不歇息。同一個歹徒曾拐走小尼爾。這次也讓彼特身受重傷。

我絕不再讓另一個小孩在我工作崗位上喪生。

「歹徒的身分查到了，我們目前正在追緝他。我說過，我向你保證。本局已經出動所有人馬追捕他，尋找你兒子。我們一定把你兒子平安送回家。」

「歹徒是誰？」

「暫時不便告訴你。」

「我兒子被他抓走了啊。」

從湯姆臉上，她看得出他正揣摩著各種可能情境，腦海裡逐漸播映出一格格想像中最驚恐的局面。

「我知道你很難過，湯姆，」她說，「不過，我也要你記住一點。假設這歹徒和拐走小尼爾的是同一個，小尼爾一開始受到不錯的照顧。」

「然後被殺害。」

亞曼達無言以對。她回憶幾小時前偵查過的廢棄地下室，看見法蘭西斯模仿父親畫的壁畫。法蘭西斯小時候，必定曾親眼見過父親創造的人間煉獄。照這情形研判，法蘭西斯始終無法真正跳脫煉獄，內心有一部分依舊受困在那擴建室裡，走不出去。沒錯，他的確照顧過小尼爾一陣子，後來嗜血的衝動襲上心頭，才鬧出人命。這次，杰克落入他手裡，他不無可能壓不住同一股衝動，也對杰克下毒手。這一型的凶手自制力一旦潰堤，凶性往往會直線飆升。

但她現在不打算朝黑暗面設想。

湯姆當然沒有這福分。

「為什麼選上杰克？」

「我們還無法確定。」亞曼達也熟悉他這種走投無路的口吻。人面對悲劇和驚恐，本於天性，難免想尋求解釋，想明瞭為何無法防範這場悲劇，用意無非是減輕心痛，找到答案後卻只徒然觸發罪惡感。「本局相信，嫌犯可能對這棟房子有興趣，和諾曼·科林斯的興趣相同。他可能發現你兒子住這裡，所以決定對他下手。」

「妳的意思是，對他產生沉迷？」

「是的。」

默不出聲幾秒。

「他情況怎樣？」湯姆說。

亞曼達以為，話題仍停留在杰克，但她隨即瞭解湯姆的視線直通她身後的客廳，知道湯姆改關心彼特。

「他在加護病房，」她說，「我得到的最新消息是這樣。他的情況很危急，不過……嗯。彼特的鬥志很強。挺得過這種難關的人非他莫屬。」

湯姆自顧自的點一下頭，彷彿這話在他心中產生共鳴。這說不通，因為他對彼特近乎一無所知，亞曼達心想。她再次想起下午彼特多麼欣喜，忽然變得生龍活虎。

「他為什麼來你家？」她說，「他不應該來這裡的。」

「他來當杰克的保姆。」

「可是，你為什麼找彼特來？」

湯姆啞然。她觀察著他。顯然湯姆正拿捏著尺度，斟酌著該說什麼。倏然間，她領悟到，她見過這一副表情。湯姆的頭歪一邊，腮幫子的斜角，認真的神態。湯姆．甘尼迪站在她面前，無神的臉被上方的燈光照亮，容貌幾乎和彼特如出一轍。

天啊，她暗暗驚叫。

隨即，他搖搖頭，稍微動一下，外表不再相似了。

「他留名片給我。他說，有任何需要可以聯絡他。而他和杰克……嗯。杰克喜歡他。他們彼此合得來。」

結結巴巴解釋完，亞曼達繼續凝視他。儘管她不再能一眼判定兩人長相近似，但她自知剛才不是憑空想像。她可以打破砂鍋問到底，但她決定這事暫時不重要。如果被她猜中，這事的餘波以後再應對。目前她該趕回局裡，信守她對湯姆的許諾。

「好，」她說，「接下來，我會離開這裡，去找你兒子，帶他回家。」

「我怎麼辦？」

亞曼達回頭望客廳一眼。不消說，湯姆不能在家裡過夜。

「你在這一帶沒有親戚嗎？」

「沒有。」

「你可以住我家，」凱倫說，「沒問題。」

她到現在才開口。亞曼達看著她。

「妳確定嗎？」她說。

「確定。」

從凱倫的神情，亞曼達知道凱倫明瞭現狀的嚴重性。湯姆沉默片刻，思考著該不該接受好意。儘管亞曼達對這女記者存保留態度，她仍誠心希望湯姆答應。百忙之中安置湯姆是件頭疼的事，能省則省。何況，顯而易見，即將崩潰的他想接受好意，亞曼達見狀決定順水推舟。

「就這樣吧。」她給他一張名片。「我的聯絡方式在這上面。專線。反正明天一大早，我會請親屬聯絡官去找你，不過在這段期間，如果你有任何需要可以打給我。我也有你的號碼。我一有最新消息，包括彼特的狀況，保證會在第一時間轉告你。」

她猶豫著，然後微微壓低嗓門。

「媽的，第一時間，湯姆。我保證。」

54

白日走進末路，夜色清涼。

法蘭西斯站在自家車道上，捧著咖啡杯暖暖手，身後的前門開著，屋內黑暗無聲。天地安靜到他能想像聽得見咖啡蒸氣飄升的聲響。

這裡離羽陵村幾英里，位於乏人問津的區域，地段偏僻，他在這裡另創家園。原因之一是房租便宜，但主要因素是隱私。左鄰是空屋一棟，右舍的居民不和鄰居往來，即使酒醒時也一樣。法蘭西斯家的車道很小，兩旁的樹叢長得太高，能遮蔽他的來去，而門前這條馬路也人車罕至。一般人不會進這條街，也不會走這條路轉往任何地方。簡而言之，這裡是一般人迴避的地方。

法蘭西斯一廂情願的想法是，一般人迴避是因為他住這裡。一般人如果莫名其妙開車路過這裡，本能上會察覺到，此地不宜久留。

就像杰克．甘尼迪住的前一棟房子，當然。

鬼屋。

法蘭西斯記得童年就認識的那棟怪房子。其他小孩好像全知道那棟鬼屋很危險，卻不清楚為什麼危險。有些小孩說裡面鬧鬼，也有些小孩聲稱，裡面的居民殺過人。當然，全是胡扯一通，全怪那棟房子的外觀奇特。要不是那些小孩也對小法蘭西斯敬而遠之，小法蘭西斯可以向他們解說鬼屋嚇人的真正原因。可惜，他找不到人傾訴。

感覺像好久好久以前的事了。他懷疑警方是否已搜出他以前的住處。就算被查到也無所謂；除了灰塵以外，他留下的東西不多。想換個身分過日子，過程多麼簡單啊，他回想著。簡直易如反掌。他從這裡往南走六十英里，花不到一千英鎊，就能向一名男子買到新身分。之後，他一直在周圍織築新殼子，以利他開始蠶變，期待有朝一日破繭而出，活力充沛，神通廣大，脫胎換骨。

然而，當年的些許特質卻殘留在他身上。當年的他是個討人厭的膽小鬼。多年來，「法蘭西斯」已不再是他的名字，但他心中仍以這名字自居。他記得，父親對那些男孩動手時曾逼他看。從父親的表情判斷，法蘭西斯最清楚不過了：父親痛恨他，真想對親骨肉下同樣的毒手。父親殺害的男孩只不過是他的替身，父親最鄙視的小孩其實是兒子。法蘭西斯從小明白自己多麼沒用，多麼噁心。

二十年前的那幾個男孩在他眼前遇害，他無力挽救，正如他也無法救助或安撫當年的小法蘭西斯。然而，他可以亡羊補牢。因為，人間像他這樣的兒童太多了，營救、保護他們還不算太遲。

他和杰克一定能和好相處。

法蘭西斯啜飲著咖啡，然後仰望夜空，凝望星辰交織出的無章法線條，思緒飄回湯姆家中的暴行，仍亢奮得皮膚刺刺麻麻。他知道，心思最好避免也亢奮起來，因為就算他事先知道今晚會起肢體衝突，到了事情果然發生的時刻，他訝異於事情發生得多麼自然。他曾殺過一個人，再殺人是輕而易舉，簡直宛如被迫對尼爾下的毒手為他打開心鎖，解放了他先前只隱約意識到的慾求。

感覺很不賴，不是嗎？

咖啡濺到他的手，他低頭看，發現手正微微顫抖著。

他強迫自己鎮定下來。

但是，他內心深處有點不願鎮靜。對尼爾做過的事，現在回想起來容易多了，而他也無法否認，殺人的行為有那麼一分興味，只不過他到現在才敢承認。想著想著，他能想像父親當時與他同在。

看著好戲。

點頭表示稱許。

這下子你明白吧，對不對，法蘭西斯？

是的。他終於明白父親為何對他深惡痛絕，恨他是一個沒用的廢物。現在的他不是了，他想知道如今正視父親眼睛的滋味如何。父子倆都墮落後，如今雙方能不能彼此原諒呢？

我就像你，看見沒？

你用不著再恨我了。

法蘭西斯甩一甩頭。老天爺啊——想到哪裡去了？尼爾的下場是個錯誤。他現在必須專心，因為杰克需要他照顧。需要他保安。需要他的愛。因為，天下孩童不全都需要這些嗎？被雙親疼愛、珍惜。一想到這裡，他心疼了起來。

兒童最需要的莫過於愛。

他想再喝最後一口咖啡，卻苦笑起來。咖啡涼了，他只好倒進門階旁的雜草裡，然後回屋內，把外界的靜謐關在門外，讓屋內的靜謐留在家裡。

該去跟男孩道晚安了。

不能再犯錯。

然而，在他上樓去找杰克的路上，他不斷想著殺害尼爾的感受。

我就像你，看到沒？

他不禁懷疑，也許那個錯誤未必是滔天大錯。

55

照理說，人做惡夢醒來，一切都會恢復正常。

這場惡夢卻不會。

杰克睜開眼睛，第一個感覺是困惑。房間太亮。燈開著，感覺不對勁。緊接著他發現，這間根本不是他的臥房，是別家小孩的臥房。這樣想也不太對勁。可惜他的頭昏沉沉，想不透道理，只覺得心裡有個「不對勁」的繩結，愈纏愈緊。他在床上坐起來，感覺天旋地轉。接著，他想起來了，心頭的繩結更急著綁緊，扭擰出恐慌，滲透到全身上下。

他應該在家才對。本來是在家沒錯。當時有個男人走樓梯上來，進入他臥房，然後他臉上被什麼東西蒙住。然後就……

一片空白。

直到現在。

他醒來差不多十分鐘了。醒來後，他猜想幾秒，這一定又是一場惡夢，沒做過的惡夢，因為感覺絕對像惡夢。但在他捏捏自己會不會痛之前，他就知道，狀況太真實了，不可能是做夢。恐懼太強烈了。就算剛才在睡夢中，現在也早該被嚇醒了。不過他想起，有個男人曾經帶走小尼爾，而且傷害他，所以懷疑，說不定這真的是惡夢一場，是那種醒不過來的惡夢。這個世界到處是壞人。充滿著睡覺未必夢得到的惡夢。

他瞥向一旁。

小女孩來了！

「妳在——」

「噓。小聲一點。」她四下看著小房間內部，猛嚥一口。「千萬不能讓他知道我在這裡。」

她當然不在這裡，他心底很明白。但他看見小女孩，慶幸都來不及了，哪管得著是不是在幻想。不過，她說得對。不能讓壞人聽見他正在跟人講話，不然……

「真的很糟？」他低聲說。

她嚴肅點點頭。

「這裡是哪裡？」他說。

「我不清楚，杰克。你在這裡，所以我也在。」

「因為妳不會丟下我不管？」

「我絕不會丟下你。永遠不會。」她再左看右看。「我會盡最大能力幫你，不過我不能保護你。這狀況非常嚴重。你自己知道，對吧？這狀況離『對勁』差得太遠了。」

杰克點頭。一切都不對勁，他不安全，他突然覺得受不了。

「我要爹地。」

也許可憐蟲才會講這種話，但話一出嘴巴，他就無法自制，於是反覆低聲講個不停，然後哭了起來，心裡想著，如果想要什麼東西，想得夠用力，東西就會變出來。可惜不然。感覺上，爹地現在和他相隔一整個地球那麼遠。

「拜託，盡量不要出聲音。」她一手放在他肩膀上。「你一定要勇敢。」

「我要爹地。」

「他會找到你的。你知道他會。」

「我要爹地。」

「好了啦，杰克。拜託。」她的手握緊他肩膀，心安和恐懼參半。「我要你鎮靜下來。」

他盡量不再哭。

「好多了。」

她鬆開手，沉默片刻，聆聽著動靜。

「我想現在沒事了。這樣吧，我們應該盡可能到處看一看，查清這裡是什麼地方。因為這樣的話，我們可能知道怎麼逃出去。好嗎？」

他點頭。他仍在害怕，但小女孩說的有道理。

他站起來，四下看著這房間。

在房間的一邊，牆壁只高到胸部，然後斜線往上爬，角度像屋頂那樣，所以這裡一定是閣樓。他從沒進過閣樓。在他想像裡，閣樓黑漆漆，灰塵很多，以粗木板當作地板，堆放著紙箱，有蜘蛛，不過這一間地毯鋪得整齊，牆壁漆成雪白，牆腳畫著小草，也畫一群蜜蜂和蝴蝶在上面飛舞。這樣的裝潢也許還可以，只可惜天花板那顆赤裸的燈泡強光太刺眼，把所有東西照耀成虛幻世界，亮到壁畫裡的有些景物可能會突然活起來。靠矮牆那邊有一個大箱了開著，裡面有好多柔軟的玩具，另一邊牆擺著一座小衣櫥。他轉身看自己後方。床上鋪著《變形金剛》床單，看起來很破舊。

這麼看來，這裡是某個小孩的房間。只不過，住這裡的感覺不太對勁，不太自然，彷彿這一間從來不是給真正的小孩住的地方。

床的對面有一道門。他走過去，伸出緊張的手，推開，裡面有一座小馬桶和洗手台，一條毛巾垂在掛環下，肥皂放在洗手台邊。他關上門，轉身看得見房間角落有一道狹窄的走廊，但才走幾步就碰壁。他踏進去，發現自己來到樓梯頭，下面黑漆漆，只見樓梯尾有一道門關著。

牆壁上有一條木製的扶手……

杰克沒看清樓梯尾，就急忙向後退，衝回床上。完了，完了，完了。這座樓梯幾乎跟老家那座一模一樣。這表示，他絕對不能看見底下有——

他心跳得太急促，呼吸有困難。

「坐下吧，杰克。」

他連坐都有困難。

「沒關係啦，」小女孩溫柔說，「深呼吸就對了。」

他閉上眼睛，專心一志，起初很難辦到，幸好後來空氣開始鑽進鼻子，心跳速度也開始減緩。

「坐下吧。」

他坐下，接著小女孩再伸手放在他的肩膀上，不說話，只壓低嗓門發出柔和的聲響安撫他。

等他較能控制情緒後，小女孩才收手，但依然不講話。他看得出，小女孩要他走樓梯，下去查看那道門，但他死也不肯。他絕不踩那樓梯。就算——也不要。

「算了，反正八成被鎖住了。」她說。

杰克點點頭，心情放鬆了，因為她說得對，這表示他用不著下樓。可是，要是壞人逼他走下去，怎麼辦呢？太恐怖了，他不敢想。他不敢走樓梯，也不認為壞人肯抱他下樓。

「你記得那次爹地寫給你的字條嗎？」小女孩問。

「記得。」

「唸出來吧。」

「即使我們吵架，我們照樣深愛對方。」

「是真的，」她說，「不過這個壞人，他不像爹地那樣。」

「什麼意思？」

「我認為，你在這裡，一定要表現得非常非常乖。你在這裡吵架，可能會遭殃。」

有道理，杰克心想。如果他在這裡使壞，壞人一定不會像爹地那樣，不會過一陣子就沒事。

杰克想著，假如耳語人發脾氣，最後情況可能會慘兮兮。

小女孩突然站起來。

「蓋被子。快一點。」

見她滿臉惶恐，杰克知道沒空問為什麼。他鑽進這張奇怪小床的棉被窩，聽見樓下有鑰匙戳進門鎖轉動的聲音。

壞人來了。

「快閉眼睛，」她語氣急促。「假裝睡著了。」

杰克緊緊合上眼皮。平常，裝睡很容易，他在家常做，因為他知道，如果不睡，爹地會一直來查看他，而他不想製造麻煩。在這裡裝睡比較難，但他聽見踏樓梯上來的吱嘎聲，強迫自己呼吸放慢，吸氣吐氣沉穩一些，裝成一般人睡覺的模樣。他也稍微鬆懈眼皮，因為睡覺的人不會把眼皮黏得那麼緊，然後——

然後，壞人進房間了。

杰克聽得見他輕輕的呼吸聲，覺得壞人接近他，他的臉皮癢起來，能意識到壞人就站在床邊，低頭看著他。盯著直直看。杰克繼續閉著眼睛。睡著的話，就不可能不乖，對吧？也不用擔心跟壞人吵起來。用不著大人命令，他就已經乖乖上床睡死了。

安靜了幾秒。

「看看你。」壞人低聲說。

他的語調充滿詫異，彷彿沒預料到樓上竟然冒出一個小男孩。臉上有一簇頭髮被撥開，杰克強迫自己不要縮頭。

「太完美了。」

這嗓音有點耳熟吧？杰克不太確定。他也不願睜開眼睛看壞人是哪個熟人。壞人直起身體，然後悄悄走開。

「我會照顧你的，杰克。」

啪嚓一聲，房間變暗了。

「你現在安全了。我保證。」

杰克繼續平緩呼吸，等著壞人下樓，把門關上，鑰匙插進鎖孔。壞人走了，他照樣不敢把眼皮睜開。他想著小女孩說過，爹地會來找他。

即使我們吵架，我們照樣深愛對方。

他相信。所以父子吵架也沒關係。爹地愛他，想保護他，兩人再生氣，過一陣子也能和好如初，像沒吵過架似的。

但是，他心底也稍微認為，他害爹地的日子非常難過，常帶給爹地麻煩，常幫不上忙。他想起爹地今晚留他在家。無論爹地現在人在哪裡，他懷疑爹地甚至可能高興再也沒有小孩煩他了。

不。

爹地一定會找到他的。

最後，杰克閉上眼睛。房間現在黑漆漆，只有站在床邊的小女孩例外。小女孩渾身通明，和燭火一樣亮，光芒卻無法透身而出照亮周圍。

「我們怎麼辦，杰克？」她低聲說。

「我不知道。」

「我們要鼓起什麼？」

他懂了。

「勇氣，」他低聲回應，「我們要鼓起勇氣。」

56

我陡然驚醒，立時分不清方位，渾然不知置身何處，周遭一片黑，環境陌生，充滿詭異的暗影。這裡是什麼地方？我沒概念，只知我不該待在這裡。無論這是什麼地方，我都不該來這裡才對，我迫切需要去——

這裡是凱倫的客廳。

我想起來了。杰克失蹤了。

在沙發上，我一動也不動坐一會兒，心跳如鼓。

我的兒子被抓走了。

這想法顯得虛幻，但我知道確有其事。尾隨這想法而來的恐慌宛如一劑腎上腺素，殘存的睡意瞬間一掃而空。心急如焚的我，怎麼睡得著？我累垮了，但目前在我心裡的恐懼正蠢動中，已經讓我幾乎無法忍受。也許昨晚我累到崩潰，導致肉體當機一陣子。

我查看手機。將近清晨六點了，所以我沒睡太久。凱倫在凌晨時分去就寢。她原本堅決陪我熬夜等最新消息，但她也被昨晚的事件擊垮，我最後對她說，我倆之一應該休息一下，她才接受。在她上樓睡覺前，她叫我一有消息就叫醒她。一直沒簡訊，也不見漏接的電話。狀況沒轉變。

唯一的變化是，杰克被帶走的時間多了幾個鐘頭。

我站起來，開燈，開始在客廳來回踱步，因為我覺得，如果我不動，我會被情緒壓垮。對杰克的苦苦渴求不斷衝擊我的心，衝撞杰克不在我身邊的這現實，我的心禁不住壓力而扭曲變形。

我不停想像著他的臉，影像栩栩如生，一閉眼就能想像自己伸手碰觸到軟綿綿的臉頰。他現在一定被嚇壞了，我知道。他一定徬徨無依、困惑無助、驚恐萬狀。他會納悶我在哪裡，為什麼還沒找到他。

如果他還在人間的話。

我搖搖頭，甩除這念頭。不能胡思亂想。亞曼達探長昨晚向我保證一定救他回家，我只能勸自己相信。因為，萬一沒救成，萬一他遇害，那麼，往後的路也沒了。世界末日到了。人生頭顱被鐵鎚擊碎了，有條理的思想全被打散。之後只剩嘶嘶響的靜電。

他還活著。

我想像著他對我呼喚，我在心中隱隱聽得見他，但這呼聲聽起來不像假想，比較像他本人的嗓音，藉某個無線電頻率哭喊著，我幾乎能收聽到。他還活著。是死是活，我怎可能知道？但近來深奧無解的事件層出不窮，知道他活著又有什麼奇怪？

反正怪不怪也無所謂。

他還活著。我能感應到他的存在，所以他只可能還活著。

於是，我在腦海裡寫字，筆畫端正清晰，然後使出全力拋射出腦際，企盼這訊息能傳達給他，冀望他能以心靈收訊，感受到這句話的真實性。

我愛你，杰克。

我一定能找到你。

——

不久後，房子裡的氣氛復甦了。

昨夜，凱倫曾交代我，想吃喝什麼儘管進廚房拿。我進廚房，倚著流理台，喝著黑咖啡，望著晨曦撫弄天際線，這時我正上方的樓板吱嘎響起。我再燒水。過了幾分鐘，凱倫下樓，已經換好衣服，但仍然滿臉倦意。

「有消息嗎？」她說。

我搖搖頭。

「你沒打給他們嗎？」

「還沒。」我不太願意打。原因之一是，我不去干擾，警方能專心尋找杰克。另一個原因是，不打電話就不會接到我可能不想聽的進展。「我會的，不過，假如有進展，警方早就通知我了。」

熱水燒開了。凱倫舀即溶咖啡進馬克杯。

「妳告訴亞當了嗎？」我說。

「沒有。他知道你來，知道你睡沙發，其他事我就沒提了。」

「我會盡量不妨礙到你們。」

「不會的。」

亞當下樓後，我還是留在廚房不出去。凱倫為他做好早餐，他在客廳邊看電視邊吃。廚房窗外的天色已經大亮。嶄新的一天。客廳電視播放的節目不知是什麼，我心不在焉聽著，訝異於日子多麼尋常過，訝異於日子總是這麼過。唯有在自己缺了一塊肉時，才注意到這情況多麼奇特。

送亞當上學前，凱倫留給我一支鑰匙。

「聯絡官幾點來？」她說。

「不知道。」

她一手放在我手臂上。「快打給他們吧，湯姆。」

「我會的。」

她注視我片刻，神情哀傷嚴肅，然後靠過來吻我臉頰。

「我開車去。馬上回來。」

「好。」

前門關上，我背靠向沙發。我的手機在這裡，我是可以撥去警察局，但我確信如果有新消息，亞曼達探長一定會通知我。我不想聽到我已經知道的事：杰克仍然去向不明，仍然置身險境。於是，不打電話的我改伸手去拿我從家裡帶來的東西，兒子的寶物袋。

縱然我無法和他同在，我能藉這管道至少感覺他在身邊。我能意識到手上這袋東西的重量和重要。杰克從未禁止我打開看，但他也用不著禁止。他的收藏品是他自己的，不是我的。他年紀夠大，可以有他專屬的秘密。因此儘管我有時手再癢，我也從未辜負他的信賴。

原諒我，杰克。

我打開扣環。

我只是想感覺你在我身邊。

57

法蘭西斯醒來時，屋裡幽靜無聲響。

他渾身靜止不動，再躺一會兒，凝視天花板，仔細聽。一絲聲音也沒有。也偵測不到任何動靜。但是，他能意識到，正上方有個男孩的存在，這棟房子因此多了一份完滿，附帶著一股潛能。

樓上有個小孩。

安詳寧靜是好現象，因為事情當然本來就該這樣。這表示，杰克瞭解並安於現狀。說不定，他甚至為了這個新家興奮異常。

法蘭西斯回想著昨夜，那孩子多麼安分。他上樓去看孩子時，孩子已經睡得香甜。尼爾·史賓塞就不一樣了。起先尼爾哭鬧不休，法蘭西斯慶幸自己事先在閣樓牆壁裡加裝隔音板，不給鄰居聽見的機會。他耐住性子應付小尼爾，把哭鬧視為耍孩子氣，過段時日就好了，如今法蘭西斯總算明瞭，小尼爾從一開始就不合適，結局只有一個，別無他法。

或許，杰克真的不一樣。

才不，法蘭西斯。

父親說著。

他們全都一樣。

各個是可恨的小雜種，最後都讓你失望。

也許是吧，但他暫時撇開這念頭。他必須給杰克一個機會。給的機會不會像小尼爾那樣多，那還用說嗎。他會讓杰克有機會享受並欣賞家庭幸福，讓杰克獲得養育和真心呵護。

法蘭西斯去沖個澡。洗澡總讓他覺得容易受攻擊。浴室門關著，水聲嘩嘩不絕於耳，他能想像鬼神潛進來，貼近浴簾外面。他趕緊沖掉臉上的泡沫，睜開眼睛，看見洗澡水流進排水孔。對尼爾動手後，他曾經不得不回收那念頭。這一次，事態急轉直下的話，他可以再重拾那念頭。

該怎麼做，你很清楚。

心臟跳得有點太快。

在樓下，他準備自己的咖啡和早餐，打一通非打不可的電話，然後安排杰克的飲食。他用前臂抹走流理台上的麵包屑，然後把兩片英式瑪芬放進烤麵包機。這兩片過期了，邊緣有霉斑，勉強還可吃。法蘭西斯不清楚杰克愛喝什麼，幸好旁邊有一盒開著的柳橙汁，是小尼爾沒機會喝完的那盒，也能拿過來再用。

開頭照規矩來。

他端著盤子和果汁上樓。上到樓梯頂，他停止動作，耳朵貼向閣樓門。

無聲無息。

咦，不對，好像有聲音。杰克正在跟人講悄悄話嗎？是的話，他講得太小聲，法蘭西斯不可能聽出他講什麼，甚至無從確認他是不是在講話。

法蘭西斯仔細再聽。

無聲無息。

隨即，悄悄話的聲音再起。

他聽得頸背毛髮直豎。閣樓裡沒有別人——杰克不可能有交談的對象。然而，法蘭西斯突然產生一種不理性的恐懼，深怕裡面另有其人，唯恐這孩子不知怎麼的引來某人或什麼鬼怪，招來禍害。

搞不好，他正在和尼爾講話。

太無聊了吧；法蘭西斯不信世上有鬼。小時候，他有時去父親增建的那房間，靠近門外，想像有個白白的小幽靈站在門裡面，耐心等候著。甚至有幾次，小時候的他自以為聽得見門內的呼吸聲。其實全是假的。鬼由心生。幽靈藉由人心發聲，而非對人開口。

法蘭西斯打開門鎖，推開閣樓門，然後緩步拾階而上，不想驚動孩子。但悄悄話停止了，令他惱怒。杰克藏著秘密不告訴他，他不高興。

在閣樓裡，杰克端坐在床上，雙手放膝蓋，法蘭西斯至少欣見他已自己從抽屜挑衣服換上。只不過，法蘭西斯也留意到，那箱玩具似乎原封不動，心裡的喜悅頓時少一分。瞧不起這箱子玩具嗎？這些玩具，法蘭西斯保存了好久，對他意義重大，杰克有機會玩這些玩具，理應以行動表示感激才是。杰克換下的睡衣哪裡去了？他左右看看，發現睡衣已經整齊摺疊好，擺在床上。很好。日後退還男孩時用得上。

「早安，杰克，」他爽朗地說，「你已經換好衣服了啊。」

「早安。我找不到上學穿的衣服。」

「今天放你一天假好了。」

杰克點頭。「好啊。我爹地會來接我嗎?」

「他嘛……這問題很複雜。」法蘭西斯走向床邊。杰克顯得太鎮定,幾乎有違常情。「你暫時用不著擔心這問題。你只要知道的一件事是,你現在很安全。」

「好。」

「也要知道,我會好好照顧你的。」

「謝謝你。」

「你剛在跟誰講話?」

杰克一臉惘然。「哪有。」

「明明有。是誰?」

「哪有。」

法蘭西斯忽然衝動起來,想卯足力氣甩他一記耳光。

「這個家裡不准說謊,杰克。」

「我又沒說謊。」杰克把頭轉向一旁,法蘭西斯一時之間產生異樣的感覺,以為杰克聽見幽靈對他講話。「可能是我在自言自語吧。如果是的話,對不起。我在想事情的時候,有時會自言自語。心飄到別的地方去了。」

法蘭西斯沉默不語,思索著杰克的說法。倒是有幾分道理。法蘭西斯自己有時也會迷失在夢想世界。這表示,杰克像他,這算是好現象,因為這樣一來,杰克有個可以改進的缺點。

「我們可以一起努力改進。」他說，「來——我端早餐給你。」

杰克接下餐盤和果汁，不需提示就道謝，這也是好現象。這孩子想必是從別的地方學到禮貌。但是，杰克低頭，看著盤子裡的東西，不吃。霉斑沒被烤掉，法蘭西斯注意到。顯然，這早餐他看不上眼。

「你肚子不餓嗎，杰克？」

「現在不餓。」

「你應該吃早餐，吃了才會長高長壯。」法蘭西斯耐心微笑著。「吃完早餐後，你想做什麼？」

杰克沉默片刻。

「不知道。大概畫畫圖吧。」

「可以啊！我可以幫你。」

杰克微笑著。

「謝謝你。」

但他緊接著以法蘭西斯的另一個名字稱呼他，令法蘭西斯愣住。這孩子當然認得他，但在美好的家庭裡，禮教絕對不可少。兒童需要教養。長幼有序，不容小孩子亂來。

「在這裡，你應該尊稱我『叔叔』，」法蘭西斯說，「瞭解嗎？」

杰克點頭。

「因為在這個家裡，對待長輩要尊敬。瞭解嗎？」

杰克再一次點頭。

「而且，也要感激長輩對我們的用心。」法蘭西斯指著盤子。「我費了好大的苦心。請你趕快吃早餐。」

一時之間，杰克臉上那副異樣的鎮靜淡去，變得快哭的樣子。他又把頭轉向一旁。

法蘭西斯腰間的手握成拳頭。

諒你不敢造次，他暗罵著。

敢造次的話……

杰克轉頭回來，臉色恢復鎮靜，拿起英式瑪芬。在強光下，瑪芬周圍的霉斑很明顯。

「好的，」他說，「叔叔。」

58

我打開寶物袋看裡面，感覺像僭越了分際。

寶物袋裡的物品五花八門，紙、布、小玩意兒，多數和我個人的過去和往事契合。我看見的第一項是一條彩色的識別手環，令我回想起音樂祭的那一年。那時，我才和蕾貝佳交往不久，會同一群後來慢慢失散的友人，整個週末大夥兒一起露營，喝酒跳舞，雨再大再冷也不在乎。蕾貝佳捨不得剪掉這條手環，脫掉時塑膠扣環被扯鬆了。當年我們年輕，無憂無慮，如今手環宛如美好時光留下的一個法寶。

眼光不錯，杰克。

有個褐色小信封，我記得。倒出裡面的東西時，我的視線微微起霧。掉進我掌心的是一顆牙齒，小到不可思議，在手皮上猶如空氣一般。這是杰克掉的第一顆乳牙，當時蕾貝佳剛過世。掉牙的那一夜，我在他枕頭下塞錢，附上牙仙子捎來的紙條，說明這顆牙齒很特別，要杰克好好保存。我到現在才又看見。

我謹慎把乳牙放回信封。接著，我打開一張紙，發現是我草草畫給他的圖：畫裡，我和他並肩站，下面寫著這一句：

即使我們吵架，我們照樣深愛對方。

見到這句，淚水再也止不住了。這些年來，我和他吵架次數多到數不清。他和我彼此太相似了，卻無法心連心。我們兩人都想打進對方的世界，卻不知為何老是打歪。但是，天啊，這句是真心話。即使吵架，我每一分鐘都愛他。我愛死他了。無論他身在何方，我希望他能明白我的心意。

我繼續翻找其他物件。這些東西的觸感神聖，但有時因籠罩著謎雲而顯得不正經 。我接著又看見幾張紙，其中一張是他難得接到的聚會邀請函，看得出他為何珍惜，但多數令我百思不得其解，例如褪色的入場券和收據、蕾貝佳隨手寫的紙條，每一張都看不出有何意義，不知杰克為什麼把這些東西供奉為「寶物」。也許，他喜歡的是這些物件的渺小和瑣碎。寶物袋裡有些是成年人憑經驗才懂的東西。話說回來，如果媽媽看重這些東西，而且還一直留著，杰克如果研究這些東西夠久，或許能對媽媽的瞭解多一分。

接著，我看到比其他張更舊的紙，一張從小活頁簿撕下的紙，摺著。我打開看，上面寫著一首詩，我立即認出蕾貝佳的筆跡。據筆墨褪色的程度推測，當時她才十幾歲。

大門不關緊，細語輕輕吟。
單獨在外玩，轉眼回家難。
窗戶不關好，玻璃咚咚敲。
孤寂又鬱悶，難敵耳語人。

我再讀一遍，客廳的景物漸漸淡出了。我接著再檢視字跡，想再確認。的確是蕾貝佳的親筆字，我敢保證是。筆法少了我熟悉的那份成熟，但我豈有認不出自己妻子筆跡的道理？

原來，童詩是杰克從這裡學來的。

是媽媽教他的。

是蕾貝佳小時候聽到後寫下的。我心算著年分。法蘭克殺害幼童的當年，蕾貝佳十三歲。也許，這種事能捕捉十三歲女孩的注意力。

但這也無法解釋她是從哪裡聽來的。

我把這張紙放到一旁。

寶物袋裡有幾張舊相片，全都舊到八成是用傳統照相機拍的。記得小時候去度假，我和母親也做過同樣的事。這些相片來自蕾貝佳和她父母，每張背面記錄著日期和事件。

一九八三年八月二日——出生兩天。

我把相片翻到正面，看見女人抱個小娃娃坐在沙發。這女人是蕾貝佳的母親。我只匆匆見過她幾次面，只知她態度積極，有冒險犯難的精神，這些個性全遺傳給蕾貝佳。在這張相片裡，她一副累慘了的模樣，但神情雀躍。小嬰兒裹著黃色羊毛毯，在她懷裡熟睡。我從日期判定這嬰兒非蕾貝佳莫屬，只不過我無法相信她曾經如此嬌小。

一九八七年四月二十一日——玩樹枝漂流遊戲。

這張顯示蕾貝佳的父親站在木板橋上，背後一片綠油油的植物。他把蕾貝佳抱起來，好讓她拿著樹枝扔向橋下嘩嘩流水。她面對著鏡頭傻笑。還不到四歲大，但我已能略見她長大後的芳顏，自幼就有我至今歷歷在目的那副笑容。

一九八八年九月三日——第一次上小學。

小女生蕾貝佳穿著藍毛衣和灰色百褶裙，一副得意狀，站在校門口，校名是……

玫台小學。

我看傻眼了。

搬來這裡後，我對這學校不熟悉也難，而相片中的女孩絕對是蕾貝佳，但是，我硬是無法把這學校和蕾貝佳湊到一塊。然而，我也不可能錯看學校，或看錯小蕾貝佳。欄杆和階梯都符合現在的玫台小學，「女生」刻印在校門上方的黑岩上，站在校門前的女孩後來成了我的妻子。

上小學第一天。

蕾貝佳曾經住過羽陵村。

我大為震驚。我怎麼不知道？在我岳父母過世前，我們曾去南岸探望過他們幾次。我雖然依稀記得她小時候搬過家，南岸卻絕對是她的故鄉，她總以南岸人自居。婚禮上，她的朋友全來自南岸，和她有聊不完的往事，令我誤以為他們是從小一起在南岸長大。然而，我再想想，也許有這種誤解是因為青少年期的她才開始廣交朋友，生活才開始繽紛多彩，她成年後仍珍惜那一段往昔。因為證據擺在我眼前。羽陵村的地位對成年後的蕾貝佳再微不足道，羽陵村終究是她原始的家鄉。就算她不住羽陵村，家也近到能念這小學。

近到聽過耳語人童詩。

我回想當初找房子時，杰克在我iPad上一見這棟怪房子就變得全神貫注，完全不把我搜尋到的其他房屋看在眼裡。絕非巧合。我趕緊再翻閱他保存的其他相片，多數是度假時的留影，但其中有幾地較為眼熟：蕾貝佳在紐洛賽街上吃冰淇淋。在小公園裡盪鞦韆飆得很高。在大馬路邊的人行道上騎三輪車。

接下來——

接下來看見我們這棟房子。

一如學校照片，這張也顯得格格不入。蕾貝佳曾來過一個她不該也不可能來的地方。在這張相片裡，她站在我們新家外面的人行道上，後腳踏進車道，小女孩背後是這棟窗戶錯置的歪斜怪房屋，站得夠近，以證明自己不是膽小鬼，爭取認同。

本村的名鬼屋。

小孩以前常互相慫恿，看誰敢進院子去，彼此拍照留念。

正因如此，杰克才對這房子一見鍾情。因為他以前見過相片裡的母親站在這房子前面。

我再仔細看相片中的蕾貝佳。她大約七八歲，穿著藍白格子洋裝，裙襬短到看得見膝蓋上的擦傷。拍照那天可能風大，因為她的頭髮全被吹向一邊。

杰克曾畫自己在窗內，身邊另外畫一個小女孩，正是她。

終於豁然明瞭後，我強忍住熱淚。

儘管荒謬，我曾差點相信兒子的隱形朋友不盡然生自他的幻想。果然是。差別在於，他見到的不是鬼神。他太想念媽媽了，所以才把母親幻想成一個同年齡的女童冒出來和他交朋友，以媽媽陪玩的老樣子陪他玩耍，協助他熬過可怕的新生活。

我把相片翻面。

一九九一年六月一日。鼓起勇氣。

記得入厝那天，杰克在新家裡跑來跑去，彷彿在找人似的。現在我一想，心都碎了。我讓他失望透頂了。年幼喪母，他日子必定很苦，但我有能力也應該再多一點努力，協助他走過這一段路，對他多一點關注，多多陪伴他，少一點顧影自憐，我卻沒盡到力。結果，他被迫鑽進記憶裡尋求慰藉。

我放下相片。

我對不起你，杰克。

接著，不翻白不翻，我繼續看他珍藏些什麼寶物。每看一件，心就疼一下。因為，現在我確認兒子是一去不回了，我僅能以這些東西假想他還在身邊，陪伴著殘破的我。

我打開一張他摺好的紙，又呆住了。半晌後，我才領悟出這張紙上的端倪。

隨即，我抓起手機，前腳已經跨越正門而出。

59

「講慢一點，」亞曼達說，「你說你發現什麼？」

她連夜馬不停蹄加班，現在接近上午九點，感受到分秒逐漸流逝，身體已經比透支還累，筋骨痠痛，頭腦不靈光，思緒難以集中，最不想遇到的情況就是湯姆．甘尼迪打電話過來，對著她耳朵喋喋不休，語調和她的心情同樣沒條沒理。

「我不是說過了？」他說，「一張圖。」

「一張蝴蝶圖。」

「是的。」

「可以麻煩你講慢一點嗎？解釋一下，這代表什麼？」

「圖被藏在杰克的寶物袋裡面。」

「他的什麼袋？」

「他收集一些東西，保存起來，全是一些他認為有意義的東西。那張蝴蝶圖就放在寶物袋裡面。上面畫著一隻車庫裡的那種蝴蝶。」

「好。」

亞曼達四下看看熱鬧的指揮部，現場紊亂的情形好比她心猿意馬的思緒。*集中精神*。他找到一張蝴蝶圖。顯然，湯姆覺得這圖很重要，但她仍搞不清為什麼。

「圖是杰克畫的？」

「不對！重點就在這裡。筆法太細膩了，看起來像大人畫的東西。不過，他開學那天回家也畫同一種蝴蝶。我猜，蝴蝶圖是有人給他，讓他照著畫。不然，他怎麼可能看見過那種蝴蝶？蝴蝶被關在車庫裡面，對不對？」

「車庫。」

「所以，杰克絕對是在別的地方看見的。他一定是看見過這張圖。一定是有人畫給他看的。那人一定看過這種蝴蝶。」

「那人進過你家車庫？」

「不然就是進過我們家。妳不是說過嗎——另外有一群諾曼．科林斯那種人，他們全知道車庫裡有屍體。妳不是研判說，抓走杰克的歹徒一定是那群人之一？」

亞曼達沉默片刻，思考著他的說法。沒錯，警方確實如此研判過。湯姆的發現可能沒什麼重要，但警局裡的熬夜調查也不見得有什麼重大突破。

「圖是誰畫的？」她說。

「我不知道。看起來像最近畫的，所以我猜是學校裡的人。用的是學校發的那種厚紙。開學那天放學後，杰克把圖帶回家照著畫。」

學校。

小尼爾失蹤後，警方曾約談多少和他接觸過的身邊所有人，其中包括全校教師，但查不出任何嫌疑。此外，當然，杰克才上學幾天。那張圖就算和案情有關聯，也可能來自別處。

「可是，你不確定是學校的人？」

「對，」湯姆說，「不過，另外也有件事很怪。那天晚上，杰克跟一個不存在的人講話。那是他的老習慣。他有幾個虛擬朋友。不同的是，那天他說對方是『地板下的男孩』。他怎麼可能知道？又怎麼認識這種蝴蝶？除非是有人告訴他吧。」

「也不一定。」

她忍不住想一語點破湯姆：可能只是湊巧而已。就算不是巧合，也沒有理由把調查焦點轉向校方。話鋒一轉，她生起悶氣，改問一句更切中當前狀況的話。

「你拖到現在才講？」

線路變無聲。或許這樣的指責太沒品，畢竟湯姆的兒子失蹤了，而且有些事確實是事後才有後見之明。圖畫和虛擬朋友。妖魔在窗外講悄悄話。小孩講的話，成人未必每一句都聽進心裡。但是，假如湯姆早點向警方透露這事，假如她也聽得進去，目前的情勢可能為之改觀。她可能不會焦頭爛額坐在這裡，彼特不會住院搶救中，杰克也不會失蹤。口氣裡完全不帶指責是不可能的事。

「湯姆？為什麼？」

「我當時不清楚那代表什麼。」他說。

「算了，說不定完全不代表什麼，可是……唉，媽的，等我一下，別掛。」

亞曼達的螢幕冒出一個通知。她打開簡訊。家屬聯絡官雪倫．班波爾剛抵達凱倫家，敲門沒人應。亞曼達皺眉，手機按向耳朵。湯姆不講話，她才聽見他背後的車流聲。

「你在哪裡？」她問湯姆。

「我正要去學校。」

天啊。她連忙上身往前傾。

「別去，拜託。」

「可是——」

「沒什麼可是不可是。去學校無濟於事。」

她閉上眼睛，揉揉額頭。湯姆到底在想什麼鬼東西？只不過，當然，湯姆的兒子失蹤了，所以他的腦筋變得不太正常。

「聽我說，」她說，「你給我聽好。趕快回凱倫家去。我派班波爾巡佐過去了，她正在那裡等你。我會請她帶你回局裡，見面再討論蝴蝶圖，好嗎？」

他不語。亞曼達能想像他正在盤算，一方面想救杰克，另一方面想應付她語氣中的權威，因此進退維谷。

「湯姆？我們不要把事情搞得更糟。」

「好。」

他掛掉電話。

可惡。信得過他嗎？亞曼達不確定，但她認為自己現在也拿他沒辦法。她發簡訊回應聯絡官，對她下達指令，然後靠向椅背，搓臉醒醒腦。

又有一份報告呈到她桌上。她睜開眼睛，見到的又是一堆沒用的訪談紀錄：沒有一個鄰居見過或聽過異狀。歹徒是法蘭西斯．卡特，曾經化名大衛．帕克或其他姓名，闖進民宅，謀殺資深警官未遂，拐走一名幼童後消失無蹤，絲毫沒吸引任何注意力。狗屎人走狗屎運。

然而，歹徒不只運氣好，當然。二十年前，就算他是個稚嫩纖弱的小男孩，如今顯然他已經長大，變成一個生性毒辣、心理有毛病的男人，擅長來無影去無蹤。

她嘆一口氣。

好吧，不妨去學校調查看看。

再好好看一眼。

60

回凱倫家去。

我確實差點想照亞曼達探長的意思回去。亞曼達畢竟是警察，而我直覺上想聽警察的指揮行事。我也被她的話刺傷了。我不但是該盡的責任全沒盡到，而且還壓著許多線索沒告知警方。當初隱瞞是為了保護杰克，但隱瞞卻也無法改變一個事實：我本可防範這件事的發生。

換言之，他失蹤全怪我不好。

亞曼達因此不重視蝴蝶圖，我不能怪罪她，但是，她還沒見過杰克畫的圖。有人畫了那張蝴蝶圖給他照著畫，而且是最近的事。

為什麼杰克保留著蝴蝶圖？

有那麼寶貴嗎？

我記得開學那天之後的事。我和他吵架。他看見我電腦螢幕上的那篇文章。父子間的隔閡。為什麼蝴蝶圖能躋身寶物袋？我只想得出一個理由。杰克決定保存蝴蝶圖，是因為有人親切對待他，為他打氣，而我沒有。

想到這裡，我才決定不回凱倫家。

我及時趕到學校。校門還開著，有幾位家長和小孩在遊樂場上走來走去。我本來考慮去辦公室——有必要的話，我一定去——但辦公室設有一道保全門，和全校其他區域隔絕。至於校門，逼不得已的時候，我能直接進出。

我衝向門口，心臟怦怦跳，路過正要走掉的凱倫。

「湯姆——」

「等我一下。」

雪莉老師站在校門口，最後幾名學童正陸續離開。見到我，她態度警覺起來。我猜我的表情和內心同等慌亂。

「甘尼迪先生——」

「這是誰畫的？」我打開蝴蝶圖給她看。「誰畫的？」

「我不——」

「杰克失蹤了，」我說，「妳瞭解嗎？有人帶走我兒子了。開學那天，杰克帶這圖回家。我想查清楚圖是誰畫的。」

她搖搖頭。我一口氣講太多，她來不及消化。我多想抓住她猛搖幾下，逼她理解事態多重要。接著，我發現凱倫站到我身旁，一手輕輕落在我手臂上。

「湯姆。鎮定一下。」

「我很鎮定。」我的視線鎖定老師，點一點蝴蝶圖。「是誰畫給杰克的？是同學嗎？或者是老師？是妳嗎？」

「我不知道！」她大驚失色。我嚇到她了。「我不確定。可能是喬治吧。」

我握著蝴蝶圖的手鬆懈下來。

「喬治？」

「他是助教。可是——」

「現在他在嗎？」

「應該在。」

她回頭望一眼，我趁這機會踏入校門進走廊。

「甘尼迪先生！」

「湯姆——」

我不理她們，轉頭看衣物間一眼。杰克這班的學生在這裡掛東西。杰克的物品也曾掛在這裡。我拔腿飛奔起來，轉個彎，進入大走廊，從四面八方而來的學生匯聚在這裡。我左閃右閃著學生，在走廊正中央駐足，前後左右看了看，覺得天旋地轉，不清楚杰克的教室是哪一間，不知道喬治在哪裡。我內心深處知道，我闖禍了，但我無所謂，因為假如找不回杰克，我的人生也完蛋了。如果喬治在這裡，那他就無法傷害——

亞當。

我認出凱倫的兒子。他在走廊的另一邊，正把水壺放到桌上，然後走進一道門。我衝過去，注意到一男一女從另一條走廊進來，走向我，一位是櫃檯小姐，另一位較年長，是工友。想必是接到老師通報。外人入侵校園後的應變措施吧，我猜。

「甘尼迪先生。」櫃檯小姐喊著。

但我早他們一步進教室，動作快，還夠理智，不至於魯莽推開擋住我路的學童。教室裡到處是斑斕的色彩，牆壁漆成黃色，護貝的大小圖有幾百張，貼在牆上，有的是乘法表，有的是水果圖和數目字，有的是卡通小人物正在忙著各自專精的行業，身旁註明著職稱。小桌椅如汪洋一片，我舉目望去，見到教室另一邊站著一名較年長的婦人，盯著我看，茫然不解，手上拿著點名簿，全教室只見她一個大人。

這時候，一隻手握住我手臂。

我轉身，看見老工友站到我身旁，一臉堅定。

「你不能進這裡。」

「好。」

我遏制住想甩開他的衝動。不管喬治是誰，我來這裡吵也沒用。一想到這裡，我無奈到甩掉他的手。

「好。」

來到教室外，工友鄭重關上門。雪莉老師走向我，手機在手。我懷疑她是否已經打手機報警了。如果是，也許這下子，警方能開始重視我的說法。

「甘尼迪先生——」

「我知道。我不應該進這裡。」

「你擅闖禁區。」

「那就把我列入黃燈區吧。」

老師正要開口卻及時打住。她最主要的表情是關切。

「你剛說杰克失蹤了？」

「是的，」我說，「昨晚被人帶走了。」

「對不起。我無法想像……不用說，我能體會你的心情。」

是嗎？我很懷疑。我內心的恐慌宛如一條通電的電線。

「我非找到喬治不可。」我說。

「他不在學校。」櫃檯小姐插嘴。

她雙手叉胸站著，態度遠不及老師那麼寬容。

「他在哪裡？」我說。

「嗯，我猜他在家吧。他剛剛來電請病假。」

警覺心調高一度。這不可能是巧合。這表示他正和杰克在一起。

「他住哪裡？」

「我不方便透露教職員資訊。」

我考慮邁大步直接進大辦公室。工友擋路，但他六十幾歲了，我豁出去能打贏他，然後免不了被警察押送法辦，但如果我進辦公室，如果有充分的時間翻找我要的資訊，那我被抓走也值得。反過來說，如果我打輸了，被警察抓走，對杰克也沒有多大的好處。

「妳會把他的資訊交給警方嗎？」我說。

「當然。」

我轉身，走向走廊另一邊，往我來的方向走回去。他們跟在我背後，以確定我不再亂跑。出門後，門關上鎖上。遊樂場現在幾乎無人，但凱倫在校門邊等我，一臉焦慮。

「媽的，謝天謝地，」她說，「衝進去會被逮捕啊，你知道嗎？」

「我非找到他不可。」

「那個喬治，他是誰？」

「課堂助教。他畫一隻蝴蝶給杰克照著畫。同樣的蝴蝶出現在埋屍體的車庫裡。」

凱倫顯得狐疑。而我聽見自己講出的想法之後，也無法怪罪她。正如剛才亞曼達聽見的反應一樣。我講破嘴皮，也沒人能理解。拐走杰克的歹徒知道屍骨的事，我敢確定，所以歹徒也必定知道蝴蝶和地板下的男孩。我的兒子不是靈媒。他柔弱無依，蝴蝶和男孩的事必定是別人告訴他的。而這人必定是和杰克有所接觸的人。

目前摸得到杰克的人。

「警方呢？」凱倫說。

「他們也不相信我。」

她嘆一口氣。

「我知道，」我說，「不過，我不是胡言亂語，凱倫。我非找到杰克不可。一想到他被傷害，一想到他不在我身邊，一想到這全是我的錯，我就受不了。我非找到他不可。」

她沉默片刻，思索著。然後，她再嘆一口氣。

「喬治．桑德斯，」她說，「學校網站上只列出這一個喬治。你剛進裡面的時候，我查到他的地址。」

「天啊。」

「我不是告訴過你嗎，」她說，「我是查資料的行家。」

61

「建議你不要畫那個。」

小女孩的語調緊張。她在小閣樓裡來回踱著步，偶爾停下來看他作畫。在這之前，她一聲不吭，杰克忙著畫房子和線條複雜的庭園，照著喬治畫給他看的圖來畫。他畫不下去了，改畫打仗的場面。

圈圈一直加，一直加。

防護罩。或者是鬧門。他拿不定主意，說不定哪一種都沒關係，只要能保平安、能逃生就好。只求自己能安安全全遠離這地方，脫離喬治的掌握，脫離樓梯尾看不見的那份逼人的陰氣。剛才喬治走時，有沒有鎖門？杰克甚至無法確定。他認為，小女孩要他溜下樓去開門試試看。休想。就算能一路衝向前門，也沒——

「拜託，別再畫了，杰克。」

杰克停筆。他的手抖得厲害，幾乎握不住麥克筆，筆尖被按得太用力，他畫的鬧門漸漸破紙而出。

「我已經盡最大能力了，」他說，「我畫不出來。」

喬治走前給他四張紙，要他畫房子和庭園，但這圖太複雜了，他畫了三張還是畫不好。他微微懷疑喬治是故意的，是想考他，用意和那一頓噁心的早餐相同。在學校考試，學生能判斷老師其實希望你及格，但他完全不認為喬治要他過關。開學那天，杰克被雪莉老師亮黃燈，心裡以為老師可能也不願意。但是面對喬治，他覺得喬治想找藉口亮他紅燈。

他只好努力。他盡最大的能力了。畫紙剩最後一張，他只好用來畫戰場圖。發揮創意是好事吧，不是嗎？

爹地總喜歡他畫的圖。

但是，他現在不願去想爹地。他又開始畫圖。一圈又一圈。也許小女孩說得對，但他一畫就停不下筆了，只能靠畫畫來阻擋恐慌，可惜手不聽話，所以搞不好這情緒真的是恐慌——

樓梯尾的門打開。

防護罩一圈再一圈。

腳步聲爬上來。

畫紙上的筆墨太多了，紙裂開，防護罩裡的小人蹦出來。

你平安了，杰克。

接著，喬治走進閣樓。

他微笑著，但笑容怎麼看怎麼怪。杰克認為，喬治好像穿上一套扮演家長的戲服，不合身，穿得渾身不自在，巴不得盡快脫掉似的。戲服裡面是什麼，杰克不想看。他站起來，心臟和身體一樣狂抖。

「嗯！」喬治走向他。「我來看看你畫得怎樣。」

他在一兩步之外停下。他看得見杰克畫的戰役圖。

笑容消失了。

「畫什麼狗屁啊？」

聽見髒話的杰克愣一愣，眨眼睛時發現眼淚快掉出來了。已經開始哭的他現在才注意到，他多麼想放縱自己大哭，但他一看到喬治的表情就不敢。喬治不想看真情流露。如果杰克大哭，喬治可能等他哭完，然後整得他再大哭特哭。

「我不是叫你畫那個。」

「拿別張給他看。」小女孩趕緊說。

杰克揉揉眼睛，指著他剛畫的三張。**我要爹地。**這四個字在他咽喉裡冒著泡，想爭先衝出他嘴巴。

「我盡最大能力了，」杰克說，「我畫不出來。」

喬治向下仔細看他畫的圖，臉上無表情。閣樓變得鴉雀無聲，空氣瀰漫著猙獰的意味。

「這幾張畫得不夠好。」

自知不會畫圖的杰克聽了好傷心。他畫不好，爹地照樣喜歡，因為——

「我已經盡最大能力了。」

「哪有？杰克，你顯然是沒盡力。因為你放棄了，對不對？你剩最後一張能練習，卻決定……畫這個。」喬治舉手對著戰役圖揮一揮，態度輕蔑。「這個家裡的用品都是用錢買來的，不能隨便浪費。」

「快道歉。」小女孩告訴他。

「對不起，叔叔。」

「『對不起』還不夠，杰克。一點也不夠。」

喬治瞪著他，表情非常凝重，一副快控制不住情緒的模樣，因為他雙手在顫抖。杰克明白了，圖沒畫好只是一個藉口，其實，喬治內心深處最想對他發脾氣。他的手在抖是因為他拿不定主意：這點過失夠不夠嚴重，是否該讓怒火噴發。

他敲定了。

「所以，你應該被處罰。」

說完，喬治變得紋風不動。戲服脫落了。杰克看得出，善意和親切全從他的表面掉光光，好像剛才只是在玩家家酒似的，一個動作就能全甩掉，就像脫T恤一樣簡單。站在杰克面前的是一頭怪獸。杰克單獨面對牠。怪獸即將傷害他。

杰克步步撤退，退到小腿肚貼緊小床。

「我要爹地。」

「什麼？」

「爹地！我要爹地！」

喬治舉步向前。就在這時候，杰克被樓下警鈴聲嚇一跳，喬治也站住。他的頭慢吞吞轉向樓梯間，身體不動，仍正對著杰克。

杰克想通了，不是警鈴。

樓下有人在按門鈴。

62

下到二樓，悻悻然的法蘭西斯急忙鑽進臥房，披上一件白浴袍。畢竟，今天他請病假。他也強迫自己鎮靜一些，包藏心中的怒焰。只不過，能讓怒火在皮膚下面燃燒也好。隨時能取用。也許用得著。

他媽的門鈴。

還在響個不停。他下樓去。他認定來人不是警察。假如警察為了什麼事找上門，絕不會這麼客氣。法蘭西斯湊向正門的窺視孔往外望，聲聲催的門鈴在耳邊大響。從窺視孔的圓形小視窗，他看得見門階和前院，見到湯姆．甘尼迪猛按電鈴，神態狂亂而堅決，令法蘭西斯稍微畏縮。媽的，怎麼查到這裡來了？為什麼來的是他，而不是警察？

他又幹嘛想把兒子討回去？

法蘭西斯從門口退後一步。沒必要開門，等一下他絕對會自動離開。沒理由相信他會再待下去。

然而，門鈴卻持續吵鬧。

法蘭西斯再想想他的那副表情，懷疑他該不會是真的發瘋了。法蘭西斯納悶著，孩子搞丟了會把大人急成這樣嗎？即使是像杰克這樣相當於棄養的孩子？

或者，也許是自己誤判情勢了。

法蘭西斯額頭貼在門上，和門外的男人只隔幾英寸，感覺到對方隔門板刺激著他的腦門。杰克在家該不會有人疼愛吧？父親愛他太深，見他被拐走，所以被逼得走這種極端？一想到這裡，一股失落感和絕望在法蘭西斯心中爆發。如果真的是這樣，那也太不公平了吧。全都不公平。對任何一個人而言，小男孩都沒那麼重要，這是法蘭西斯從小打從心底認識的事實，但他現在確定這是真理。小男孩全是沒用的廢物，只配——

門鈴繼續響。

「來了來了。」他高喊。

湯姆一定聽見了，卻依然不歇手。法蘭西斯快步進廚房，從瀝水架挑一把鋒利的小菜刀，藏進浴袍口袋。終於，門鈴聲停了。法蘭西斯把失落感深深埋進心田，再把怒火提升到別人看不見的表層。

除掉他。

對付那孩子。

隨後，他擺出最上相的表情，走回正門。

63

「來了來了。」

聽見門內傳出人聲，我訝異到手居然忘了停止按門鈴。

我早就死心了，以為不會有人來應門。我不走的原因主要是，我沒有其他地方可去。我甚至不確定自己已經在這裡杵多久了。我只是變得全心全意想按門鈴，彷彿按著門鈴不放就能拯救杰克。

我向後退開，轉頭望凱倫。在車上等我的她焦急看著我，手機貼在耳朵。我下車時，她堅持要報警，於是我把亞曼達·貝克探長的名片留給她。現在，她也盯著我看，搖搖頭。

我把頭轉回門，不知道接下來會發生什麼事。自從我查看杰克的寶物之後，動力全來自腎上腺素，如今我殺到這門外，該如何質問喬治·桑德斯，該如何應對，我毫無概念。

鑰匙插進鎖孔。

昨夜父親傷重倒臥血泊的景象重返我腦海。他是個身手矯健的壯漢，歹徒卻能三兩下擺平他。他手無寸鐵，也許是受到突襲。但是，連他都不是歹徒的對手，那我來這裡能怎樣？

我的設想不夠周全。

門開了。

我本以為，喬治不會解除門鍊，只肯露半張愧疚的臉往外望，不料，他把門整個敞開，充滿自信。他的外形令我一眼就暗驚。中等身高，不胖不瘦，相貌平平，毫無特出之處。我猜他現年二十幾，但他的外表年輕多了，有種柔弱似孩童的神態。印象裡，我好像沒遇過惡意這麼淺的人。

「喬治．桑德斯嗎？」我說。

他睡眼惺忪點點頭，把身上的白浴袍拉得更緊。他的頭髮凌亂，不修邊幅，表情暗示著他剛醒來，現在既迷糊也有點煩躁。

「你在玫台小學上班對不對？」

他瞇眼看著我。

「嗯。對。」

「我兒子是那裡的學生。我認為你可能教過他。」

「喔。呃，不對。我不教書。我只是助教。」

「三年級❶。杰克．甘尼迪。」

「對。嗯，他好像是我們班上的學生。不過，我指的是，你應該去找他的老師才對吧。」他皺皺眉，但神態與其說是懷疑，倒比較像是沒睡飽搞不清楚狀況，彷彿剛想到這念頭。「而且應該去學校才對。你是怎麼弄到我的地址的？」

我看著他。他的臉色蒼白，儘管今早很熱，他卻微微發著抖。看起來的確有病。沒錯，他見

❶英制小學從五歲開始。

到我，確實稍微感到困擾，但他並非怕我，只是為了家長找上門而窘迫。

「我為的不是他的學業。」我說。

「不然找我做什麼？」

「杰克失蹤了。」

喬治搖頭不解。

「他被人帶走了，」我說，「像尼爾．史賓塞那樣。」

「哇，天啊。」他聽了是真心惶恐。「很遺憾。這是什麼時候……？」

「昨晚。」

「哇，天啊，」他又說，隨即閉上眼睛，揉一揉額頭。「太可怕了。可怕。我其實跟杰克的接觸不多，不過，他好像是個很乖的小孩。」

他的確是，我暗中糾正他。但我也留意到，喬治用的是現在式，因此我開始自我懷疑。引我前來的證據單薄如紙，而喬治本人看來是連蒼蠅都捨不得打的那一型。聽見杰克被拐走，他是顯得真心錯愕，甚至稱得上難過。

我舉起蝴蝶圖。

「是你畫給他的嗎？」

喬治盯著圖看。

「不是。我從來沒看過。」

「不是你畫的嗎？」

「不是。」

他向後退一步。我把蝴蝶圖舉高，手抖著，他的反應一如面對我這種人站在門階上的反應。

「地板下的男孩呢？」我說。

「什麼？」

「地板下的男孩。」

他凝視我，表情多了一分恐懼，看似他逐漸明瞭對方想指控他。如果這表情是裝出來的，那麼他的演技必定精湛過人。

是我搞錯了，我心想。

但既來之……

「杰克，」我對著他背後呼喚。

「你想怎──？」

我擠向門框，幾乎和他胸對胸，再喊一聲。

「杰克！」

沒回應。

沉默幾秒後，喬治乾嚥一下，聲音大到我聽得見。

「甘尼迪……先生？」

「是的。」

「你難過，我能諒解。我是真的能。不過，你這舉動嚇到我了。我搞不懂你想做什麼，希望你現在就離開。」

我看著他。他的眼神透露著恐懼，我認為是真的。他的全身僵住了。像他這型生性怯懦的男人，你只要提高嗓門一度，就能嚇得他龜縮，而我似乎已經成功一半。

喬治講的是實話。

杰克不在他家，而我——

而我——

我甩甩頭，向後退下。

迷惘了。徹底迷惘。這一趟是來錯了。早知就乖乖聽探長的話，回凱倫家，以免把已經被我搞砸的事搞得更糟。

「對不起。」我說。

「甘尼迪先生——」

「對不起。我現在就走。」

64

在這裡等著。

不然又能怎樣？

杰克坐在床上，雙手緊握床緣。喬治走前鎖上樓梯尾的門。那時候，門鈴仍響個不停，又延續了差不多一分鐘才終於安靜，因此杰克認為喬治去應門了，大概仍在和客人交談。不然的話，喬治絕對會回閣樓吧？絕對會回來，做他本來打算做的事。

我乖一點，他也許動不了手吧？他心想。

也許在這裡乖乖等，喬治會再喜歡他。

「別傻了，杰克。」

他轉頭。小女孩坐在他身邊，嚴肅的表情又回來了，但這一次不一樣。她顯得害怕，但也充滿一份沉著果斷。

「他是一個壞人，」小女孩說，「而且他想傷害你。你讓他的話，他一定會傷害你。」

杰克好想哭。

「我又能怎麼阻止他？」

她淡淡一笑，彷彿兩人都知道這問題的答案。不要不要不要。杰克的視線朝閣樓角落望去。那裡有一條走廊，走幾步就到樓梯間。他死也不要下樓梯。他無法面對樓梯尾等著他的場面。

「我辦不到！」

「可是，如果爹地在大門外面呢？」

杰克幾乎不敢想的念頭正是這一個：也許爹地真的想救他，大門外面的人正是爹地。

太奢求了。

「爹地會上來救我。」

「他知不知道你在閣樓，還是個問題咧。他可能不確定。」小女孩思索一下。「搞不好，你有必要下樓，半路跟他會合。」

杰克搖搖頭。這要求太高了。

「我不能下樓。」

小女孩沉默片刻。

然後：

「你做什麼惡夢，說來聽聽。」她幽幽說。

杰克把眼睛閉緊。

「是你發現媽咪的那天，對不對？」

「對。」

「你從來沒告訴過別人，連爹地也不知道。因為，你好害怕。不過，你現在可以告訴我。」

「不能。」

「能啦，怎麼不能，」她低聲說，「我可以幫你忙。在夢裡，你走進客廳，覺得家裡空蕩蕩的。爹地不在家裡，對不對？他還在外面。所以，你走向客廳另一邊。」

「別再講了。」杰克說。

「大晴天。」

他緊緊閉著眼皮但也沒用。他記得，陽光從老家後面的窗戶斜射進來。

「你走得好慢，因為你覺得事情不太對勁。好像缺了什麼。冥冥之中，你已經知道了。」

現在，他能看見後門、牆壁、樓梯的扶手。

漸次呈現中。

然後——

「然後，你看見她，」小女孩說，「對不對？」

因為這不是惡夢，所以無法驚醒，無法趕走那幅情景。是的，他看見媽咪。媽咪躺在樓梯尾，頭歪一邊，臉頰貼在地毯上，臉色慘白，甚至有點青，眼睛閉著。後來，爹地告訴他，是心臟病發作。不合理嘛，因為心臟病是老人病，可是爹地說，有時候，比較年輕的人也會發作，因為他們的心臟太……講到這裡，爹地哭了起來，兩人都哭了。

不過，那是之後的事。在樓梯尾，他呆呆站著看，明瞭到心中有一份他無法理解的疑問，因為那種心情太巨大了。

「我看見她。」杰克說。

「怎樣？」

「是媽咪。」

只不過是媽咪而已。不是妖怪。作怪的是心中那種感覺。在那一刻，感覺上，躺在樓梯尾的不是媽咪，而是他身體的一部分，想破頭也無法描述內心澎湃的那些情緒，轟聲大到誕生宇宙的大爆炸那樣大。

然而，躺在地上的只是媽咪。沒必要怕她。

「我們趕快下樓吧。」小女孩一手放在他肩膀上。「沒什麼好怕的。」

杰克睜開眼睛，看著小女孩。她還在身邊，比以前更真切，好像從來沒有別人比她更愛他。

「妳願意陪我下樓嗎？」他說。

她微笑。

「當然願意。永遠願意，我的小帥弟。」

語畢她起身，握住他雙手，牽他站起來。

「我們要鼓起什麼？」她說。

65

「對不起。我現在就走。」

我是在向誰道歉？我甚至不清楚。對象大概是喬治吧，因為我站在他門口指控他，驚嚇他，自己卻舉不出具體證據。但是，這句道歉話也另有更深的意涵。對象是杰克。是蕾貝佳。甚至包括我自己。一整個家全被我辜負了，差別只在辜負哪方面而已。

我回頭望凱倫。她仍拿著手機貼近耳朵，再一次對我搖頭。

「好了，」喬治謹慎地說，「沒關係。我說過，我明白你很難過。我難以想像你現在的心情。可是……」

他欲言又止。

「我知道。」我說。

「我很樂意接受警方偵訊。而且，我希望你找到他。你兒子。希望這全是一場誤會。」

「謝謝你。」

我點點頭轉身，正要掉頭回車上，這時聽見屋內傳來一陣聲響。我動作暫停。我轉回身，面對喬治。屋裡深處傳出一種敲擊聲，有人在喊叫，但聲音太模糊，幾乎聽不見。

喬治也聽見了。我轉身的那一刻，他已經變臉，病容不再有，整個人也不再顯得手無縛雞之力，彷彿剛才的人模人樣僅止於偽裝，如今假象褪盡，我面對的是全然陌生的一個人。

他急忙關上門。

「杰克！」

我箭步上前，前腿正好卡進門，膝蓋兩側被門撞痛，但我顧不了疼痛，往門內推擠，一手嵌進門框，背壓著木門，使盡全力衝撞。喬治在門內哼唉著阻擋我。但我比他高大，激增的腎上腺素也前來助陣。杰克就在房子裡面，我如果不進去救他，他會被喬治殺害。喬治逃不過我掌心。他不敢逃。但是，假如他把我擋在門外，他仍可能傷害我兒子。

「杰克！」

阻力忽然消失了。

想必是喬治站開來，門轟然敞開，我衝進客廳，以差點摔倒的衝勁撞上他，他有氣沒力的一拳打中我的腰，然後他往後踉蹌跌倒，我倒在他身上，他偏頭躺在地板上，腮幫子被我的右前臂壓住。我用左手將他的右肘固定在地上。他挺身掙扎，試圖擊退我，但我身體比他重，而且我忽然確定自己能制住他。

但就在這時候，他再一次猛然挺身，一手伸向他剛才打我打得有氣沒力的部位。我察覺到那裡有痛感，沒有痛到天昏地暗，但也痛得我想吐。痛得深沉，直入體內，感覺不妙。我向腰間一瞄，見他拳頭仍緊貼我的腰，血水開始滲進他的白浴袍。

他握的刀插進我身體。尖聲怒罵的他掙扎時，我從頭到腳跟著他的動作驚叫。

杰克！

我不確定這次是用喊的，或者只是默默想。喬治咧著牙齒，湊近我的臉，對我吐口水，還想咬我。我壓制他，視野周圍開始冒金星。這時候，他再掙扎，刀鋒跟著他動，視線裡的金星隨之爆炸。如果我讓他爬起來，他會先殺我，然後殺害杰克，所以我再使勁壓制他，刀子又動起來，爆發的金星模糊成一團白光，逐漸盈滿我的視線。但我不能讓他爬起來。我不惜一死，也要壓住他。

杰克。

敲擊聲和叫喊聲仍不停從樓上傳來。現在，我聽得出他在喊什麼了。我的兒子在樓上，正在對我呼救。

杰克。

白光鋪天蓋地而來，籠罩我，金星消失了。

對不起。

66

腎上腺素有辦法讓人清醒。

亞曼達想著，法蘭西斯．卡特。

或者是大衛．帕克，管他現在叫什麼姓名。

剛才在局裡，她清查教職員名單，尋找接近三十歲的男性。包括工友在內，她找到四名男人，年齡大致符合的人只有一個。喬治．桑德斯二十四歲，法蘭西斯．卡特現年二十七。然而，冒名頂替時，年齡只要差不多就可以。

小尼爾失蹤後，警方曾訪談喬治，當時查無嫌疑。她讀過口供。喬治的言辭學問豐富，具信服力，提不出案發當時的不在場證明，但那不足為奇。無前科。絲毫查不到警訊。想追查他也無所依據。

然而現在，亞曼達再檢索一下，發現喬治．桑德斯本人已經過世三年。

亞曼達驅車進入喬治家門前的那條街，四周景物變得分外明晰。她把車停在上坡路的最高點，車窗外這棟房子像危樓，和喬治家有一小段距離。有一輛廂型車也靠邊，停在她後方，另有兩輛迎面而至，在下坡不遠處停車，全數避開喬治家的眼線，因此就算他現在望向窗外，也看不見任何異狀。這很重要。警方最不樂見的發展是歹徒抵死不投降，最後演變為人質事件。

她暗忖，不會的。要是喬治被包圍，他會一不做二不休，乾脆殺害杰克。

亞曼達的手機整天不停響。她這時掏出手機。漏接四通電話。頭三通來電者不明。第四通來自醫院。這表示彼特的傷勢有最新發展。

她的心往下掉。她記得自己昨夜多麼信誓旦旦，絕不能失去彼特，絕對會把杰克救出來。多麼傻的想法。但是，她暫時把這些心情收起來，振作起精神，因為當前她只能應付那兩件事的其中一件。

我絕不再讓另一個小孩在我工作崗位上喪生。

她下車。

這條街很冷清，全區近乎無人煙，彷彿市區這一帶正慢慢睡死。她聽見身後那輛廂型車打開車門，接著是鞋底摩擦車道的聲音。下坡另有一群警官集合中。她擬定的計畫是由她打頭陣，佯裝單槍匹馬上陣，誘使法蘭西斯開門請她入內，然後埋伏的警方撲上前去，幾秒內制伏他。

然而，亞曼達接近他家時，發現外面停著一輛車，駕駛座的車門開著，而且他家的門也沒關，亞曼達這才拔腿衝刺。

「全體行動。」

一群警察衝進前院，衝上步道，衝進正門，進入客廳，地上有糾結成一團的人體，到處是血，一時難以分辨誰受傷。

「幫我，拜託。」

講話的人是凱倫。亞曼達走過去。凱倫用膝蓋壓住法蘭西斯的雙臂，湯姆壓在法蘭西斯身上，法蘭西斯動彈不得，雙眼緊閉，一心一意想掙脫，卻不敵兩人的身體。

樓上不知何處傳來敲擊聲和叫喊聲，亞曼達聽得見。

爹地！爹地！

十幾名警官衝過她身邊，控制住現場。

「別動他，」凱倫大叫，「他身上有刀傷。」

亞曼達看得見鮮血滲進法蘭西斯的白浴袍。湯姆完全不動，她看不出是活是——今天該不會連湯姆也沒救吧……

爹地！爹地！

至少這個還有救。

她直奔上樓梯。

第六部

67

彼特記得聽人說過，人臨終時，畢生的景象會在心眼裡一閃而過。

他現在知道，這是真的，只不過，人還沒死時也看得到。人生過得何其快啊，他想著。小時候，他訝異蝴蝶和蜉蝣的生命週期多短暫，有些只活幾天，甚至朝生暮死，生命短到無法想像。但他現在明白了，世事全苦短——差別只在於視角。年歲愈過愈快，如同幾個朋友手挽手，圍成一個愈來愈大的圓圈，愈接近午夜，舞步就愈快。然後，倏然間，不轉了。

向後開展。

閃過眼前，就像他現在。

他向下看見一個睡得香甜的小男孩，走廊的柔光微微照進臥房。男孩的頭髮夾在耳後，一手抓著另一手，放在臉前，除了緩緩起伏的棉被外別無動作。一切都沉靜。一個小孩子，包得暖呼呼，有人疼愛，安然沉睡著，毫無恐懼。有一本舊書攤開著，擺在床邊的地上。

你爹地小時候很喜歡這些書。

接著，他來到一條僻靜的鄉間小巷子，夏日炎炎，百花齊放，他眨眨眼，四下張望，路旁的樹叢蓊鬱，生意盎然，大樹在上空枝葉相連，交織成天篷，把萬物染成深淺不等的萊姆綠和檸檬黃。蝴蝶在原野上飛舞。這地方多美好啊。以前他太專注了，沒注意到這裡的美，太忙著找，竟然視而不見。如今，他看得明明白白，懷疑以前為什麼精神渙散到有眼無珠。

他看見一閃即逝的景象，恐怖到理智上拒絕贊同。他聽見鼻音嗡嗡的蒼蠅亂舞著，在葡萄酒臭的空氣裡穿梭。他看見一輪憤怒的太陽，怒視著地上不再是孩童的孩童們，緊接著，不知怎地，幸好時光加速倒流，他向後退。一道門關上。一只掛鎖喀嚓鎖住。

沒人應該看見地獄，一次也不行。

沒有必要再看。

他看見一座海灘，腿背上的海沙輕柔如蠶絲，被盤踞蒼穹的豔陽曬得發燙。在他眼前，大海是一床銀羽絨似的泡沫。一名女子坐在他身旁，緊緊依偎著他，上臂的細毛搔得他皮膚發癢，另一手握著相機自拍小倆口。他盡力微笑，被太陽照得瞇瞇眼。這一刻的他好快樂——只怪當時的他不知道。他深深愛著她，不知為何卻從來說不出口。現在他說了，說完後想著，這是多麼輕而易舉的事啊。拍照時，他轉頭看她，允許自己在說出三個字時用心去感受。

我愛妳。

她對他微笑。

他看見一棟低矮的房屋，外觀醜陋，恨意蒸騰，和屋主沒兩樣。不想進去的他別無選擇。現在的他回到童年，這棟是他的老家。前門嘎嘎響，地毯在他腳下吐出灰塵，空氣灰茫茫，飽含憎恨。客廳裡有一個老怨男，坐在壁爐前的扶手椅上，髒毛衣被肚腩撐到極限，一肚子肥油壓在大腿上，臉上掛著一絲冷笑。他有表情時，老是這一副嘴臉。

彼特太令他失望了。顯而易見，他一無是處，再怎麼努力也不夠好。

只不過，這不是事實。

你不懂我，他心想。

你從來都不懂。

兒時，父親曾是他不懂的外語，但如今他說得一口流利。父親對他的期望不合他理想，令他愈想愈糊塗，但如今，他不僅通曉父親這外語，更讀遍了父親這本書，深知問題從來不在他自己身上。他個人這本書和父親毫不相關，向來都是。一直以來，他只需忠於自我，假以時日就能領悟這一點。

他看見兒童的小臥房，沒窗戶，寬度只比這張單人床多一倍。

他躺下來，深深吸一口突然熟悉的床單枕頭味。嬰兒床的安心毯夾在床墊和木框之間。本能上，他伸手下去摸，握住柔軟的一角，拉向臉，閉上眼睛，吸氣。

他明白，路走到盡頭了。紛紛擾擾的人世在他面前攤開來，變得萬事太平。他現在能看清楚，能明確瞭解，事後反瞻的景象太明晰了。

他但願自己能重新走一遭。

他看見一道門開啟。一道光從清寒的走廊射進來，落在彼特身上，隨即，另一名男子進臥房，腳步遲疑，動作慢條斯理，步步謹慎，微跛，彷彿受過傷，身體一動就痛。男子走向床邊，吃力蹲跪下來。

男子觀察沉睡中的彼特半晌，猶豫著下一個動作，最後決定了。他倚身向前，盡可能擁抱彼特。

縱使彼特這時差不多已沉入夢境深淵，他仍能意識到擁抱，最起碼也能想像自己意識到了，剎那間，他覺得有人瞭解他、原諒他了，彷彿循環到了原點，尋回失落的東西。

彷彿缺了一片的心靈拼圖終於湊齊了。

68

「你還好吧，爹地？」

「什麼？」

我搖搖頭。我坐在杰克床邊，《三大冥神的詛咒》翻到最後一頁，兩眼無神。我們剛讀完這本書，之後我心思飄走了。迷失在思緒中。

「我還好。」我說。

從杰克表情判斷，他明顯不相信我。當然被他料中了：我離「還好」還很遠。但我不想告訴他，我今天去醫院看父親最後一眼。日後，我或許會告訴他，但他不懂的事情還太多，而我不確定能否以言語解釋給他聽，不知他能不能聽懂。

這方面是一成不變。

「只是在想這本書。」我合上書，若有所思，一手在封面上遊走。「我長大以後就沒再讀過這一本了，現在讀，大概是回想起好多往事吧，讓我有點覺得又回到你這年紀。」

「你的年紀有我這麼小嗎？我不信。」

我被他逗笑了。「很難相信吧？要不要抱一抱？」

杰克掀開被單，鑽出來，我把書放下，讓他坐上我的大腿。

「當心點。」

「對不起，爹地。」

「沒關係。提醒你而已。」

我遇刺至今將近兩星期了。歹徒是喬治．桑德斯，現在我知道他的本名是法蘭西斯．卡特。那天我離陰間多近，我到現在仍無法確定。我甚至多半不記得那天發生的事。那天早上的印象大多模糊了，彷彿被恐慌洗刷一空，我想留也留不住。住院第一天的情形也一樣，意識慢慢地飄回到我腦海。現在，我腰部貼著繃帶，起身時重心偏向另一邊，那天的印象和夢醒後殘餘的記憶相去無幾。我記得杰克喊著爹地、我心裡那份走投無路的感覺、非趕到杰克身邊不可。

也記得我抱著為他犧牲的準備。

杰克這時抱著我，動作就算輕之又輕，我仍咬牙不要痛得縮臉。我慶幸他用不著我抱著上下樓。風波過後，我原本擔心他會比以前更怕，擔心他的怪行為會再復發，幸好，他的調適遠比我想像來得好。也許比我自己更好。

我盡可能也抱他。我也只能這樣做了。抱完，他鑽回被單下面，我站在門口，觀察他片刻。他躺在床上的神態好安詳，溫暖而安全，寶物袋擺在床邊的地上。我尚未透露我打開寶物袋一事，不願讓他知道我發現裡面有什麼，也不願一語道破小女孩的身分。至少以目前而言，我說不出口。

「晚安，好小子。我愛你。」

他打一個呵欠。

「我也愛你，爹地。」

我上下樓梯有困難，所以關燈後，我先進自己臥房一會兒，等他睡著。我坐在床上，打開筆電，打開我最近寫的文章，閱讀自己寫了什麼東西。

蕾貝佳

妳會怎麼想，我完全清楚，因為妳總是比我務實。妳會希望我繼續走下去。妳會希望我日子過得幸福快樂……

云云。我看了幾秒才理解自己在寫什麼，畢竟我好久沒開這文件了。當時是在安置所的最後一晚，感覺像上輩子的事。文章是寫我對凱倫產生好感，進而愧對蕾貝佳。凱倫也像上輩子的事。她來過醫院探視我。在我養傷期間，她幫我接送杰克上下學，照顧他。我和她愈來愈親近。這場風波讓我們心靈契合，但也震撼到我們，令我們較難踏上順理成章的情路，那一夜箭在弦上的一吻依然不見下文。然而，吻還在等，我有預感。

妳會希望我日子過得幸福快樂。

是的。

全篇被我刪掉，只剩「蕾貝佳」三個字。

先前我提筆的用意是寫寫我和蕾貝佳的共處時光，抒發喪妻之痛對我的影響。我仍想寫她，因為我覺得無論寫什麼，她必定扮演重要的角色。她並未隨生命結束而歸零，因為縱使世上沒有鬼魂，人死後並不會化為雲霧。但我現在明瞭到，人死後留下好多好多東西，我想全寫下來。我也想細數發生哪些事。夜先生。地板下的男孩。蝴蝶。穿怪洋裝的小女孩。

當然也少不了耳語人。

這些事物回想起來繁雜糾結，從何下筆？我感到畏怯。此外，也有太多我不知道、也許一輩子不得而知的事物。但話說回來，這稱不上是一道難題吧。真相不僅僅包括事實本身，也包含當事人的心境。

我凝望著電腦螢幕。

蕾貝佳

單單這三個字就覺得不對勁。杰克和我搬進這棟房子，為的是重新起步。就算蕾貝佳的地位再怎麼關鍵，我明瞭到，這篇文章不應該以她為主題。整個重點就在這裡。我目前的焦點應該擺在別的地方。

我刪除她的名字。

杰克，我打著字。

我想告訴你的事情太多了，可惜我們父子倆一向很難用口語溝通，不是嗎？

我遲疑著。

所以，我只好用紙筆對你傳達。

就在這當兒，我聽見杰克在講悄悄話。

我坐著不敢動，聆聽著悄悄話之後泛起的靜謐，整棟房子安靜得比以前更不懷好意。靜了一秒過一秒，我開始相信是想像力在作怪。但是，聲音又來了。

杰克的臥房在走廊對面。他在房間裡對人講著話，嗓音壓得非常低。

我把筆電移開，謹慎站起來，盡可能安靜地進走廊。我的心微微向下沉。近兩星期以來，小女孩和地板男孩全消失蹤影了，儘管我樂意讓杰克隨他去做自己，他不再胡思亂想，令我如釋重負。它們不回來，我高興都來不及了。

我站在走廊裡，傾聽著。

「好了，」杰克低聲說，「晚安。」

接著寂靜無聲。

我再等一會兒，但對話顯然已經結束。再過幾秒鐘，我穿越走廊，踏進他房間。我背後的微光透進來，讓我依稀看得見杰克躺在床上，毫無動作，別無旁人。

我走向他床邊。

「杰克？」我低聲說。

「什麼事，爹地？」

他的語調懵懵懂懂。

「你剛剛在和誰講話？」

他不回應。只見棉被徐徐起伏，唯有他規律的呼吸聲。也許他剛才半睡半醒，在自言自語吧，我想。

我幫他把棉被蓋好，正要回頭走出臥房門，他又開口了。

「你小時候爹地朗讀過那本書給你聽。」他說。

一時之間我無言以對，只能凝視杰克。他背對我側躺著。臥房靜到我耳朵吟吟作響，氣溫似乎陡降，一股寒意竄遍我全身。我在心裡回應他：是的，他可能有。然而，杰克那番話不是問句，何況杰克不可能知道。我甚至自己也不記得了。但是，當然了，我曾告訴過杰克，《三大冥神的詛咒》是我童年的最愛，所以我猜，他有此推測是天經地義的事，沒啥好奇怪的。

「他是朗讀過，」我輕聲告訴杰克。「你提這事做什麼？」

但我兒子已經沉進夢鄉。

69

亞曼達回到家，一封信等著她看，但她不直接拆閱。

郵戳是惠特洛監獄，一看信封就知道寄件人是誰，而她現在不願意面對。法蘭克・卡特的陰影糾纏彼特二十年，恫嚇他，耍弄他，亞曼達死也不肯在彼特過世這天讀法蘭克來信吹噓。當然，這並不是說法蘭克寫信時能未卜先知。反過來說，法蘭克似乎凡事都能料事如神。

去他的。她有更好、更重要的事要做。

她把信擱在餐桌上，為自己斟一大杯葡萄酒，然後舉杯。

「敬你，彼特，」她小聲說，「祝你一路好走。」

隨即，她忍不住哭了起來。太扯了，她向來不是輕易掉淚的人，一向以淡定、不受情緒左右而自豪。然而，調查這案子後，她變了。何況，反正家裡沒人，於是她決定哭個夠。痛快。哭了一陣之後，她理解到，她甚至不是在弔念彼特，而是釋放近幾個月蓄積的所有情緒。為彼特而哭，是的，也為小尼爾而哭。也為湯姆和杰克父子。為整件事而哭。彷彿她連續憋氣數星期，現在在這麼一哭，能把她迫切呼出的一口氣全深深吐出來。

她喝乾整杯，再倒一杯。

經湯姆透露，她現在知道彼特曾有酗酒的惡習，明白彼特大概不想看她喝醉。但彼特應該也能體諒她。她其實能想像彼特在天之靈以體恤的眼神看著她。一如他在世時默默對她說的：我是過來人，我懂，可惜妳我不適合談這方面，對吧？

他的確能體諒。耳語人案耗掉彼特下半生二十載。歷經這麼多風風雨雨，她能想見，如果自己不小心，她也可能被這案子的餘波淹沒，和彼特的下場一樣。然而，或許這樣也好，或許這甚至是命中注定。有些案子即使破案也如影隨形，死抓著你不放，你只好每天拖著它到處走，再怎麼甩也甩不掉。在這案子之前，她總想像自己不會被舊案糾纏，總憧憬自己能像平步青雲的總探長萊昂斯，不會像彼特那樣被累贅纏身，但現在的她對自己多了一小份體認，知道這案子勢必長久賴在她心裡。原來，她是這一型的警察啊。一點也不是感性的那一型。

也好。

她灌完這杯葡萄酒，再來一杯。

事情當然也有光明面，值得珍惜。儘管風波那麼大，該珍惜的還是得珍惜。營救杰克成功。法蘭西斯鋃鐺入獄。而她是破案的功臣。為了辦案，她累得像條狗，盡了全力，別人對她無從挑剔。盡責的過程中，媽的，一分一秒都沒虛度。

最後，她硬起心腸拆信看。這時的她醉醺醺，再也不在乎法蘭克有什麼話好說。他算哪根蔥？王八蛋想寫什麼，隨便他去寫吧。法蘭克的文字子彈打不進她的皮毛。信看完後，法蘭克照樣會在監獄裡繼續發霉，她仍會好端端坐在家裡。她又不像彼特那樣。法蘭克糾纏不到她。傷不到她。

信封裡只有一張紙，幾乎整頁空白。

法蘭克．卡特寫著：「如果彼特聽得到，對他說聲謝謝你。」

70

法蘭西斯·卡特坐在牢房裡，等著。

入監兩週，他天天處在預期的心境中，但今天不同。今天，機緣動了起來，他知道時辰到了。全監獄熄燈後，他耐心坐在漆黑的牢床上，仍未換穿睡衣褲，雙手平擺大腿上。金屬碰撞聲迴盪著，囚犯們的鬼叫聲此起彼落，漸漸平息，他聆聽著。他瞪著粗陋的磚牆看，幾乎視而不見。

等著。

他是個成年人，他不怕。

獄方是想盡辦法嚇他，那還用說。尚未定罪時，法官判他還押，他第一次進這間監獄，看守員態度敬業，但也無法或不願意隱藏對他的仇恨。畢竟，法蘭西斯是個弒童惡煞，更令他們恨得牙癢癢的是，他也殺害警官。獄方對他搜身是不遺餘力。他獲准保留個人衣物，但被關進單人牢房，禁止和其他囚犯往來。這項規定據說是為了他個人安全著想，但他的牢門經常被人敲打，走道上也不時有人低聲放話要脅他，獄卒只偶爾出言制止，一臉悶得發慌的模樣，見囚犯們對他騷擾也愛理不理。法蘭西斯認為，獄卒是在看好戲。

愛看，隨他們去看。

他等著。牢房裡溫暖，他卻起雞皮疙瘩，身體微微顫抖。但不是怕得發抖。

因為，他是個成年人。他不怕。

第一次和父親重逢是在一星期前，在監獄飯廳裡。即使在用餐期間，法蘭西斯仍與其他囚犯隔絕，因此他單獨佔一桌，背後站著一名看守員，看著他吃監獄的爛泥伙食。法蘭西斯認為，獄卒故意舀最噁心的一勺子給他。如果真的是這樣，那獄卒是自討沒趣。法蘭西斯吃過比這更爛幾倍的東西。整不死他的遭遇他也遇過，這算不了什麼。他舀一口涼掉的馬鈴薯泥，以說過一百遍的同一句話期許自己：這只是考驗而已。獄方再怎麼虐待他，他也能忍受。他一定能掙得——

就在這時候，飯廳裡的他轉頭，看見父親。

法蘭克・卡特走進飯廳門，一副監獄老大哥似的，體型太高大的他進門時微微縮頭，一進場立刻威震四方。體格壯如山。看守員多數矮他一個頭，對他敬而遠之。一群囚犯隨侍他左右，全穿橙色囚衣，但法蘭西斯的父親鶴立雞群，儼然是領袖。他沒有老態。看在法蘭西斯眼裡，父親顯得雄壯威武，幾乎是跳脫自然定律。彷彿能毫髮無傷穿牆而過走出監獄。

彷彿什麼事都難不倒他。

「動作快一點，法蘭西斯・卡特。」

看守員戳他的背。法蘭西斯吃著馬鈴薯泥，暗想著，這傢伙就快後悔莫及了。因為父親是這監獄裡的大王，換言之法蘭西斯能沾光。法蘭西斯一面吃，一面偷瞄父親那桌幾眼。同桌的朝臣們有說有笑，可惜隔得太遠，法蘭西斯跳不過其他聲響，聽不清楚他們在講什麼。然而，父親板著臉。法蘭西斯認為，其他人偶爾會往他這裡瞄，父親卻始終不看他一眼。法蘭克・卡特只一口接一口吃，偶爾拿餐巾擦拭鬍鬚，嚼食時兩眼直視前方，彷彿思考著什麼正經事。

「叫你『快一點』，耳聾嗎？」

在飯廳遠遠見到父親那天後，法蘭西斯在其他場合又見到他四五次，每次都一樣。他由衷佩服他的體型，見他總是睥睨群雄，宛如身邊人全是孩童。每一次，他似乎完全沒意識到法蘭西斯的存在。和身邊那群馬屁精不同的是，他連法蘭西斯的方向也不瞟一眼。反之，法蘭西斯時時刻刻意識到他的存在。夜裡，他獨躺在牢床上，父親是個有形體、有呼吸的幽靈，近在厚門外的鋼鐵走道上。

期待再期待，今天他終於明白時候到了。

我是個成年人，法蘭西斯現在心想。

我不怕。

監獄裡幽靜無比，遠處依然有雜音，但法蘭西斯的牢房靜到聽得見自己的呼吸。

他等著。

繼續等著。

最後，他總算聽見門外走廊腳步聲接近中，步伐既慎重又興奮。法蘭西斯站起來，心懷希望，再豎高耳朵傾聽。來人不止一個。有輕笑聲，隨即噤口。鑰匙串叮噹響。這很合理——父親在這裡是想要什麼就有什麼。

但是，這聲響也有近乎恫嚇的意味。

牢房外，有人低喊著他的名字。

法蘭——西斯。

一支鑰匙戳進鎖孔。

牢門開了。

法蘭克·卡特踏進牢房，虎背熊腰佔滿整個門口。燈光微弱，法蘭西斯僅能隱約看見父親的臉，見到他的表情，然後——

然後——

法蘭西斯變回小孩了。

他好害怕。

因為，那副表情，法蘭西斯記得太清楚了。每次父親半夜進他臥房，命令他起床，叫他下樓，父親臉上總掛著那副表情。因為，父親逼他看一件事。在當時，小法蘭西斯看見他面帶仇恨，而那股恨受制於情理，只能向小法蘭西斯的替身發洩。此時此地，那股恨不再受任何侷限。

救命啊，法蘭西斯暗暗喊。

可惜這裡沒人能救他。和這些年來無人拯救他的情況一樣。他求援無門。

小時候是，現在也是。

耳語人正牛步走向他。法蘭西斯抖著雙手，向下抓著T恤最下緣。

然後，他往上一掀，遮住臉。

謝詞

令我感激不盡的恩德來自於以下幾位。首先要感謝高明的經紀人Sandra Sawicka，以及Marjacq文學經紀公司的Leah Middleton等人。感謝Michael Joseph出版社的英國編輯一路耐心指導我，貢獻寶貴的高見。我也想感激Emma Henderson、Sara Scarlett、Catherine Wood、Lucy Beresford-Knox、Elizabeth Brandon、Alex Elam的苦心與支持。感謝Shan Morley Jones、Elizabeth Catalano、Dave Cole為我抓錯。在此也需鄭重感謝美國的Will Staehle和Anne Twomey把封面設計得這麼精美。感謝Ryan Doherty在編輯方面惠賜意見，也感謝Celadon圖書的其他人為本書賣命，每一位都令我驚喜感念，道謝再多次也不夠。

除此之外，素有溫情滿懷、慷慨大肚量之名聲的推理小說社群也值得我感恩，我獲得無數高竿作者、讀者、部落格主的支持與友誼，令我常存感激的心。你們全是一級棒。我需要舉起一只特大號的酒杯，甚至舉起整壺酒，向毛毯們（Blankets）致敬。用不著指名，你們自己知道是誰。

最後，一切都要感謝Lynn和Zack，也要謝謝他們寬容對待我。我以深情將這本書獻給你們兩位。

Storytella **126**

耳語人

The Whisper Man

耳語人 / 艾利克斯.諾司作 ; 宋瑛堂譯. -- 初版. -- 臺北市 : 春天出版國際文化有限公司, 2022.02
面； 公分. -- (Storytella ; 126)
譯自 : The Whisper Man.
9789577414960

873.57 111000574

ISBN 978-957-741-496-0
Printed in Taiwan

Original English language edition first published by Penguin Books Ltd,London.WC2R 0RL,UK

作　者　艾利克斯・諾司
譯　者　宋瑛堂
總編輯　莊宜勳
主　編　鍾靈

出版者　春天出版國際文化有限公司
地　址　台北市大安區忠孝東路四段303號4樓之1
電　話　02-7733-4070
傳　眞　02-7733-4069
E－mail　bookspring@bookspring.com.tw
網　址　http://www.bookspring.com.tw
部落格　http://blog.pixnet.net/bookspring
郵政帳號　19705538
戶　名　春天出版國際文化有限公司
法律顧問　蕭顯忠律師事務所
出版日期　二〇二二年二月初版

總經銷　楨德圖書事業有限公司
地　址　新北市新店區中興路二段196號8樓
電　話　02-8919-3186
傳　眞　02-8914-5524
香港總代理　一代匯集
地　址　九龍旺角塘尾道64號 龍駒企業大廈10 B&D室
電　話　852-2783-8102
傳　眞　852-2396-0050